胚胎營養不良 × 大腦構造異常 × 霞慕感的附 × 同情心缺乏
他們是技術上的……

ANTISOCIAL
PERSONALITY

我藐視道德，談

反社會人格者

的犯罪心跡

【卡爾・埃德】為了感謝你收留我，送你們全家上路
【尼希米・格里戈】我全家人都被殺了，被我殺了
【東慎一郎】殺人讓我很快樂，酒鬼薔薇聖斗留

凝視深淵 著

從小就會虐待動物，不搞點「大事」就渾身不對勁
眾人稱他們為「惡魔轉世」，城市陷入空前的危機——

目錄

005	世界上體積第二大的大腦	愛德華・魯洛夫
011	透過殺人來發財致富	亨利・霍華德・福爾摩斯
023	讓血液噴湧而出	彼得・庫爾滕
029	法國現實版的藍鬍子	亨利・蘭德魯
039	選民們追捧的市長殺手	馬塞爾・珀蒂奧
045	在三千餘人圍觀下被絞死	約翰・黑格
055	蜜罐裡長大的富二代殺手	肯尼斯・麥克達夫
063	師從著名導演的殺手	羅德尼・阿爾卡拉
073	智商只有 68 的連環殺手	卡爾・尤金・瓦茲
085	現實版的「農夫與蛇」	卡爾・阿爾弗雷德・埃德
093	上學路上的冒牌警察	大衛・保羅・布朗
103	恩人也不放過的連環殺手	派屈克・麥凱
111	完全抵制住警方的審訊	安古斯・羅伯森・辛克萊爾
121	與第一夫人合照的殺手	約翰・韋恩・蓋西
135	不甘寂寞的殺手	傑拉德・尤金・斯塔諾
147	一頭披著人皮的瘋狂野獸	安德烈・齊卡提洛

目錄

159	在監獄裡排隊等死 ——	蘭迪・克拉夫特
171	模範犯人回歸之後 ——	亞瑟・肖克羅斯
185	明星作家是殺人惡魔 ——	傑克・烏特維格
197	城市叢林中的野獸 ——	蓋伊・喬治
205	徘徊在機場的連環殺手 ——	約翰・馬丁・斯克里普斯
215	迫使烏克蘭恢復死刑的殺手 —— 阿納托利・奧諾普里安科	
225	在日記中向神明匯報犯罪 ——	東慎一郎
237	無名小鎮變身旅遊熱門 ——	約翰・邦亭
249	7歲時就幻想著殺人 ——	凱瑞・史泰納
263	情侶相約動手殺死父母 ——	尼希米・格里戈
269	殺人只為去監獄免費吃住 ——	小島一郎

世界上體積第二大的大腦——
愛德華・魯洛夫

世界上體積第二大的大腦——愛德華·魯洛夫

1870 年，紐約賓漢頓發生了一起盜竊案，被盜的是一家綢緞店。案發時正值深夜，綢緞店早已關門，店內有兩個員工值班。盜賊一共有 3 人，他們似乎並不想驚動這兩名員工，於是就熏了氯仿進去，想趁兩名員工昏迷之際溜進店內偷東西。

當 3 名盜賊覺得時機成熟了，就進入綢緞店內，兩個員工一下子就被驚醒了。這時，其中一名盜賊突然掏出槍朝著一個名叫弗雷德里克·梅里克（Frederick Merrick）的員工開了一槍，弗雷德里克當場斃命。

這聲槍響驚動了警察，3 名盜賊為了擺脫警察的追捕，就朝著一條河跑去，他們想要搭乘一艘渡船，到河對岸去。但是 3 名盜賊沒有趕上渡船，為了擺脫緊隨其後的警察，他們 3 個人直接跳進了河裡，想要游到河對岸去。渡河期間，有兩名盜賊因體力不支溺死在河中，只有一名盜賊成功游到了河對岸。

上岸後，這名盜賊直接去了火車站，準備搭乘火車離開當地，結果被等在火車站的警察逮了個正著。這個人名叫愛德華·魯洛夫（Edward H. Rulloff），曾因涉嫌殺害妻女被捕。

魯洛夫 20 歲時，曾因貪汙公款被判入獄兩年。之前，他在一家律師事務所工作，是個非常有前途的律師。出獄後，背著貪汙公款的罪名，魯洛夫在法律界再也混不下去了，於是他就搬到了紐約，並找了一份當老師的工作，開始努力學習植物醫學，師從一位名叫亨利·布爾（Dr. Henry W. Bull）的教授。起初，魯洛夫與布爾教授相處得很愉快，後來兩人不知因為什麼矛盾鬧得非常不愉快。

魯洛夫透過布爾教授認識了一個名叫哈麗特·舒特（Harriet Schutt）的 17 歲少女，她是布爾教授的表妹。在哈麗特看來，魯洛夫是個頗具才華的男人，讓她為之傾倒。後來哈麗特不顧家人的反對，與魯洛夫結為夫婦，由於她還未到法定結婚年齡，她與魯洛夫的這段婚姻並未馬上得

到法律的認可。

哈麗特在和魯洛夫相處了一段時間後發現，魯洛夫並非表面上看到的那樣紳士，相反他是個不可理喻的人，比如他不允許哈麗特與布爾教授接觸。有一次魯洛夫看到哈麗特和布爾教授行貼面禮，他立刻就受不了了，當場將哈麗特拉到一邊，給了哈麗特一個藥瓶，說裡面裝著毒藥。然後魯洛夫逼迫哈麗特將毒藥喝下，還說要和哈麗特一起殉情。魯洛夫還說，這瓶毒藥其實是為他的姪女和弟媳準備的。哈麗特被魯洛夫的舉動嚇壞了，當場就大喊救命，魯洛夫立刻換了一副嘴臉，說自己只是在開玩笑而已。

哈麗特並未因此離開魯洛夫，甚至還為他生下了一個女兒普麗西拉（Priscilla Rulloff）。後來魯洛夫提出離開紐約，到俄亥俄州生活，想要在那裡找一份律師或大學教授的工作。哈麗特覺得魯洛夫這個建議不錯，於是就帶著女兒跟著魯洛夫離開了紐約。其實，魯洛夫這麼做只是為了孤立哈麗特，讓她遠離自己的親人。

1844年6月22日，哈麗特和魯洛夫發生了口角，她對魯洛夫說不想在這裡繼續待下去了，要帶著普麗西拉回紐約。魯洛夫被激怒了，他說哈麗特回紐約就是想去找布爾那個老傢伙，他還汙衊哈麗特與布爾有私情。後來魯洛夫用一根藥杵用力擊打哈麗特的腦部，哈麗特當場死亡。

殺死哈麗特後，魯洛夫去了鄰居家，他對鄰居說想帶著妻子女兒出城幾天，於是鄰居將馬車借給了魯洛夫。回到家後，魯洛夫將普麗西拉殺死，然後將妻女的屍體扔進卡尤加湖，之後就駕著鄰居的馬車匆匆離開了。

紐約的舒特一家人都很關心哈麗特的狀況，當他們與哈麗特的聯絡中斷後，立刻懷疑上了魯洛夫，於是到警察局報案，指控魯洛夫殺死了哈麗特。魯洛夫向警方解釋說，哈麗特是個水性楊花的女人，和別的男

人私奔了，為此他還傷心了很長時間。之後，魯洛夫就再也沒有出現過。哈麗特的哥哥埃弗雷姆（Ephraim Schutt）一直堅信是魯洛夫殺死了自己的妹妹，想盡一切辦法找到了魯洛夫的蹤跡，並將他抓回紐約接受審判。

對於一個曾經從事過律師工作的人來說，魯洛夫十分清楚，只要警方找不到哈麗特母女的屍體，那麼就不能以謀殺罪將他定罪。在庭審期間，魯洛夫緊緊抓住了這一點。最終陪審團一致認定哈麗特的失蹤與魯洛夫密切相關，魯洛夫以綁架罪被判處了10年監禁。

在監獄裡，魯洛夫是個相當特別的犯人。他的智商很高，有一種十分特殊的能力，即能輕易地讓其他人相信他是個相當厲害的人。一段時間後，獄警們都覺得魯洛夫是個學習能力很強的犯人，於是就讓魯洛夫擔任了犯人們的老師。魯洛夫一邊自學語言學，一邊吹噓自己一定會名震語言學的圈子。

不過當地檢察官並不準備放過魯洛夫，依舊要以謀殺哈麗特的罪名起訴魯洛夫，於是魯洛夫就用自己掌握的法律知識開始和檢察官周旋起來。後來檢察官只能放棄以謀殺哈麗特的罪名起訴魯洛夫，不過檢察官又以殺女的罪名來起訴魯洛夫。讓魯洛夫意外的是，他很快就被定罪了。

不久，魯洛夫就成功從監獄裡逃走了。不過魯洛夫並非依靠一己之力逃出監獄的，這多虧了他的學生——獄警艾伯特‧賈維斯（Albert Jarvis），艾伯特曾跟隨魯洛夫學習過希臘語和拉丁語。

魯洛夫來到了賓夕法尼亞州，並搖身一變成了一名博學的發明家，在當地頗有名望，還當上了大學教授。當魯洛夫以為自己將要在學術界大展宏圖的時候，艾伯特聯絡上了他。艾伯特說他沒錢了，如果魯洛夫不給他錢，他就檢舉魯洛夫。於是魯洛夫只能去珠寶店搶劫，企圖給艾伯特弄一筆錢。

魯洛夫的搶劫並不成功，他被當地警方抓住，並送回紐約重新接受審判。讓人意外的是，當地檢察官卻突然撤銷了對魯洛夫搶劫殺人的指控，他被無罪釋放。

魯洛夫在紐約定居下來，他與艾伯特成了合作夥伴，後來兩人因偷竊罪被捕入獄。在監獄裡，魯洛夫認識了一個名叫威廉·德克斯特（William T. Dexter）的犯人，兩人很快就成了無話不談的好朋友。在監獄中，魯洛夫繼續研究語言學，還寫了一篇學術文章，向美國語言協會索要50萬美元，但語言協會根本沒有回應他。

兩年後，魯洛夫出獄了。不久，魯洛夫就和威廉、艾伯特商量著去紐約一家綢緞店搶劫，結果三人失敗了，威廉和艾伯特還喪命於河中，魯洛夫也被警方抓到並接受審判。

在法庭上，魯洛夫以十分自信的姿態為自己進行辯護，企圖獲得無罪釋放。但法官卻記得他，他曾因謀殺妻子和女兒被起訴過。這一次，檢察官提供了大量證據。魯洛夫這次沒能逃脫法律的制裁，他被判處了死刑。

1871年5月18日，魯洛夫站在了絞刑架上等待行刑。不過魯洛夫似乎對即將到來的死亡沒有絲毫的恐懼，他對行刑的人說了一句：「快點！我還想下地獄時趕上吃晚餐呢！」

魯洛夫死後，科學家們紛紛表示對他的大腦構造十分感興趣，於是就將魯洛夫的大腦從他的顱骨中取了出來，並測量了他的大腦的體積，結果發現魯洛夫的大腦體積很大，是世界上體積第二大的大腦，體積第一大的大腦是著名物理學家阿爾伯特·愛因斯坦。至今，魯洛夫的大腦還被儲存在康乃爾大學的科學館裡。在當時的科學家們看來，魯洛夫體積如此大的大腦可以解釋他為什麼頗有才華，因為按照當時的觀點，大腦越大、越重的人越聰明。

【角色面具】

　　每個人都有屬於自己的角色分工。通常情況下，一個人的職業決定了他所扮演的角色。角色分工對於我們來說十分重要，可以幫助我們去組織這個複雜的社會。但對於像魯洛夫這樣毫無良知的反社會人格者來說，角色卻可以成為他的面具，幫助他達到自己的目的。例如魯洛夫越獄後，在賓夕法尼亞州到處宣稱自己是個博學的發明家，他為自己戴上了發明家的面具，於是人們會以發明家的標準去看待他，這有助於魯洛夫掩蓋自己毫無良知的人格缺陷。即使魯洛夫出現了一些令人難以理解的不正常行為，發明家和大學教授這兩個角色面具都會幫他打消人們的質疑，畢竟人們對發明家和大學教授的印象都很好。許多詐騙犯也十分擅長利用角色面具來實施詐騙，例如有些罪犯會假扮成軍人或警察，對一些女性騙錢騙色。對於許多人來說，提起軍人或警察，腦海裡往往會湧現出正面的形象，會不自覺地覺得眼前的人很可靠。

　　在魯洛夫最後一次被捕時，他想再一次利用角色面具為自己開脫，試圖營造出一個才華橫溢的形象，讓人們都相信他是個難得一見的天才。例如魯洛夫會在監獄裡研究學問，甚至還寫論文。於是許多人都覺得將魯洛夫這樣的天才處死是一件憾事，就連大文豪馬克‧吐溫都覺得，像魯洛夫這樣才華橫溢的人不應該處死，甚至還提出使用《雙城記》裡的辦法，找一個人替魯洛夫去死。馬克‧吐溫還認為如果處死魯洛夫，將會是人類的一大損失。幸運的是，法官並未被魯洛夫的天才面具所蠱惑，因為他始終記得魯洛夫是個殺害妻女的凶手。法官所關注的並非是魯洛夫所扮演的角色，而是他的罪行。

透過殺人來發財致富——
亨利・霍華德・福爾摩斯

透過殺人來發財致富─亨利‧霍華德‧福爾摩斯

美國芝加哥市英格伍德區有家郵局，郵局所在位置就是 1890 年代福爾摩斯死亡城堡的所在地，城堡的主人正是美國犯罪史上第一個連環殺手亨利‧霍華德‧福爾摩斯（Henry Howard Holmes），他在這座城堡裡殺死了 200 多個人。

1894 年 10 月，美國芝加哥市費德里茲人壽保險公司收到了一封來自監獄的信件，寫信人是正在監獄服刑的馬里恩‧海格佩斯，他因搶劫入獄。馬里恩在信中檢舉了福爾摩斯，說他騙取保險金。

福爾摩斯曾是馬里恩的獄友，因銷售假藥被判入獄。在獄中，福爾摩斯曾向馬里恩炫耀，他可以得到一個名叫班傑明‧彼得澤爾（Benjamin Pitezel）的人 1 萬美金的高額人壽保險。福爾摩斯還向馬里恩透露了自己的計畫，先找個和班傑明看起來一樣的屍體，然後向保險公司謊稱班傑明死了。當時馬里恩以為福爾摩斯只不過是在吹牛，直到他從報紙上看到班傑明死亡的消息後，立刻想起了福爾摩斯的這個計畫。

保險公司立刻展開了調查，一名調查者吃驚地發現在 1894 年 9 月 2 日班傑明的確因化學品意外爆炸事故去世，死者正是班傑明，幾天後一名男子帶著班傑明的孩子來保險公司領取了賠償。只是那名男子拿了錢後就消失了，保險公司意識到這的確是一起保險詐騙事件，於是就委託平克頓私人偵探公司進行調查。

在 19 世紀中期，平克頓私人偵探公司在美國十分有名，甚至還在南北戰爭期間，協助美國總統林肯建立了一個軍事情報組織，該組織後來發展成了美國中央情報局（CIA）。戰爭結束後，平克頓偵探公司又繼續做起了私人偵探的業務。該公司的創始人名叫艾倫‧平克頓（Allan Pinkerton），曾是芝加哥警察局的一員。

平克頓私人偵探公司在對福爾摩斯進行一番調查後發現他表面上是個富有的商人，在芝加哥市的黃金地段有棟三層商業飯店，但實際上卻

是個詐騙犯，除了騙取保險金外，福爾摩斯還賣假藥和販賣屍體。

此時的福爾摩斯已經意識到了危險，立刻逃之夭夭了，離開芝加哥前還放火燒掉了自己的飯店。之後，福爾摩斯每到一個地方就會實施詐騙和偷竊。來到沃思堡這個小城市後，福爾摩斯發現這裡的馬匹很值錢，於是就變成了一個偷馬賊，並且很快曝光。在沃思堡，偷馬是非常嚴重的罪行，會被判處絞刑，福爾摩斯只好趕緊離開沃思堡。

1894年11月初，平克頓偵探公司發現福爾摩斯在波士頓出現後，立刻與當地的警方取得了聯絡。在偵探與警方的配合下，福爾摩斯以盜竊罪被捕，當時福爾摩斯正在預訂輪船票，想要搭乘輪船離開美國。

在審訊中，福爾摩斯爽快地承認了自己騙取保險金的行為，他還描述了整個過程：他故意將一具男屍毀得面目全非，然後丟在事故現場，在得到保險金後他就再也沒有聯絡過班傑明，他懷疑班傑明到南美洲避風頭去了。

不久，紐約的警方抓住了班傑明的妻子卡麗（Carrie Alice Canning），並將她當成同謀犯進行審訊。卡麗告訴警方，福爾摩斯曾告訴她班傑明並沒有死，他們只是用一具男屍偽造了班傑明意外死亡的假象，從而騙取保險金。為了避免引起懷疑，卡麗不能馬上去找班傑明，等風頭過去了再相聚。最後，福爾摩斯帶走了卡麗和班傑明的3個孩子：13歲的愛麗絲（Alice）、9歲的內莉（Nellie）和7歲的霍華·羅伯特（Howard Robert），說要去見班傑明。

由於案件發生地是在費城，於是費城警方派人將福爾摩斯從波士頓押回費城的摩崖門星監獄。途中，福爾摩斯表現得很配合，還和探長夸福特聊得很愉快，他甚至還賄賂夸福特，讓他放走自己，夸福特一口回絕了。

在摩崖門星監獄裡，福爾摩斯被安排進一個單人牢房裡，這裡有窗

戶、電燈照明，條件很不錯。福爾摩斯很快就贏得了獄警的好感，讓獄警每天送來費城當天出版的報紙，他透過閱讀報紙來了解平克頓偵探公司的調查流程，並以此不斷調整自己的供詞，從而誤導偵查方向。

與此同時，警方在進行開棺驗屍時，從班傑明的胃裡發現了大量的麻醉劑，警方開始懷疑福爾摩斯極有可能是故意殺害了班傑明。但讓平克頓偵探公司擔心不已的是被福爾摩斯帶走的那3個孩子的安危。福爾摩斯說他將3個孩子託付給了一個名叫米妮‧威利安的女子，她應該帶著孩子們去了英國。

由於福爾摩斯不斷更改供詞，平克頓偵探開始懷疑起他供詞的真實性，作為負責人的法蘭克‧蓋耶甚至懷疑3個孩子已經慘遭殺害。為了找到3個孩子的下落，法蘭克開始到美國各地，甚至到加拿大尋找。法蘭克隨身攜帶著3個孩子寫給家人的信，那是警方從福爾摩斯身上搜來的，根據信件所提供的線索，法蘭克來到了加拿大南部城市多倫多。

法蘭克從房地產經紀人那裡，從出租房屋的短期住戶那裡找到了福爾摩斯租過的住宅。法蘭克懷疑福爾摩斯將孩子們的屍體掩埋在了住宅的庭院內，於是就僱人展開挖掘工作，但卻一無所獲。

第二天，一個女人找上法蘭克，她說福爾摩斯曾租過她的房子。在這棟房子裡，法蘭克找到了一個可疑的地下室，裡面的一塊土地有被翻動過的跡象，他懷疑孩子們的屍體就在這裡，於是就僱人挖掘。經過一番挖掘後，法蘭克看到了兩具女孩的屍體。後來卡麗一眼就認出了內莉的黑頭髮和愛麗絲的牙齒。

由於卡麗8歲兒子霍華的屍體沒有找到，法蘭克只能繼續尋找。途中，一名女子告訴法蘭克，福爾摩斯曾送給她一個新的小耳朵爐，當時她看到福爾摩斯買了一個小耳朵爐後就覺得很奇怪，於是就一直盯著他和鍋爐，福爾摩斯注意到了她的目光，就隨手將鍋爐送給了她。法蘭克

覺得福爾摩斯根本沒必要在旅途中購買一個小耳朵爐，除非他想要用鍋爐燒毀一個孩子的屍體。

法蘭克從目擊者那裡了解到，福爾摩斯來到多倫多時只帶著兩個女孩，也就是說福爾摩斯在離開美國前已經殺死了霍華，於是法蘭克就去了福爾摩斯曾待過的印第安納波利斯的城郊鄉下進行調查，專門調查去年 10 月分的短期租客。

一名男子告訴法蘭克，福爾摩斯曾租過他的房子，他對福爾摩斯這個粗暴無禮的租客印象十分深刻。另一名男子甚至記起了自己曾經幫福爾摩斯安裝過一個大型鍋爐，當時他覺得很奇怪，就問福爾摩斯為什麼放著方便的燃氣不用，花錢僱人安裝一個這麼大的鍋爐。福爾摩斯說，燃氣對孩子們不好。

法蘭克立刻租下了福爾摩斯曾租過的房子，在建築垃圾裡翻找出了一些被燒過的牙齒殘片，這些牙齒屬於年齡 7 歲到 10 歲之間的孩子。後來法蘭克在壁爐的煙囪裡找到了霍華的殘骸。

班傑明是個發明家，翻蓋雜物箱就是他發明的。在班傑明為生計發愁之際，福爾摩斯出錢幫他在報紙上刊登廣告，專門宣傳班傑明發明的翻蓋雜物箱。從那時起，班傑明就成了福爾摩斯的助手，幫助他販賣屍體，還和他一起進行保險詐騙。班傑明根本不知道福爾摩斯是個恐怖的連環殺手，他只覺得福爾摩斯是個相識多年的朋友，而且與他們一家人相處得很融洽，所以當福爾摩斯提出騙保計畫後，班傑明立刻同意了。

後來福爾摩斯改變了計畫，他決定將班傑明一家 7 口全部殺死，然後詐騙人壽保險的賠償金。福爾摩斯考慮到班傑明身高 6 英尺[01]（約 183 公分），自己只有 5 英尺高，如果在謀殺班傑明時他反抗起來，自己絕對不是對手，於是他決定將班傑明灌醉後給他灌大量的麻醉劑。

---

[01]　1 英尺約等於 0.3 公尺。

透過殺人來發財致富—亨利·霍華德·福爾摩斯

1894年9月2日，福爾摩斯找班傑明喝酒聊天，趁其醉酒之際將他綁在椅子上。之後班傑明被灌進了大量的麻醉劑，他迷迷糊糊之間覺得福爾摩斯想要殺死自己，就向福爾摩斯求饒，但福爾摩斯不僅沒停手，反而在他的臉上和身上灑上化學助燃劑苯，將班傑明活活燒死。為了製造意外事故的假象，福爾摩斯故意在屍體旁擺放了一瓶裝有汽油、氯仿和氨水的混合物和一把菸斗，看起來班傑明好像在爆炸混合物旁點燃了菸斗，不小心引爆了化學品意外被炸死。

在領取了班傑明的保險金後，福爾摩斯帶著偽造的書信去找卡麗，並提出要帶彼得澤爾家3個較為年長的孩子去見班傑明。卡麗相信了，將內莉、愛麗絲和霍華交給了福爾摩斯。

1894年10月，福爾摩斯帶著孩子們來到了印第安納波利斯，他將內莉和愛麗絲安排在旅館內，然後帶著霍華到鄉下租了一間房子，將霍華殺死，並將他的屍體肢解，扔到鍋爐裡焚燒。之後，福爾摩斯匆匆回到旅館，帶著兩個女孩逃到了加拿大多倫多。

10月25日，福爾摩斯將內莉和愛麗絲塞進了一個特殊的密封箱子裡，這種箱子是特製的，上面有一個通氣孔。之後，福爾摩斯將煤氣透過通氣孔注入箱子裡，內莉和愛麗絲就這樣被害死了。

就在福爾摩斯因謀殺班傑明、內莉、愛麗絲、霍華·羅伯特被起訴時，芝加哥的警方來到了他的城堡，在這裡他們發現了大量可怕的東西：人骨、用來焚燒屍體的巨小耳朵爐、陰森恐怖的地下室、解剖臺以及被害人的首飾盒和布滿血跡的裙子。

一時間，福爾摩斯的城堡湧來了許多記者。當時美國對待新聞自由的態度十分寬鬆，記者可以隨意進入案發現場進行採訪，哪怕警方當時正在進行案件調查。最終警方在福爾摩斯被焚毀的城堡裡發現200多具殘骸。

福爾摩斯剛來到芝加哥謀生時，只是一個藥局的藥劑師，這家藥局的主人是個名叫霍爾頓的寡婦。不久福爾摩斯就成了藥局的主人，而霍爾頓則失蹤了，他對鄰居們解釋說霍爾頓將藥局賣給了他，和女兒搬到加利福尼亞州居住了。

之後福爾摩斯靠著銷售假藥賺了一筆錢，他想要在藥局附近買一塊地皮擴大自己的藥局，但這需要很大一筆資金。這次，一個名叫華納的男人被福爾摩斯盯上了，兩人曾合作販賣過假藥。

福爾摩斯讓華納給自己開了一張 50 美金的小額支票，然後對支票進行了偽造，將 50 美金改成了 5 萬美金。為了避免華納發現竄改支票，福爾摩斯將華納騙到自家的地下室內，然後騙他進爐子檢查，之後福爾摩斯關上爐門，將華納活活燒死在裡面。

福爾摩斯開始對殺人斂財上癮了，當他結識了富有的銀行家若得戈斯後，就將他騙到自己家，讓他參觀自己家的保險櫃。這個保險櫃非常大，已經被福爾摩斯改造成了一個特殊的毒氣室。他在上面安裝了一個閥門，只要他開啟閥門，煤氣就會通過管道進入密封的保險櫃。

若得戈斯被關進保險櫃後，福爾摩斯就以注入煤氣威脅他簽下 7 萬美元的支票。當福爾摩斯得到這筆錢後，就殺死了若得戈斯，並將他的屍體賣給了醫學院。福爾摩斯之前一直靠從墳墓中盜取屍體為生，後來他開始透過殺人來給醫學院提供屍體。除了芝加哥外，福爾摩斯還會向其他地方的醫學院提供屍體。他所提供的屍體深受醫學院的歡迎，因為他販售的屍體既新鮮又完整。

有了錢後，福爾摩斯就在芝加哥市區南部 63 大道和南華萊士街交會處買了一塊地皮，他想在這裡建造一座三層的城堡，專門用來賺錢、殺人和處理屍體。福爾摩斯在親自設計好建築圖後就開始僱傭工人建造城堡，為了避免工人察覺到城堡裡的特殊設計，福爾摩斯會親臨建築現場

監督，還將整個工程分解成了好幾個部分，經常更換工人。當然也有工人注意到了城堡裡額外的輸氣管、隱祕門道等這些怪異的設計，他們從未見過這種商業樓，實際上這並不是一個普通的商業樓，而是一個屠宰場、一座殺人工廠。

福爾摩斯的城堡一共有三層：第一層由藥局和餐廳組成；第二層則對外出租，還有被密封的私人辦公室，辦公室和地下室連接著；地下室則是福爾摩斯殺人和處理屍體的地方，裡面有一個巨大的燃油鍋爐。

1890年11月，芝加哥取得了世博會的主辦權。1893年5月1日，隨著世博會的舉辦，芝加哥湧進了許多遊客，已經遠遠超過了芝加哥的承受極限，城內郊外的旅店都被住滿了。對於開店的商人來說，這是一個絕佳的賺錢機會。福爾摩斯也是這樣想的，除了賺錢外，他覺得自己終於可以任意挑選殺人對象了。

為了吸引顧客，福爾摩斯直接將城堡改名為世博會飯店，這個名稱會使外地人誤認為這是芝加哥官方所認可的飯店，安全有保障。

在福爾摩斯城堡內住下的人只能是有錢的單身女子，如果有男人提出要住宿，就會被福爾摩斯以客滿的藉口打發走。之後，福爾摩斯會努力得到女顧客的信任，讓她們主動簽署財產轉移的文件，錢一到手就殺死她們。

在城堡裡，有一條十分隱祕的通道，福爾摩斯可以自由地在通道上走來走去，暗中觀察每一位女顧客。女顧客所居住的房間的牆壁上還隱藏著偷窺孔和黃銅管，黃銅管連接著煤氣，而開關則在福爾摩斯的私人辦公室裡。每當福爾摩斯想要殺死某個女顧客時，他就會開啟煤氣，讓對方在密封的房間裡毒死，他還很喜歡透過偷窺孔欣賞對方痛苦掙扎的樣子。

有時候，福爾摩斯會進行活體解剖，將女顧客騙到地下室，將對方控制在解剖臺上，用各種手術工具將對方活活折磨死。

福爾摩斯對自己的城堡十分滿意，唯一不滿的是城堡的開銷太大，漸漸讓他從一個富商變成了負債累累的人。後來福爾摩斯想辦法誘騙一些有錢的女子主動將名下財產轉給自己，但還是沒能還上所欠債務，於是在債主們的壓力下，福爾摩斯只能放棄城堡。但福爾摩斯並未放棄殺人，他已經將殺人當成了自己的營生。對他來說殺人既可以賺錢，又可以滿足自己的殺戮需求。

在庭審中，福爾摩斯炒掉了自己的辯護律師，他決定為自己進行辯護。福爾摩斯的自我辯護十分精采，但陪審團沒有被他的好口才所誤導，一致認定福爾摩斯有罪，應該被判處死刑。死前，福爾摩斯告訴警方他希望自己死後下葬時，一定要用水泥封死，不然醫生會偷走他的屍體來研究他的大腦。

1861年5月16日，福爾摩斯出生於美國東北部新罕布夏州加曼頓小鎮一個普通家庭，父親在郵局工作，母親是個家庭主婦，他的父母都是虔誠的教徒，也希望福爾摩斯能像他們一樣。

福爾摩斯的童年在充斥著死亡氣息的環境下度過，當時美國正值內戰，屍體隨處可見。對於醫生來說，這是一個絕佳的研究人體奧祕的機會，當時凡是醫生，家中都會有人體骨架。

有一次，福爾摩斯跟著鎮上的孩子們去一個醫生家，當時醫生不在家，幾個孩子就惡作劇般地將福爾摩斯和一具人體骨架關在一個小屋子裡。這段經歷給福爾摩斯留下了十分深刻的印象，他就是從那時起開始對人體骨架好奇，並漸漸迷上了解剖學。

當父母發現福爾摩斯在研究人體骨架時十分生氣，父親狠狠地懲罰了福爾摩斯。福爾摩斯沒有放棄對人體骨架的好奇心，反而將所有的精力和時間都耗費在解剖小動物上，經常在家附近的小樹林裡解剖小動物。

1882年，福爾摩斯被著名的密西根大學醫學院錄取，開始學習解剖學。在當時，醫學院裡用於解剖學習的屍體很少，學生想要學習如何解剖屍體，就必須得去墓地盜取屍體。福爾摩斯覺得可以利用屍體騙取保險金，於是就和同學聯合起來進行詐騙，向保險公司謊稱同學過世了，然後帶著保險調查員察看已經被他毀容的屍體。從密西根大學畢業後，福爾摩斯就拿著醫生執照輾轉於美國各大城市，最後來到了芝加哥。

【情感依附】

　　凡是社會性動物，都會產生情感依附，這是一種不可或缺的心理需求。作為由社會關係構成的生物，人際交往對我們來說尤為重要，我們需要他人來激勵自己，會因他人而感受到各式各樣的情緒、情感，例如當一個人取得成功時，會想和家人分享喜悅，在生病時會因為得到他人的關心而倍感溫暖。由於情感依附的存在，我們才覺得生活有意義，會覺得日子過得有滋味。如果我們無法與周圍的人形成情感依附，也就不會產生各種情緒、情感，例如無法和任何人分享自己的快樂，也不會因他人的背叛而痛苦，這樣的日子會如白開水般無味。

　　許多人都很嚮往心如止水的境界，但如果有人與生俱來就擁有心如止水的能力，那麼也許他的一生都要去尋找刺激，他對刺激的需求會高過常人。因此他會經常去冒險，並引誘著他人和自己一起冒險，從而很容易出現各種行為問題，甚至是觸犯法律。

　　福爾摩斯不知情感依附為何物，他可以為了一筆錢輕易地取走一個人的生命。福爾摩斯在殺死銀行家若得戈斯後得到了很大一筆錢，他完全可以利用這筆錢過上富足的日子，再也不用販賣屍體和殺人。但這只是正常人的想法，福爾摩斯卻只想著用這筆錢建造一座殺人工廠，在這裡他可以隨心所欲地挑選「獵物」，隨意地決定一個人的生死。像福爾摩斯這樣的反社會人格者通常很喜歡支配他人，讓他人完全服從於自己的意願，他選擇的支配方式就是恐嚇、剝奪他人的生命。

　　在福爾摩斯的罪行曝光後，人們都覺得他是個瘋子，因為他冷血得令人產生最深度的恐懼。班傑明一家和福爾摩斯是多年的好友，班傑明

本人也是福爾摩斯的得力助手，福爾摩斯卻殘忍地殺死了班傑明及 3 個孩子。福爾摩斯如果只是為了詐騙保險金，完全可以隨意找一具屍體冒充班傑明，這也是他最初的計畫，但他卻改變了主意，隨意地剝奪了 4 個人的生命。

　　福爾摩斯的可怕之處還在於他的偽裝，他能偽裝成一個十分有魅力的人，從而達到操縱他人的目的，例如福爾摩斯會在被捕後和獄警處理好關係，讓獄警為自己提供當天的報紙。這意味著，絕大多數人一旦成為反社會人格者的「獵物」就會在劫難逃，會被他的偽裝引誘到死亡的陷阱中，儘管苦苦哀求，他也不為所動。福爾摩斯在面對班傑明的求饒時，還是將他殺死了，並且還毫無愧疚地殺死了班傑明的 3 個孩子。

讓血液噴湧而出──彼得・庫爾滕

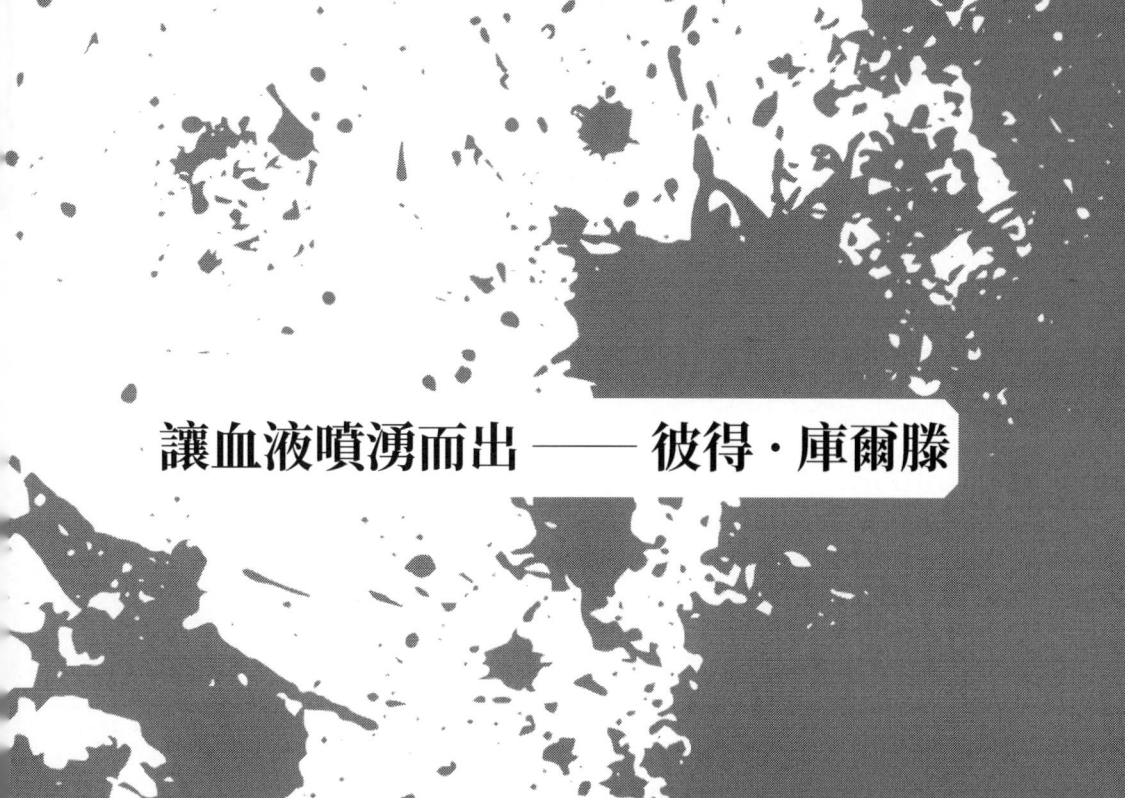

讓血液噴湧而出──彼得·庫爾滕

1913 年 5 月 25 日，德國科隆市發生了一起慘案，一家小餐館老闆十來歲的女兒慘遭殺害，小女孩的喉嚨被人割斷，血噴得到處都是，此外她的舌頭也被人咬爛了。這起案件由於作案手段殘忍在當地引起了轟動，死者被發現時屍體呈現出鐵青色，很少有人死後會成為這個樣子，好像全身的血液都流乾了，成了乾屍一般。警方很快就對該案展開了調查，由於線索有限，警方鎖定了一個嫌疑人，後來證明這名嫌疑人是無辜的。

1929 年 2 月 9 日，杜塞道夫有人在樹籬下發現了一具慘不忍睹的屍體，死者是一名 8 歲的女孩，身中 13 刀，有被焚燒過的痕跡。在 6 天前，杜塞道夫一名女性遇襲，她被襲擊者刺了 24 刀。幸運的是，襲擊者似乎並沒打算取走她的性命，很快就逃走了。

2 月 14 日，一名 45 歲的技工在下班回家的路上遇刺身亡。第二天，技工的屍體被人發現，他的身上和頭上一共被刺了 20 餘刀。這起案件讓警方十分意外，因為死者是名男性，警方以為凶手只會找女人下手。

很快，警方抓住了一個嫌疑人，這是個有智能障礙的男人。在一系列巧合下，男子承認了所有的罪行，最終他被送到了精神病院。但新的謀殺案的出現，讓警方意識到真正的凶手依舊逍遙法外。接連發生的命案，讓杜塞道夫陷入了前所未有的恐慌中，傳言有個吸血鬼出現在了杜塞道夫。

1930 年 5 月 24 日，杜塞道夫警察局走進一個女子，她說自己叫舒爾特，是彼得·庫爾滕（Peter Kürten）的妻子，她要揭發丈夫所犯的罪行，她說庫爾滕就是傳說中的杜塞道夫吸血鬼（The Vampire of Düsseldorf），殺死了許多人。

很快，警方就出動了，將庫爾滕抓捕。面對抓他的警察，庫爾滕表現得十分鎮定，沒有絲毫反抗，好像專門等著警察來抓他一樣，隨後他開始交代自己所犯下的罪行。

庫爾滕表示他第一次殺人完全是個意外，那個時候他剛從監獄裡出來，為了生活就幹起了偷竊的勾當，專門潛入一些酒吧和小餐館偷東西。在1913年5月25日的夜晚，庫爾滕潛入了一家小餐館，結果什麼值錢的東西都沒找到。就當他準備離開的時候，突然看到床上躺著一個十來歲的小女孩，當時小女孩正在酣睡。不知怎麼想的，庫爾滕走到床邊，伸出手掐住了她的脖子。感到窒息的小女孩很快醒了過來，開始不停地掙扎，庫爾滕加大了力氣，小女孩直接暈了過去。看到小女孩不再動彈，庫爾滕拿出一把小刀，割斷了小女孩的喉嚨，看著噴湧而出的血液，庫爾滕覺得很興奮。

後來庫爾滕因搶劫罪入獄，直到1921年才被放了出來。出獄後，庫爾滕和一個名叫舒爾特的妓女結婚了。雖然舒爾特是個妓女，但庫爾滕卻十分尊重她，他覺得妻子是個堅強的女人。婚後不久，庫爾滕就進入一家工廠工作，並且很受歡迎。

1925年，庫爾滕回到了家鄉杜塞道夫。他突然有了殺人的衝動，他喜歡看著血液噴湧而出的樣子，這讓他十分興奮。庫爾滕先襲擊了一名女性，在她的身上刺了許多刀。後來庫爾滕殺死了一名8歲的小女孩，他捅了小女孩很多刀，然後往她身上澆汽油。看著火苗從她身上竄起來的那一刻，庫爾滕十分興奮。此外，庫爾滕還交代，他每次殺完人都會出現在圍觀群眾中，重返案發現場會讓他找到新的刺激感。

如果不是庫爾滕主動交代罪行，警方根本無法想像這些凶殺案的凶手只有一個，因為被害人有男人、女人，還有孩子，而且作案手段也不一致。與許多連環殺手不同，庫爾滕不會對特定目標下手，他只想殺死任何能見到的生物，除了人外，動物也行。隨著殺的人越來越多，庫爾滕開始對殺人上癮，他已經失去了控制，殺人的手段越來越殘忍，他已經瘋了。

最終，庫爾滕被判處死刑，他將會被砍頭。在行刑那天，執法者在砍下庫爾滕的頭顱前問他是否有什麼遺言，庫爾滕說：「你能告訴我，在我頭顱被砍下的那一瞬間，我能聽到血液從脖子中噴湧而出的聲音嗎？如果能的話，那就太好了，這樣臨死前我也能感受到興奮和快樂了。」

庫爾滕成長於一個暴力、亂倫的家庭中，他的父親是個十分暴躁的人，總會虐待8個孩子。9歲時，庫爾滕認識了一個捕狗人，此人是個虐待狂，總會變著方法虐待狗。

之後，庫爾滕殺死了兩名同校男孩，當時他正和兩名同伴在萊茵河邊玩耍，庫爾滕突然想淹死一個男孩，於是他就將男孩壓到水裡，另一個男孩看到後想去救，結果也被庫爾滕溺死在河裡。

長大後，庫爾滕因盜竊罪和縱火罪被關進了監獄。這些罪行在刑法中算是較輕的，但庫爾滕卻因此被關了24年。庫爾滕覺得自己受到了不公正的待遇，因此對社會充滿了仇恨。後來，庫爾滕漸漸適應了監獄裡沒有自由的生活，他總是利用大把的閒暇時間幻想一些十分血腥的虐待場景。獲得自由後，庫爾滕將幻想變成了現實，並且樂此不疲。

作為庫爾滕的妻子，舒爾特對丈夫所犯下的罪行毫無所知。在她心中，庫爾滕對她來說很重要，是個負責的人。後來庫爾滕擔心自己會因強姦罪被判入獄，就將自己的罪行向舒爾特全盤托出，他希望舒爾特去警察局檢舉自己，這樣舒爾特就能獲得高額的賞金。

舒爾特聽後十分傷心，她不願去警察局告發庫爾滕，就勸庫爾滕和她一同自殺。庫爾滕不同意，他對舒爾特說告發自己並不是背叛，只是為了伸張正義。最終舒爾特被說動了，她同意去警察局報案，但庫爾滕得保證不能自殺。舒爾特離開後，庫爾滕回到家中倒頭大睡，直到警察將他吵醒。

那名告發庫爾滕強姦的女人名叫瑪莉亞·布德列克（Maria Budlick），

是一名家庭女傭。在1930年5月14日，瑪莉亞在火車站的月臺上遇到了一名男子，男子說他可以帶瑪莉亞去婦女招待所，瑪莉亞相信了，就跟著男子離開了火車站。當男子將她帶到公園的偏僻處時，瑪莉亞突然想起了杜塞道夫吸血鬼的傳說，她很害怕。就在這時，庫爾滕出現了，他將瑪莉亞帶走了。而庫爾滕才是真正的杜塞道夫吸血鬼。

此時的瑪莉亞又累又餓，當庫爾滕提出讓瑪莉亞去自己家時，瑪莉亞輕易地同意了。當來到庫爾滕家中後，瑪莉亞突然感到不安，她想要離開。庫爾滕爽快地答應了，還說會幫瑪莉亞找一家廉價的旅館。途中，庫爾滕帶著瑪莉亞穿過一片樹林時，突然撕下了紳士的面具，強行與瑪莉亞發生了性關係。

事後，庫爾滕不僅沒殺死瑪莉亞，還將她送到了電車上，不過庫爾滕看到車上有警察，就沒上車。庫爾滕之所以沒殺死瑪莉亞，是因為瑪莉亞在被強姦的時候並未抵抗，他覺得沒必要殺死她。而且庫爾滕覺得瑪莉亞是個頭腦簡單的女人，雖然去過自己家，但不會記住具體位置。事實證明，瑪莉亞不僅記住了庫爾滕的家庭住址，還去警察局告發了庫爾滕。

心理學家卡爾·伯格博士在得知杜塞道夫吸血鬼被捕的消息後，立刻決定在庫爾滕被砍頭前去採訪他。1932年7月2日，伯格博士出現在關押庫爾滕的監獄內，庫爾滕則穿著燕尾服等著伯格博士的到來。

看到庫爾滕後，伯格博士十分吃驚，他以為杜塞道夫吸血鬼會是個精神錯亂的瘋子，會和他在精神病院看到的變態狂一樣，但沒想到庫爾滕是個打扮得體的紳士，還十分有禮貌。

隨著交談的深入，伯格博士發現庫爾滕是個條理清晰、記憶力驚人的人，他能夠清楚地闡述出自己所犯下的79起案件，甚至連案件細節都記得一清二楚。

讓血液噴湧而出—彼得‧庫爾滕

【情感喪失】

　　伯格博士在與庫爾滕交談後得出一個結論：庫爾滕不是精神錯亂者，而是個精神變態者。庫爾滕能夠控制自己的行為，因此他在犯下那麼多謀殺案後都沒有被警方抓住。如果不是庫爾滕主動交代罪行，那麼人們永遠也不會知道杜塞道夫吸血鬼是誰。

　　伯格博士發現，庫爾滕是個極度以自我為中心的人，他不會為那些被他殺死的人而感到愧疚，他也從不認為自己做錯了，他將一切都歸咎於受到不公平的待遇，正是因為這些糟糕的經歷，讓他喪失了人類情感。他沒有同情之心，更不會內疚，他也不會主動與別人交流，更不會愛任何人，他的存在對所有人來說始終是個威脅，因為他除了毀滅之外，不會對任何事物有興趣。

　　庫爾滕還提及自己的殺人動機，他只是為了宣洩內心的壓力。不過伯格博士並不認同庫爾滕的說法，他認為庫爾滕殺人實際上是為了獲得性滿足，透過殺人來獲得快感。每當庫爾滕在性方面無法獲得滿足時，就會產生殺人的衝動。例如庫爾滕曾提到他很喜歡幻想和回憶殺人細節，他會因此變得很興奮，就好像重新體驗了一次殺人。

　　庫爾滕對自己的妻子舒爾特的態度與眾不同，他似乎很愛自己的妻子，不然也不會讓舒爾特去告發自己，從而獲得一筆獎金。在伯格博士看來，庫爾滕這麼做只是厭倦了殺人，他無法再從殺人中感到滿足，於是只能主動放棄繼續殺人。許多連環殺手都與庫爾滕一樣，在厭棄殺人後，要麼銷聲匿跡，要麼自首，要麼自殺。

法國現實版的藍鬍子──亨利・蘭德魯

法國現實版的藍鬍子——亨利·蘭德魯

在聖地牙哥，有一個死亡博物館，該博物館成立於 1995 年，起初只是一對夫妻的住所。這對夫妻在寫一部連環殺人小說時，收集了許多數據，包括一些連環殺手的東西。後來，這對夫妻每年都會為筆友們舉辦一次展覽。漸漸地，夫妻二人收集的和死亡相關的物品越來越多，他們就將這戶住宅變成了一個博物館，而鎮館之寶則是法國著名連環殺手「藍鬍子」亨利·蘭德魯 (Henri Désiré Landru) 的腦袋。

藍鬍子是法國詩人夏爾·佩羅所創作的一則童話故事中的角色。藍鬍子是個罪犯，他為了騙錢，會將某個女人勾引到手，然後和她結婚，再將其殺掉，侵吞她的財產。藍鬍子為了錢，殺掉了好幾任妻子，最後被妻子的哥哥殺死。蘭德魯則被稱為現實版的藍鬍子。他所犯的罪行與藍鬍子幾乎一樣，他勾引了 11 名女性，然後騙取她們的錢財，最後將她們一一殺死。

與許多連環殺手不同，蘭德魯成長於一個父慈母愛的普通家庭，從未遭受過虐待，他與父母之間的關係也很不錯。1868 年，蘭德魯出生於巴黎一個普通家庭，他的父親在一家鋼鐵公司上班，母親是家庭主婦。蘭德魯的母親對待丈夫和孩子的態度總是很溫柔，父親的脾氣也很好，他們給予蘭德魯的關愛一點也不少。

長大後，蘭德魯被送到一所天主教學校讀書，還利用業餘時間參加了唱詩班。17 歲時，蘭德魯進入一所很有名氣的機械工程學院讀書，學習工程學，他在學校的表現良好。1 年後，蘭德魯應召到法國軍隊服役。4 年後，蘭德魯以中士的身分退役。

退役後不久，蘭德魯就與表姐瑪里 (Marie-Catherine) 結婚了。對於這段婚姻，蘭德魯的父母並不看好，但礙於瑪里已經懷孕，於是只好同意兩人結婚。後來，瑪里為蘭德魯生下了一個女兒，蘭德魯為了承擔起家庭的責任，到一家公司當職員。

工作沒多久，蘭德魯就遭遇了詐騙，這讓他本來就不富裕的生活變得更加拮据。蘭德魯雖然報了警，但騙子卻沒有找到，他只能自認倒楣。不過這次遭遇讓蘭德魯有了一個賺錢的想法，他覺得詐騙是一種非常不錯的賺錢方式，很輕鬆就可以賺到錢，於是蘭德魯開始想辦法進行詐騙。

蘭德魯開了一家公司，專門倒賣二手家具。蘭德魯的顧客以寡婦為主，一方面他很擅長和女人打交道，在他還在天主教學校讀書的時候，就發現自己很受女人歡迎；另一方面，一些寡婦為了生活會不得不變賣家具。於是，蘭德魯就盯上了這些寡婦，企圖從寡婦身上騙錢。

為了讓這些寡婦們乖乖把錢交給自己，蘭德魯會先得到她們的信任，這對蘭德魯來說並非難事，他本就很擅長贏得女人的芳心。在與她們相處了一段時間後，蘭德魯就會找準時機提及自己有個非常不錯的投資專案，可以得到很高的收益。一般情況下，寡婦們都會將自己僅有的積蓄交給蘭德魯，她們很信任他，希望蘭德魯能幫自己賺些錢。但這只是蘭德魯精心製造的騙局，根本沒有什麼投資專案，她們的錢都被蘭德魯據為己有。

時間長了，寡婦們不見收益，也拿不回自己的本金，就開始懷疑上當受騙了。有些受害者選擇了沉默，有些則報了警。1900年，蘭德魯因詐騙罪入獄，他被判了兩年。在服刑期間，蘭德魯曾出現多次自殺行為，每次都被獄警及時發現並制止。

出獄後，蘭德魯繼續靠詐騙生活。在接下來的3年內，蘭德魯屢次因詐騙入獄，不過每次入獄的時間都很短暫。

1908年，蘭德魯再次因詐騙入獄，這一次他企圖透過騙婚從一個富婆那裡得到一筆巨資，但這個富婆及時發現了蘭德魯的騙局，不僅沒和蘭德魯結婚，還將他告上了法庭。這一次，蘭德魯被判了5年。

蘭德魯的父母得知兒子的所作所為後，紛紛表示氣憤和不解，而他的父親則覺得蘭德魯給自己帶來了巨大的恥辱，一氣之下上吊自盡了。蘭德魯的母親則因受不了接連的打擊而病倒了，沒等蘭德魯出獄就撒手人寰。

沒有人知道蘭德魯在坐牢時想了些什麼，從他出獄後殺人奪財的罪行中可以推測，他坐牢期間不僅沒有悔改，反而一直在思考自己為什麼會屢次入獄。顯然，在蘭德魯看來，他之所以會屢次因詐騙而入獄，並不是由於他實施詐騙的行為，而是由於他沒有殺人滅口，如果他在獲得她們的財產後，將她們一一殺死，並毀掉她們的屍體，就會神不知鬼不覺地得到更多的金錢，過上富裕的生活。出獄後，蘭德魯開始實施自己的邪惡計畫。

蘭德魯在巴黎報紙的「孤獨的心」專欄上刊登相親廣告：「43歲，喪妻，有兩個孩子，有穩定的收入和一定的社會地位，期望覓得一位寡婦共度餘生。」

當時的法國正處於第一次世界大戰和經濟大蕭條時期，許多男人都應徵入伍，被派往前線參加戰爭，有不少人都喪命於這場戰爭，這導致許多女人成了寡婦，她們不僅要面對丈夫的死亡，還要應對貧困的生活。對於她們來說，像蘭德魯這樣的鰥夫是很理想的對象。於是蘭德魯收到了許多寡婦的來信，他每天都在認真閱讀這些信件，以從中尋找合適的下手對象。

庫切特夫人（Jeanne Cuchet）是一名39歲的寡婦，丈夫戰死後，她得到了政府的一大筆撫卹金。她在一家內衣店工作，兒子安德烈（André Cuchet）已經17歲了。當庫切特從報紙上看到蘭德魯的相親廣告後，就和蘭德魯取得了聯絡。

庫切特在與蘭德魯見面後，立刻想要和對方結婚共度餘生，她對蘭

德魯的各個方面都很滿意。後來，庫切特將自己想要再婚的消息告訴了哥哥，她說這個男人名叫迪亞爾（Diard，蘭德魯使用的假名），是個工程師。庫切特的哥哥一聽，覺得迪亞爾的條件不錯，就讓妹妹約個時間，自己要和迪亞爾見一面。

蘭德魯將庫切特和她的哥哥帶到了自己位於尚蒂伊的別墅裡。在這裡，庫切特的哥哥意外發現一個箱子，裡面都是其他女人寫給蘭德魯的信。庫切特的哥哥覺得蘭德魯很可能是個騙婚的人，就不同意妹妹與他在一起。

對於庫切特來說，蘭德魯就是自己的後半生所託之人。為了和蘭德魯順利結婚，庫切特就不再與哥哥聯絡。庫切特本以為自己會過上幸福的生活，實際上她已經步入了蘭德魯的死亡陷阱，成了他手下的獵物。

1915年1月，庫切特帶著兒子安德烈和蘭德魯搬到了韋爾努耶的一棟別墅裡居住。24日後，庫切特和安德烈失蹤了，周圍的人再也沒有見過他們母子。2月分，蘭德魯在銀行開了一個帳戶，並存進了5,000法郎，蘭德魯對外聲稱他從父親那裡繼承了一筆遺產。實際上，這筆錢是蘭德魯從庫切特那裡得到的，而庫切特和安德烈已經被蘭德魯殺害，他們的屍體則被蘭德魯肢解後放進壁爐內燒掉了。在之後的作案中，蘭德魯也採用了相似的作案手法，這導致警方無法找到被害人的屍體，只能將被害人列為失蹤人口。

蘭德魯殺害的第二位女性是拉博德夫人（Thérèse Laborde-Line），她是阿根廷移民，丈夫因肺癌過世，生前曾是一家大飯店的老闆。拉博德輕易地落入了蘭德魯的陷阱裡，她還告訴朋友們，她交了一個富有魅力的巴西工程師男朋友，而且兩人就要結婚了。

拉博德在和蘭德魯交往了幾個月後，就聽從了蘭德魯的建議，搬到了韋爾努耶的別墅裡，開始了同居生活。從那以後，拉博德就失蹤了，

人們只見過蘭德魯從拉博德以前居住過的房子裡搬走家具。

第三名被害人是一名51歲的寡婦——吉蘭夫人（Marie-Angélique Guillin）。1915年8月，吉蘭搬到韋爾努耶的別墅裡和蘭德魯同居，之後就失蹤不見了，凡是認識吉蘭的人都再也沒有見過她。

第四名被害人是赫翁太太（Berthe Héon），在1915年11月失蹤，最後一次出現的地方也是韋爾努耶。

第五名被害人是科倫姆太太（Anna Collomb），在1915年12月失蹤。

第六名被害人是一個名叫巴貝萊（Andrée Babelay）的女僕。與之前的被害人不同，巴貝萊沒有和蘭德魯建立男女朋友關係。她不是寡婦，也沒有錢，只是在路過韋爾努耶時被蘭德魯殺害。或許是巴貝萊發現了蘭德魯見不得人的祕密，蘭德魯為了阻止巴貝萊去報警，於是就選擇了殺人滅口。

在巴貝萊死後很長一段時間內，蘭德魯沒有再作案，可能是巴貝萊的意外讓蘭德魯提高了警惕。後來，蘭德魯將韋爾努耶的別墅賣掉，在甘巴伊思買了一棟占地面積更大的別墅，別墅裡有一個很大的火爐。

第七名被害人是一個十分有錢的寡婦——布韋松太太（Célestine Buisson）。蘭德魯在1916年末將布韋松追到手，為了方便下手，蘭德魯用盡了所有手段，終於讓布韋松和家人斷絕了聯絡，甚至拋棄了自己未成年的兒子。1917年4月，布韋松搬進了蘭德魯新買的別墅裡，之後再也沒人見過布韋松。

第八名被害人是豪梅太太（Louise Jaume），在1917年9月和蘭德魯認識，一個月後就失蹤了。

第九名被害人是38歲的帕斯卡（Annette Pascal），在1918年3月失蹤。

第十名被害人是馬爾卡迪耶（Marie-Thérèse Marchadier），是個落魄的交際花，在蘭德魯的二手家具店與蘭德魯認識，之後兩人就成了情人。從1918年年末起，馬爾卡迪耶再也沒有出現過。

在1915年到1918年期間，蘭德魯一共殺害了10名女性，還有一名被害人的兒子，他總共殺死了11個人。這些被害人的屍體都被蘭德魯肢解並燒毀，警方根本無法立案，而且蘭德魯在行騙殺人時，所使用的名字都是假的，每次所使用的假名都不一樣。蘭德魯有一個筆記本，上面記錄著他所使用的假名以及所對應的被害人。

1919年，蘭德魯引起了一個名叫瑪里・拉科斯（Marie Lacoste）的女人的懷疑，她是被害人布韋松太太的妹妹。在姐姐拋棄兒子，執意與蘭德魯結婚後，她收養了姐姐的兒子。在此期間，拉科斯一直試圖和姐姐聯絡，但一直沒有收到回信，這讓她覺得很可疑。後來，布韋松太太的兒子因病去世了，拉科斯就寫信將此事告訴了姐姐，並讓姐姐出席葬禮。但拉科斯不僅沒有收到姐姐的回信，姐姐也沒有出現在葬禮上，她覺得很奇怪，就專門到甘巴伊思尋找布韋松。

來到甘巴伊思後，拉科斯到處打聽布韋松的下落。後來，拉科斯還去找了鎮長，結果鎮長告訴她，他們鎮上從來沒有過一個名叫布韋松的女人。沒過多久，拉科斯就遇到一個同樣在尋找姐姐的女人，她的遭遇與拉科斯非常相似，而且兩人所描述的那個騙走姐姐的男人的長相也很相似，臉上長滿了鬍子。她們覺得很蹊蹺，於是就報了警。

法國現實版的藍鬍子——亨利·蘭德魯

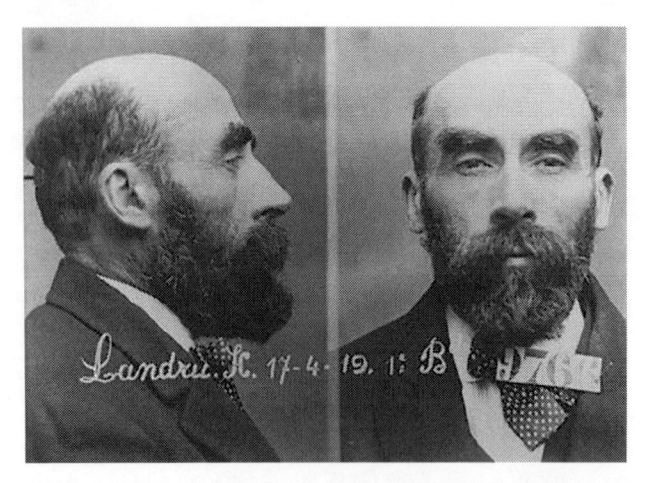

警方根據兩人所提供的線索，找到了蘭德魯的別墅，但裡面空無一人，周圍的鄰居也不知道蘭德魯的下落，警方只好放棄繼續調查。

但拉科斯沒有放棄，她開始在巴黎到處尋找蘭德魯的下落。她雖然知道蘭德魯使用了假名，但對蘭德魯的長相卻記憶深刻。1919年4月12日，拉科斯在一家洗衣店看到了蘭德魯，當時蘭德魯正摟著一個女人走進一家飯店。警方在接到拉科斯的報案後，立刻對蘭德魯發出逮捕令。

當蘭德魯意識到自己已經被警察盯上的時候，立刻跑回了家，他將一個筆記本從窗戶扔了出去。這個筆記本上記載著蘭德魯所殺婦女的名字以及她們的財產紀錄。很顯然，蘭德魯覺得這是罪證之一，他不想讓警察發現。不過警方在後來的搜查中發現了這個筆記本。

在審訊中，蘭德魯一直拒絕與警方交談。根據當時法國的法律，如果找不到被害人的屍體，就不能指控殺人罪。後來警方還專門到蘭德魯位於甘巴伊思和韋爾努耶的別墅尋找證據，並進行了挖掘，但就是沒有找到屍體和殘骸。於是警方只能指控蘭德魯貪汙，在之後的兩年內，雙方一直僵持著。

在此期間，警方一直在蘭德魯的別墅裡尋找和挖掘，但根本沒有找

到任何可疑的東西，警方開始懷疑蘭德魯用硫酸等化學品溶解掉了屍體。後來，警方從蘭德魯的鄰居那裡了解到，蘭德魯別墅的煙囪裡常常會冒出難聞的黑煙。於是警方就搜查了別墅裡的壁爐，從壁爐裡找到了一些人類的骨頭和牙齒碎片，還有女人衣服上的別針。

　　有了這些證據，警方立刻以殺人罪起訴蘭德魯。1921 年，蘭德魯接受了審判。在法庭上，蘭德魯不僅拒絕認罪，還動用一切關係來阻止法庭的審判。最終，蘭德魯因 11 項謀殺罪被判處死刑。1922 年的冬天，蘭德魯被移送到凡爾賽接受死刑。在被斬首後，蘭德魯的頭顱並未下葬，而是經過防腐處理後被博物館收藏。

【為了個人利益的蓄意謀殺】

　　蘭德魯成長於一個普通家庭，他少年時從未出現過盜竊等不良行為，也從來沒有招惹過警察，怎麼看蘭德魯都不應該成為一個殺死 11 個人的連環殺手。但從蘭德魯後來的犯罪行為中可以看出，他是一個冷酷且不會內疚，而且又十分擅長撒謊的人。這樣的人被稱為精神變態，有著一定的危險性，因為他的道德體系非常易碎，甚至可以說是為了適應社會偽裝出來的。

　　在實施詐騙和殺人之前，蘭德魯在周圍人眼中就是一個再普通不過的人，他有一個正常的家庭和一份工作。同時，蘭德魯還是一個十分富有魅力的人。他雖然長得並不英俊，卻能輕易贏得女人的芳心，還能讓被害人切斷與家人的聯絡，甚至是拋棄未成年的兒子。對於任何一個有正常情感的人來說，就算決定再婚，將心比心，也不會唆使對方拋棄自己的孩子。

　　對於像蘭德魯這樣的心理病態者而言，只要他覺得有必要，就會訴諸暴力，哪怕是殺人。從蘭德魯的犯罪經歷中可以看出，他的目的只是圖財。所以，最初蘭德魯只是詐騙，並未出現暴力行為。但當他意識到被害人會報警，自己會入獄時，就產生了殺人的念頭，以達到安全獲得被害人財產的目的。

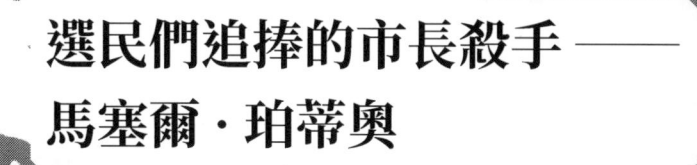

選民們追捧的市長殺手──
馬塞爾・珀蒂奧

選民們追捧的市長殺手──馬塞爾‧珀蒂奧

1943 年 5 月 24 日，德國的蓋世太保抓了一個法國抵抗運動組織的人，他名叫馬塞爾‧珀蒂奧（Marcel Petiot），在巴黎 16 區有一棟豪宅，在德軍占領巴黎後，多次和猶太人聯絡。之後，蓋世太保對珀蒂奧進行了 8 個月的嚴刑拷打，漸漸地，蓋世太保發現珀蒂奧與抵抗運動沒什麼關係，於是就放走了他。

沒過幾天，珀蒂奧因殺人罪被警方通緝。原來，在珀蒂奧獲得自由後沒多久，他的鄰居們就聞到了令人作嘔的煙味，而煙霧是從珀蒂奧的豪宅裡飄出來的，隨後鄰居們就叫來了消防員。鄰居們本以為珀蒂奧的家中失火了，消防員卻意外在珀蒂奧的房屋管道中發現了大量的肉塊，而且已經腐爛了，後經證實這些肉塊均屬於人類。此時珀蒂奧早已跑了。

法國警方在搜查珀蒂奧的豪宅時發現了一個地下室，顯然珀蒂奧就是在這裡對屍體進行肢解，把屍體切割成一個個小塊，然後將它們扔到地下管道裡。而且，警方還在珀蒂奧的家裡發現了一個爐子，這是他專門用來毀屍滅跡的，他將被害人的屍體都扔進爐子裡燒毀。當時法國警方並未意識到珀蒂奧是個連環殺手，只以為珀蒂奧是個蓋世太保，專門殺害法國抵抗人員。而德國的警察卻認為珀蒂奧是個法國反抗分子，專門殺害投降者。

檢察官在搜查珀蒂奧房子的時候，發現了許多被害人的物品，例如箱子和衣物，檢察官根據這些物品確認珀蒂奧一共殺害了 27 個人，其中有 15 名猶太人、4 名嫖客、4 名妓女、3 名病患和 1 個身分不明的人。這些人與政治毫無關係，都是無辜的民眾，這也進一步證明了珀蒂奧就是一個連環殺手，既不是法國抵抗分子，也不是投敵分子。而且檢察官在調查珀蒂奧的時候發現，他是個有著醫學博士學位的醫生，還曾兩次當選市長。

最終珀蒂奧被判處死刑，並在 1946 年 5 月 25 日被處死，臨死前珀蒂奧說：「請你們不要看我，我怕自己的形象不好看，我希望自己能在你們的心中留下一個美好的形象。」

1879 年，珀蒂奧出生於法國勃根地的歐塞爾市的一個普通家庭。珀蒂奧從小就是一個與眾不同的孩子，他很聰明，智商遠高於其他孩子，5 歲時就已經掌握了 10 歲孩子才學習的知識。小學時，珀蒂奧就開始向同學們傳授男女兩性健康知識。除了與年齡不符的高智商外，珀蒂奧還有十分嚴重的暴力傾向，經常拿刀威脅同學，同學們都很怕他。而且珀蒂奧還有虐待動物的行為，對於他來說，暴力行為就是他日常生活中必不可少的一部分。珀蒂奧早早地就開始偷竊，而且屢教不改，小學時差點因偷竊被送上少年犯法庭。

第一次世界大戰來臨後，珀蒂奧和許多法國青年一樣到軍隊服役，並被送上了戰場。1917 年 5 月 20 日，珀蒂奧在一次戰役中負了傷，他的左腿被炸彈炸傷了，於是他被送往後方養傷。1918 年，養好傷後珀蒂奧再次被送上戰場，但不久他再次受傷被送去治療。在養傷期間，珀蒂奧還因精神障礙看了心理醫生。心理醫生覺得珀蒂奧總是表現得健忘、失眠、焦慮，醫生懷疑他在戰爭中受到了心理創傷，從而造成了神經衰弱。

之後，珀蒂奧就再也沒有被送回前線。不過關於珀蒂奧是否因戰爭而受到心理創傷，一直存在爭議。且不說珀蒂奧是個連環殺手，心理素養絕對強大，他在養傷期間還透過了醫學院的博士論文稽核，取得了優異的成績。對於一個真的飽受心理創傷折磨的人來說，是不可能有精力去學習的，一個人如果經常處於焦慮中，那麼他的所有精力都會被耗費殆盡。例如一個真正患有創傷後壓力症候群的士兵，他會被困在戰爭所帶來的創傷中無法自拔。

選民們追捧的市長殺手──馬塞爾・珀蒂奧

　　1922年，珀蒂奧開始開診所行醫。珀蒂奧的醫術很高明，每天診所都會接待許多患者。除了看病外，珀蒂奧還熱衷於參加各種社交活動，待人有禮有節、對孩子和女人十分紳士，像他這樣的人在各種社交圈都很受歡迎。後來，許多人都知道了珀蒂奧這個醫生，在人們的傳言中，珀蒂奧不僅醫術高明，還頗有仁心，經常替窮人免費看病、為貧困兒童免費施打疫苗。

　　1926年，珀蒂奧開始參與政治，還參加了市長競選。7月分，28歲的珀蒂奧在市長競選中脫穎而出，成為當地的市長。一名富商十分看好這個頗有前途的年輕人，就將自己的女兒介紹給了珀蒂奧。這名富商在法國中央政府裡有許多人脈，和許多政要的關係都不錯，對於珀蒂奧來說這是一個正確的選擇，他很快就與富商的女兒完婚，兩人婚後生下了一個男孩。

　　有了富商岳父的支持，珀蒂奧有了更多的機會接觸巴黎的議員，甚至部長級別的人，經常和他們在一起進餐聊天。

　　1930年，珀蒂奧因涉嫌挪用公款被法院調查，法院還發現珀蒂奧根本沒有傳說中的那樣好，他雖然也會為窮人提供免費治療，但並不頻繁。後來法院將珀蒂奧的這兩大醜聞進行了曝光。這次的曝光並未影響珀蒂奧的政治事業，他的選民依舊在選舉中投了他的票，讓他再一次當選市長。珀蒂奧後來甚至還成為省議會的議員。

　　1935年，有關珀蒂奧的醜聞接連被曝光，例如偷走市政府的保險櫃、拖欠電費、偽造各種票據、涉嫌殺害情婦。珀蒂奧的這些醜聞一經曝光，選民們紛紛棄他而去，他不得不離開當地，帶著一家人搬到巴黎躲避風頭。

　　來到巴黎後，珀蒂奧立刻開了一家診所，還專門發放廣告吸引患者。珀蒂奧的診所廣告詞是他親自寫的：「珀蒂奧醫生是巴黎的醫學院博

士，曾經做過市長、省議會議員，該診所附近有許多公車站和地鐵站，還有完善、先進的醫療裝置，歡迎患者前來就診。」很快，珀蒂奧的診所就吸引了許多患者，再加上珀蒂奧的醫術很高明，前來就診的患者越來越多。

第二次世界大戰爆發不久，法國就被德軍占領了。從那時起，珀蒂奧的診所就關門了，他想到了一個更好的賺錢方法，他決定引誘一些有錢的猶太商人到家中，然後將他們殺害並吞掉他們的財產。1941年2月11日，珀蒂奧在巴黎16區購買了一棟豪宅，還專門在裡面建了一個隔音的房間，他準備在這裡大開殺戒。

當時的猶太人被德軍到處追殺，猶太人都希望能帶著錢趕快逃離歐洲這個危險之地。珀蒂奧看準了猶太人的心思，就謊稱可以幫猶太人逃到阿根廷，有不少猶太人都上當了，會收拾好貴重物品和行李去珀蒂奧家。

1942年1月2日，珀蒂奧將鄰居騙到了自己家，這是他殺死的第一個猶太人，是一個皮貨商，當他得知珀蒂奧能帶自己離開歐洲後，就帶著貴重的珠寶來到了珀蒂奧的家，並聽從珀蒂奧的建議接受了血清注射。當時珀蒂奧告訴他這支血清劑可以幫他提高免疫力，以防止逃亡路上感染疾病，實際上這是一支毒藥。這個皮貨商死後，他的貴重珠寶和行李就成了珀蒂奧的財產。珀蒂奧利用這種方式殺了許多人，為了不引人懷疑，珀蒂奧將被害人的屍體肢解成一個個小塊，然後到塞納河、巴黎街道拋屍，也有一部分扔進了下水道。後來，珀蒂奧僥倖從德國蓋世太保手下逃脫後，就想起了用火爐燒毀屍體的辦法，他覺得這樣能更快地處理掉屍體，卻引起了鄰居們的懷疑。

【無法正常處理情感刺激的大腦】

珀蒂奧是個智商超群的反社會人格者，他的高智商可以幫助他逃脫兵役、幫助他獲得醫學博士學位，同時也可以幫助他掌握社交技巧，成為一個受歡迎的人，從而接連兩次當選市長。

對於反社會人格者來說，他的大腦皮層在處理情感刺激時與正常人不同。在一項實驗中，反社會人格者在看到情緒詞彙並進行辨認時，他大腦中的顳葉部分會活躍起來。對於一個正常人來說，只有在做一道頗有挑戰性的智力題時，他的顳葉部分才會活躍。也就是說，反社會人格者在辨認情感詞彙時，就好像在做一道智力題，而對於正常人來說，辨認情感詞彙是一件非常容易的事情，根本用不著顳葉部分的參與。

珀蒂奧雖然無法像正常人一樣擁有真實的情感經驗、缺失道德感，但他卻可以利用自己的高智商去進行辨認和算計，知道如何表現出仁慈，例如為窮人提供免費治療，也知道如何贏得選民們的支持。對於選民們來說，珀蒂奧是個有愛心的人，他當選為市長一定會為市民們帶來福利。但對於珀蒂奧來說，他只不過是將選民當成可以利用的棋子而已，甚至他後來和富商的女兒結婚，也只是在利用對方，因為反社會人格者的本質特點是冷漠無情，根本沒有愛人的能力。

在三千餘人圍觀下被絞死──
約翰・黑格

1949 年 2 月 20 日，英國倫敦的警方接到報案，一個名叫奧麗芙（Olive Durand-Deacon）的富婆失蹤了。奧麗芙是個 69 歲的寡婦，報警者是奧麗芙的朋友，他在奧麗芙失蹤兩天後就覺得不對勁了，於是就報了警。他告訴警方，奧麗芙失蹤前曾說要去一個名叫約翰‧黑格（John George Haigh）的男人家。

奧麗芙的朋友告訴警方，黑格曾對奧麗芙說，他是個工程師，而奧麗芙恰好想製造美甲來做生意，黑格表示他會做美甲設計。2 月 18 日，黑格對奧麗芙說，他已經完成了美甲的設計，希望奧麗芙去看看，結果奧麗芙一去不返。

黑格在警察局留下了許多不良紀錄，例如詐騙、賭博欠債等，警方認為奧麗芙的失蹤一定與黑格密切相關，於是就將黑格當成了奧麗芙失蹤案的第一嫌疑人。後來警方在一家乾洗店內發現了奧麗芙的毛皮大衣，奧麗芙失蹤前正好穿著這件毛皮大衣，警方從乾洗店店員那裡了解到，送毛皮大衣來的人正好是黑格。

將黑格逮捕之後，警方搜查了他的工作間，在花園裡發現了一個袋子，袋子裡裝著一些不明物體，還有一隻人腳。此外警方還發現了許多失蹤者的物品，例如威廉‧麥克斯旺（William Donald McSwan）和阿奇博爾德‧亨德森（Archibald Henderson）的檔案。

警方將袋子裡的東西帶回去化驗，化驗結果顯示，那些不明物體是已經被腐蝕的人體組織。後來病理學家基斯‧辛普森在對黑格工作室的爛泥進行進一步化驗的時候，發現了三顆人類的膽結石。

1909年7月24日，黑格出生在一個很保守的宗教家庭裡，他的父母都是宗教人士，同時也是工程師，同為普利茅斯弟兄會的成員。

　　從黑格記事起，父母就對他管教得十分嚴格，他不僅要談吐優雅、成績優秀，還要嚴格遵守教規。

　　為了避免黑格被其他的孩子教壞，父母從來不讓他出去玩，讓他在家裡學習鋼琴和古典音樂，甚至還將房子用一圈柵欄圍起來，柵欄足足有3公尺高，黑格根本無法出去，只能在柵欄內活動。

　　黑格雖然課業很優秀，曾在伊莉莎白文理學校拿過獎學金，但長時間的與世隔絕，卻讓他的性格變得非常陰鬱，每天都顯得很不高興。在黑格的童年記憶裡，唯一能讓他快樂的事情就是與家裡的寵物狗一起玩耍。

　　上大學時，黑格按照父母的要求去學習電機工程，但他沒有堅持多長時間就放棄了。此時的黑格意識到，自己已經完全脫離了父母的掌控，他決定按照自己的心意來生活。他找了一份保險業和廣告業的工作，但工作沒多長時間，黑格就因涉嫌盜竊公司財產而被開除。

　　1934年，黑格認識了一個名叫貝蒂·哈默（Betty Hamer）的女子。當時貝蒂才23歲，她深深地被黑格英俊的外貌和身上與眾不同的魅力所征服。在兩人認識後不久，黑格就與貝蒂結婚了。

婚姻並未讓黑格學會負責任,他還是到處詐騙,最終在 10 月因詐騙罪入獄,當時他與貝蒂的婚姻才維持了短短的 4 個月。在黑格服刑期間,貝蒂為他生下了一個女兒。貝蒂帶著女兒去監獄看望了黑格一眼,之後就將女兒送人了,而自己也離開了黑格。黑格的父母難以忍受兒子如此墮落,從此也與黑格斷了聯絡,這對黑格來說卻是一件好事,他終於不用再受管束了。

出獄後,黑格來到了倫敦,他並未按照父母的期待痛改前非,反而騙術更加精湛,他開始假扮成功人士騙錢。他看起來風度翩翩,又能說會道,別人很容易上當受騙,例如遊樂場的老闆威廉·麥克斯旺。

威廉很喜歡黑格,將黑格介紹給了自己的父母認識。威廉的父母很有錢,在父母的幫助下,威廉能輕鬆賺到很多錢,這讓黑格十分眼紅。威廉的父母也非常喜歡黑格,尤其是威廉的父親唐納德(Donald),他甚至還邀請黑格來遊樂場工作,並在黑格拒絕後失落了很長時間。

1937 年,黑格在冒充律師實施詐騙的時候,因寫錯了一個單字而被懷疑,然後黑格就再次因詐騙罪入獄,這次他被判了 4 年。

監獄裡的黑格一直在思考自己為什麼會被判入獄,他將所有的原因都歸結在被害人身上。他想出了一個好辦法來避免警察的懷疑,他得把目標人物殺死,然後將死者的資產變賣掉,這樣他就能得到死者的全部財產了。但這是比詐騙更嚴重的罪行,如果被警察抓住了,就要被絞死。那麼怎樣才能不讓警方發現自己殺人了呢?黑格認為只要沒有屍體,就不會有人發現他殺人了,他要做的就是讓屍體消失掉。

後來黑格從法國發生的一起案件中找到了如何使屍體消失的靈感。法國有一個殺人犯叫喬治斯-亞歷山大·薩雷(Georges-Alexandre Sarret),他為了銷毀被害人的屍體,就將屍體浸泡在硫酸中,讓硫酸將屍體慢慢地溶解掉。

為了驗證硫酸是否能溶解屍體，黑格還專門賄賂獄警得到了一瓶硫酸，他決定用監獄裡的老鼠來做實驗。當黑格將老鼠的屍體浸泡在硫酸中時，老鼠的屍體開始一點點溶解，半個小時後就完全溶解掉了。

1941年，黑格出獄了，他並未馬上開始實施自己的殺人計畫。1944年，出獄3年的黑格遭遇了一場車禍，導致他的大腦受傷。出院後，黑格開始頻繁做一個噩夢，夢中他被釘在一個十字架上無法動彈，有人不停地往他身上淋血，直到血液將他淹沒，使他無法呼吸。黑格覺得這個噩夢是在提醒自己，得開始實施自己的殺人計畫了，這樣他才能賺大錢。為了計畫順利進行，黑格在格勒斯特路79號租了一個房間，將此地當成了自己的工作室。

1944年9月，黑格在肯辛頓的山羊酒吧裡遇到了威廉。威廉很長時間沒見過黑格了，看到黑格後十分高興，並邀請黑格到自己家裡去。在威廉的家裡，兩人聊了很長時間。威廉非常信任黑格，而黑格則在談話間有意套話，得到了有關威廉財產的資訊。黑格知道威廉很有錢後，就決定朝威廉下手，臨走前他發出了邀請，約威廉第二天到他的工作間做客。

第二天，威廉準時來到了黑格的工作間。威廉一進門，黑格就趁其不備用棍子將他打暈，然後拿出一把刀直接將威廉殺死。黑格將威廉的屍體扔到了一個40加侖的大桶內，並倒入了硫酸，看著威廉的屍體按照自己所預想的樣子一點點溶解時，黑格興奮不已。但是威廉的屍體並未完全被溶解掉，還留下了一些殘渣，這些殘渣都被黑格倒入了洩水孔。

殺死威廉後，黑格就住進了威廉的房子裡，還幫著威廉的父母收取各種房產的租金。威廉失蹤後，唐納德和妻子首先就懷疑上了黑格，但黑格卻告訴他們，因為第二次世界大戰，威廉本應該服兵役，他不想服役，就躲到蘇格蘭去了。不久之後，唐納德就收到了威廉從蘇格蘭寄來

的明信片，於是他相信了黑格的說辭，放棄了報警。事實上，那些明信片都是黑格寄來的。

在戰爭結束後，麥克斯旺夫婦還是沒有等到兒子的音訊，他們就去問黑格。黑格害怕麥克斯旺夫婦報警，就決定將他們殺死，這樣他還能將麥克斯旺家的所有財產都拿到手。為此，黑格還專門購買了一個特製浴缸，他決定在這個浴缸裡處理麥克斯旺夫婦的屍體。

1945年7月2日，麥克斯旺夫婦來到了黑格的工作間，因為黑格告訴他們，有威廉的消息了。黑格將麥克斯旺夫婦騙到地下室，然後將他們打暈並殺害。

在麥克斯旺夫婦死後的一週，黑格開始偽造檔案和變賣麥克斯旺家的資產，例如遊樂場，這下黑格一共得到了6,000英鎊，這在當時是一筆鉅款。

黑格很快就將這筆鉅款給花完了，因為他喜歡賭博，錢都被他輸光了。沒了錢，黑格又打起了詐騙殺人的主意。黑格在看報紙的時候，看到了一則賣房子的廣告，他決定將房子的主人殺死，然後侵吞掉這棟房子，於是他就按照報紙上的電話聯絡到了房主——阿奇博爾德·亨德森醫生，並與阿奇博爾德約好了看房子的時間。

在約定那天，黑格將自己打扮成了一個得體的紳士，當亨德森夫婦看到黑格後，立刻對他產生了好感。之後，黑格開始和亨德森夫婦聊天，以得到他們的信任。當黑格得知亨德森夫婦很喜歡音樂時，就對他們說自己也是個音樂迷，他手中還有一張十分珍貴的唱片，他表示希望亨德森夫婦也能欣賞到這張唱片中流淌出來的美妙音樂。亨德森夫婦一聽自然十分有興趣，就和黑格約定了一個時間，到黑格的住所去。黑格回到家後，就開始準備殺人工具，還多買了3罐硫酸。

1948年2月12日，阿奇博爾德按照約定來到了黑格位於克勞利的

住所。阿奇博爾德一走進黑格的住所，就被黑格一棍子擊暈了。由於阿奇博爾德的妻子蘿絲（Rose）沒有來，為了防止她起疑心，黑格就決定將她也騙來殺死。

黑格打了通電話給蘿絲，說阿奇博爾德突發急病，讓蘿絲趕緊過來察看一下。與丈夫一樣，蘿絲一進門就被擊暈了。黑格將兩人殺死後，將他們的屍體扔到了浴缸裡，裡面都是硫酸。這次毀屍進行得並不徹底，阿奇博爾德的一隻腳沒有被溶解掉，後來黑格將這隻腳和硫酸裡的碎渣都埋在了花園的角落裡。

接下來，黑格開始偽造文件轉移亨德森夫婦的財產。亨德森夫婦十分有錢，黑格變賣完他們的財產後，得到了 8,000 英鎊。不過這筆錢黑格用了不到一個星期，就全都輸光了。在被警察懷疑時，黑格說阿奇博爾德做了一次違法的墮胎手術，為了躲避牢獄之災，逃到南非去了，臨走前將財產託付給自己保管。

在黑格因涉嫌殺害奧麗芙被捕後，他覺得自己不久就會被無罪釋放，因為警方根本找不到屍體，他以為警方只有找到了屍體才能以殺人罪起訴他。當警方在黑格住所的花園裡找到了大量殘渣後，就將殘渣送到了法醫那裡，法醫所提供的檢驗結果依舊可以作為證據起訴黑格殺人罪，甚至給他定罪。

在證據面前，黑格只能承認自己的罪行。除了警方所確定的 6 起殺人案外，黑格還提到了另外 3 個被害人——一個叫麥克斯的年輕人，一個叫伊斯特本的女孩和一個來自漢墨斯密的女人。最後黑格開始裝瘋賣傻起來，他知道精神病患者不會被處死，於是他說自己是吸血鬼，殺人只是為了喝血。但警方根本不相信黑格的鬼話，甚至覺得黑格所說的另外 3 個被害人是虛構的，目的是讓警察覺得他是個精神病。

在旺茲沃思的一個法院裡，黑格接受了審判。黑格的辯護律師企圖

為他進行精神病辯護，他聲稱黑格在作案時正處於精神病發作期，他應該被送到精神病院接受治療。但法官根本沒有理會辯護律師的辯護，直接給黑格判了死刑。

1949年8月10日，這天是黑格被執行絞刑的日子，絞刑臺周圍聚集了3,000多名圍觀者。在1940年代的英國，黑格的案件受到了許多人的注意，報紙用了大量的篇幅來報導黑格所犯下的謀殺案。

【人格違常者的特徵】

　　當一個風度翩翩且智商很高的人出現在人們面前時，許多人都會對他產生好感。而這兩個特徵也恰恰是人格違常者所擁有的，許多人都會被人格違常者富於魅力的外表和高智商所吸引，樂於和他成為好朋友。例如威廉一家就輕易地被黑格所欺騙，不是因為威廉一家好騙，而是因為像黑格這樣的人格違常者擁有十分強大的魅力和操控能力，很少有人能躲得過去。

　　黑格成長於一個中產階級家庭，從小接受了良好的教育，他的成績非常優異，還在父母的要求下學習了古典音樂。從黑格的成長經歷來看，他無論如何都不應該「墮落」成一個殺人奪財的罪犯。其實自小時候起，黑格就已經表現出了人格違常者的特點。

　　黑格雖然很討人喜歡，卻是個病態的撒謊者，他經常說謊。其實每個人都有過撒謊的經歷，這似乎是人的本能，每個人小時候都會撒謊。但黑格與正常人的撒謊不一樣，他不會內疚，也從不認為撒謊是不對的。黑格的父母從小就教育他不要撒謊，不然會惹怒神，會被懲罰，但黑格很快就發現，神根本沒有因撒謊而懲罰自己，他變得沾沾自喜起來，認為自己是特別的，不管做任何事情都不會被懲罰。因此黑格開始頻繁地撒謊來使自己獲益。

　　大多數的人格違常者都像黑格一樣會給人留下友好、討人喜歡的印象，他特別能言善道，口頭表達能力非常強，社交能力還非常高超，能在短時間內捕捉到對方的愛好，從而利用社交技巧來操控他人。例如黑格在與亨德森夫婦初次見面時，探知他們喜愛音樂，於是他開始利用音

樂唱片操控著亨德森夫婦到自己家裡去，從而方便下手。

雖然人格違常者很討人喜歡，能輕易地與剛剛認識不久的人打成一片，但難以與他人建立起穩定的親密關係，他們甚至很少與家人聯絡。例如黑格就沒有與任何一個人很親密，他自從因詐騙入獄後就再也沒有與父母、妻子聯絡過，出獄後他也沒試圖去尋找自己被送人的女兒。因為人格違常者與正常人不同，他們沒有愛與被愛的情感需求。

像黑格這樣的人，受過良好的教育、富有魅力、能言善道，按理說應該能取得不錯的成就，但黑格卻並未在事業上取得成功，反而屢次因詐騙入獄，最後因殺人被處以絞刑。對於人格違常者來說，雖然他們很有魅力，擁有高於常人的智商，但並不能取得成功，也無法給自己帶來財富或社會地位，因為他們往往是不可靠和不負責的。而且，他們還有一個十分典型的特徵──衝動。

或許每個人都有過詐騙、殺人的衝動或幻想，但不會付諸行動。可對於像黑格這樣的人格違常者來說，抑制衝動、對自己和周圍的人負責，是一件完全無法理解的事情，因為他毫無內疚感和罪惡感，他根本就不在乎自己的行為會帶來什麼樣嚴重的後果，也不覺得自己應該承擔起相應的責任。於是當黑格需要一筆錢的時候，他就不顧後果地去殺人，然後偽造文件，從而得到被害人的所有財產。

蜜罐裡長大的富二代殺手——
肯尼斯・麥克達夫

蜜罐裡長大的富二代殺手——肯尼斯·麥克達夫

1966年8月的一天，德克薩斯州的警局來了一個主動投案自首的男人，他名叫羅伊·戴爾·格林（Roy Dale Green），曾因偷竊進過監獄。在監獄裡，羅伊認識了一個名叫肯尼斯·麥克達夫（Kenneth McDuff）的男人。那個時候，麥克達夫跟羅伊說了一段自己強姦一個女人的經歷。被害人是一個上夜班的女人，麥克達夫性侵過她之後割開了她的喉嚨，然後將她扔到一條水溝裡就離開了。幸運的是，這個女人並沒有死，她活了下來。不過，當時麥克達夫並不知道。

在麥克達夫看來，這是一段值得炫耀的經歷，當他因偷竊罪被關進監獄後，就開始添油加醋地向羅伊炫耀。羅伊聽後覺得麥克達夫是個非常強悍的男人，將他當成大哥崇拜。麥克達夫十分享受這種被崇拜的感覺，就收下了羅伊當他的小弟。

恢復自由後，麥克達夫決定帶著羅伊去「見見世面」，順便再考驗一下羅伊。一天夜裡，麥克達夫開車帶著羅伊來到森林公園。當時有3個年輕人正在野營，16歲的埃德娜·蘇利文（Edna Louise Sullivan）和男友羅伯特·布蘭德（Robert Brand），還有羅伯特的表弟馬克·多納姆（Mark Dunnam）正準備度過一個愉快的夜晚，他們萬萬沒想到滅頂之災正在靠近他們。

麥克達夫用槍威脅著3個人，將他們綁住，裝進車裡，並將車開到了一個偏僻的地方。下車後，麥克達夫就開槍將羅伯特和馬克殺死了。羅伊看到麥克達夫殺人時嚇壞了，開始不停地嘔吐。但麥克達夫好像沒事人一樣，開始對埃德娜施暴。性侵完畢後，麥克達夫命令羅伊也去強姦埃德娜。

羅伊還沒從射殺他人的恐怖場面中緩過來，根本不想對埃德娜施暴，他今晚受到的刺激太大了，只想著趕緊離開。麥克達夫看到羅伊這副懦弱的樣子後十分生氣，狠狠地揍了羅伊一頓，然後勒死了埃德娜，

并将屍體隨意丟棄在那裡，就開車離開了。羅伊顯然沒有麥克達夫那樣冷血，他選擇了自首，並將整個過程全部如實告訴了警察。

由於羅伊主動自首，認錯態度不錯，他被判處了 25 年刑期。麥克達夫是這起案件的主犯，而且作案手段殘忍，被判處了死刑。不過麥克達夫選擇了上訴，並在 1972 年被改判為終身監禁。

在監獄裡待了 17 年後，麥克達夫被釋放了，這倒不是因為他在監獄裡是個模範犯人，而是出於一個聽起來有些荒唐、可笑的理由，因為監獄人滿為患，地方不夠用了，所以監獄決定釋放一批犯人。當初逮捕麥克達夫的警察得知他被釋放的消息後，只說了一句：「完了，女孩們要遭殃了！」警察的擔心是對的。麥克達夫在出獄 3 天後就強姦並殺害了一名女性。

在麥克達夫出獄的第 3 天夜裡，一名 31 歲的女性索拉菲亞·帕克（Sarafia Parker）被麥克達夫強姦後用衣服勒死，然後麥克達夫將索拉菲亞的屍體扔到了附近的田裡。4 天後，一個農場主發現了索拉菲亞的屍體並報警。此時，麥克達夫也被警方逮捕了，逮捕的罪名是他在酒吧砍傷了一個黑人，顯然警方並未將索拉菲亞的死與麥克達夫連繫起來。這次麥克達夫又被送進了監獄，不過他的罪名並不嚴重，只需要待上一年半載，就能重獲自由了。

1990 年 12 月，麥克達夫走出了監獄，他開始在德克薩斯州到處尋找獵物。這是一段德克薩斯州殺戮之旅，德克薩斯州的大小城市開始有女性遭殃。

1991 年 9 月 21 日，23 歲的辛西婭·岡薩雷斯（Cynthia Renee Gonzalez）的屍體被人發現，當時她全身赤裸。2 週後，布蘭達·湯普森（Brenda Thompson）的屍體被發現並登報。5 天後，羅吉尼亞·摩爾（Regenia DeAnne Moore）的父母接到警察的電話，他們失蹤的女兒確定被人殺害了，屍體停放在太平間。

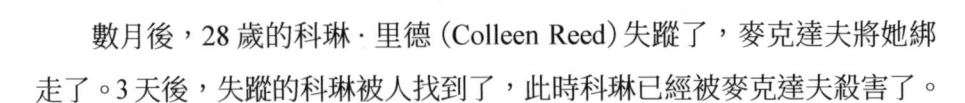

蜜罐裡長大的富二代殺手──肯尼斯·麥克達夫

數月後，28歲的科琳·里德（Colleen Reed）失蹤了，麥克達夫將她綁走了。3天後，失蹤的科琳被人找到了，此時科琳已經被麥克達夫殺害了。

1992年3月1日，麥克達夫從一家商店綁走了一個懷著身孕的女人，她叫梅麗莎·諾思拉普（Melissa Northrup），懷著一對雙胞胎。麥克達夫在車裡強姦並殺害了梅麗莎，然後將梅麗莎的屍體扔到了一處廢棄的礦井中。一個月後，梅麗莎的屍體才被人發現。

3月4日，麥克達夫因涉嫌殺害辛西婭和科琳而被警方逮捕。麥克達夫所犯下的命案在德克薩斯州引起了不小的轟動，人們都期望法庭能判處麥克達夫死刑。麥克達夫最終被判處了3個終身監禁和2個死刑。

在被關押期間，麥克達夫的父母一直在想辦法幫助兒子減刑，但由於許多人都在注意著麥克達夫的案子，所以沒有法官願意為他減刑，那樣做會承受巨大的輿論壓力。除了父母之外，還有一個女人帶著孩子來看望被關押的麥克達夫。

這個女人是麥克達夫在17歲時第一次犯下的強姦案的被害人，當時麥克達夫割斷了她的喉嚨，但她不僅沒死，還懷上了麥克達夫的孩子並將孩子生了下來。當該女子從報紙上看到麥克達夫被捕的消息後，就決定帶著孩子

去看看他的親生父親，她希望孩子能引以為戒，將來不要像麥克達夫一樣。

1998年11月17日，麥克達夫的死刑執行日來臨了，他躺到了注射臺上開始接受注射，他死前留下了一句話：「我已經準備好被解放了。」

雖然麥克達夫的殺人數量不是德克薩斯州歷史上最多的那個，但因為作案頻繁、手法殘忍，他被認為是德克薩斯州歷史上最殘忍、最無情的罪犯。許多連環殺手都成長於一個糟糕的家庭環境中，那麼麥克達夫是不是也是如此呢？

顯然，麥克達夫是個例外，他是個富二代，作為家裡唯一的男孩，從小在母親和3個姐姐的關愛下長大。凡是麥克達夫想要的東西，他就一定會得到。麥克達夫的父親是個建築商，十分富有，在教育孩子上也非常捨得花錢，不僅會給麥克達夫鉅額的零用錢，還會帶著他環遊世界。但就是在這樣優渥的成長環境中，麥克達夫不僅沒有成長為一個彬彬有禮的紳士，反而成了一個惡霸。

隨著年齡的增長，麥克達夫的破壞力越來越強，在學校裡他是個典型的壞學生，不僅欺負同學，還會威脅老師。凡是學校發生打架鬥毆事件，基本上都與麥克達夫有關。要不是麥克達夫的父親曾向學校捐贈了一大筆錢，校長早就將麥克達夫開除了。

在高中讀了3個月後，麥克達夫再也忍受不了學校的生活，開始到社會上混日子，他覺得這才是自己想要的生活。不過，從此以後社會上多了一個危險分子。漸漸地，麥克達夫開始引起了警察的注意。

麥克達夫總是偷東西，而且態度十分囂張。起初，警察只是睜一隻眼閉一隻眼，後來麥克達夫偷的東西太多了，警察只能將他抓起來。由於被捕時麥克達夫還未滿18歲，所以他只被判了9個月的刑期。從監獄裡出來後，麥克達夫就開始尋找獵物，並開始了殺人與被捕入獄的循環，直到他被處死。

【天生犯罪人】

　　在分析一個人為什麼會成為連環殺手的時候，許多專家都傾向於與連環殺手所成長的環境連繫起來。大多數連環殺手都成長於一個糟糕、貧困的家庭中，母親通常是單身，父親早早地就離開了。就算有些連環殺手有父親，那他的父親也是暴力分子，說不定還有酗酒的惡習，連環殺手童年常常會遭受父親或母親的虐待，有時候甚至還會遭受性侵。但並不是所有的連環殺手都有一個悽慘的童年，例如麥克達夫這個富二代就是最好的例子。

　　成長環境與犯罪行為之間的確存在一定的關聯，如果一個人從小就生活在一個充斥著貧窮、混亂甚至是犯罪的環境中，那麼他想要滑入犯罪的深淵是十分容易的。相反，如果一個人在一個優渥的環境中長大，那麼他就不會輕易接觸到這些風險因素，也就不會輕易地去犯罪。

　　但是，糟糕的成長環境並不一定意味著一個人一定會走上違法犯罪的道路，許多成功人士都是從貧民窟中走出來的；而優渥的成長環境也並不一定意味著這個人會成為一個守法公民，就像麥克達夫。

　　那麼，麥克達夫的父母是否因為過度溺愛才導致兒子成為一個無法無天的罪犯的呢？顯然不是，有許多孩子也是在父母的過度溺愛下長大的，他們或許會以自我為中心，或是獨立性很弱，但他們並沒有犯罪。

　　像麥克達夫這種極個別的案例證明，有些人似乎天生就是犯罪人，他們從小就是個喜歡挑釁的傢伙，並且有著十分旺盛的破壞力。儘管他們成長於一個健康的家庭，也會去犯罪，因為犯罪讓他們覺得刺激。麥克達夫最初只是偷竊，他偷竊的目的就是尋求刺激，他從來不缺錢。但

偷竊越來越無法滿足麥克達夫對刺激的追求，他開始強姦和殺人，只有這種嚴重的犯罪才會讓他覺得刺激。

麥克達夫的被害人基本上都是女人，被害人在被麥克達夫殺死前都會遭到強姦。在許多人看來，強姦犯應該是性慾十分強烈的人，他們控制不住自己的性慾，所以才會做出強姦這種犯罪行為。但對於一些強姦殺人犯來說，強姦只是一種手段，他的終極目的不是滿足自己的性慾，只是為了透過強姦來獲得一種征服的快感和刺激。麥克達夫顯然屬於此類，以他的條件，他不可能缺女人，但他卻選擇了強姦的方式來滿足自己的性慾，顯然他是在用武力迫使一個女人與自己發生性關係，並在這個過程中獲得一種掌控感，這對他來說是十分刺激的。

毋庸置疑，麥克達夫是一個品行不良，甚至是個具有品行障礙的人。他在射殺羅伯特和馬克的時候，顯得十分冷血，甚至還有心情去強姦一個女人。麥克達夫的所作所為與反應顯然不同於常人，羅伊的反應才是一個正常人該有的。

蜜罐裡長大的富二代殺手——肯尼斯·麥克達夫

師從著名導演的殺手──
羅德尼・阿爾卡拉

師從著名導演的殺手——羅德尼·阿爾卡拉

羅曼·波蘭斯基（Roman Polanski），法國導演、編劇、製作人，2002年，憑藉拍攝的劇情片《戰地琴人》獲得第75屆奧斯卡金像獎最佳導演獎。1968年，波蘭斯基在紐約大學電影學院任職，那一年電影學院招收了一個名叫羅德尼·阿爾卡拉（Rodney James Alcala）的年輕人，他不僅相貌英俊，智商也很高，高達160，但他其實是個連環殺手，涉嫌謀殺100多名女性。後來，阿爾卡拉成為波蘭斯基拍攝電影時的助手之一。波蘭斯基的妻子則在1969年被美國邪教組織「曼森家族」的成員殺害。

1943年8月23日，阿爾卡拉出生於聖安東尼奧。11歲時，阿爾卡拉的父親拋棄了家庭，從那以後他再也沒有見過父親。母親帶著阿爾卡拉和他的兩個姐姐、一個兄弟搬到了洛杉磯郊區居住。

17歲時，阿爾卡拉加入美國陸軍，成為一名文職人員。4年後，阿爾卡拉因被診斷出反社會人格障礙而被強制送進醫院接受治療。後來院方接受了醫生的建議讓阿爾卡拉出院。離開軍隊後，憑藉天才級的智商，阿爾卡拉成功考入加州大學洛杉磯分校美術學院，並在1968年順利畢業。

同年9月25日，阿爾卡拉綁架、虐待和性侵一名8歲的女孩，女孩名叫泰莉·夏皮羅（Tali Shapiro），就住在洛杉磯日落大道旁。在25日這天，阿爾卡拉看到了泰莉，他將泰莉哄騙到汽車上，然後將她帶到了德隆普利大街的一處公寓。這一幕被一名騎著機車的男子看到了，他起了疑心，就悄悄尾隨在阿爾卡拉的汽車後面，當他看到阿爾卡拉將小女孩帶進公寓後，立刻意識到了危險，就報了警。

接到報警電話的警察卡馬喬立刻趕到了阿爾卡拉的公寓，他敲了敲門，並沒有立刻得到回應。過了一會兒，卡馬喬聽到屋裡一個男聲說：「請等一會兒好嗎？我正在洗澡，光著身子實在不方便開門。」卡馬喬立刻覺得不對，就警告該男子立刻將門開啟，最後他採取強制手段將房門開啟。

映入卡馬喬眼簾的是一幕非常血腥的場景，客廳的地板上躺著一個小女孩，她下身赤裸、雙腿張開、身上布滿傷痕、頭上都是血，身旁有一根鐵棍。此外，屋內全是血液噴濺和拖拉留下的痕跡。卡馬喬立刻上前察看小女孩的狀況，所幸小女孩尚存一絲氣息。卡馬喬立刻與總部聯絡，並將小女孩送到醫院搶救。阿爾卡拉則趁此機會從窗戶逃走了。

泰莉在經過搶救後終於保住了性命。據泰莉回憶，當她被阿爾卡拉騙到公寓後，就被鐵棍擊昏了。顯然，隨後泰莉遭受了性侵和折磨。

很快，針對阿爾卡拉的逮捕令發出了。阿爾卡拉從洛杉磯逃到了紐約。到了紐約後，阿爾卡拉搖身一變成了約翰·伯格（John Berger），他報考了紐約大學電影學院，開始跟隨著名導演波蘭斯基學習。他還利用暑假，在新罕布希爾州的一家藝術與戲劇訓練營當顧問，教孩子如何拍電影，每天都會接待許多前來接受訓練的孩子。

1971年，阿爾卡拉登上了FBI釋出的十大通緝犯名單。幾個月後，警方接到兩名露營者的報案，在訓練營抓住了阿爾卡拉。隨後，阿爾卡拉被帶回洛杉磯。

此時被害人泰莉和父母早就離開了洛杉磯，她的父母一直在幫助女兒盡快恢復正常的生活，在泰莉養好傷後就送她去上學，並且還多次帶泰莉去看心理醫生。當泰莉的父母得知阿爾卡拉被抓住後，對警方表示他們不希望女兒出庭指證，他們擔心泰莉會因此受到二次傷害。如此一來，檢方因沒有充足的證據指控阿爾卡拉犯有強姦罪，只能以較輕的傷害罪起訴阿爾卡拉，阿爾卡拉則在監獄裡待了34個月，就獲得了假釋。

在阿爾卡拉因多起謀殺罪被起訴時，泰莉已經42歲了，她作為證人之一出現在法庭上指認、控訴當年阿爾卡拉犯下的罪行。

出獄後不到兩個月，阿爾卡拉再次入獄。警方接到報案，有人看到阿爾卡拉帶著一名13歲的女孩在加州的海灘上出現，他還向女孩提供了

師從著名導演的殺手──羅德尼·阿爾卡拉

大麻。於是阿爾卡拉再次被捕，這一次他的罪名是違反假釋條例及向未成年人提供毒品，他被判處無限期監禁。無限期監禁與終身監禁不同，在監獄裡待了兩年後，阿爾卡拉被提前放出監獄，因為他是監獄裡的模範犯人，有悔改表現，因此獲得了假釋，他還可以離開加州，到紐約探親。

憑藉出色的工作能力和社交能力，阿爾卡拉儘管有犯罪前科，還是在《紐約時報》找了一份工作，私下裡他以攝影師的名義和許多年輕漂亮、追逐潮流的女孩在一起，也就是從那時起紐約相繼出現了多起女性被虐致死的案件。

警方將一些案件歸結到連環殺手「山姆之子」[02]的身上。從1976年夏天起，紐約開始出現多起年輕情侶槍擊案。在一起槍擊案的現場，凶手向警方留下了一封信，信中凶手自稱是「山姆之子」。接二連三的槍擊案，使紐約陷入了恐慌之中，所有人都擔心凶手的槍口會瞄準自己。警察們也很緊張，畢竟「山姆之子」一直在犯案，而警方根本無法將其抓捕，這對警察們來說無疑是令人窩火的挑釁。

1977年夏天，夜店「西羅」的繼承人艾倫·哈弗（Ellen Jane Hover）失蹤了。當時「山姆之子」的連環命案鬧得沸沸揚揚，警方認為艾倫極有可能被「山姆之子」綁架了。但很快，「山姆之子」的嫌疑就被排除了。首先「山姆之子」的作案具有一定的特點，專找深夜約會的年輕情侶，然後進行射擊。其次，警方在艾倫的日記上發現了一條關鍵線索。在她失蹤的當天日曆上寫著一個潦草的名字──約翰·伯格，艾倫的失蹤與這個名叫約翰·伯格的男子一定密切相關。

艾倫的父親很擔心女兒的安全。艾倫剛剛大學畢業，心思單純，容易輕信一個人。為了徵集女兒失蹤的線索，艾倫的父親在《紐約時報》上

---

[02] 指大衛·伯科維茨（David Berkowitz），美國連環殺人犯。

刊登了艾倫失蹤的廣告，希望知情人能與他聯絡。同時，艾倫的父親還僱用了私家偵探，尋找一個名叫約翰·伯格且綁著馬尾辮的攝影師。

一年之後，艾倫這位富家千金的屍體被找到了，就埋在紐約州威切斯特縣的洛克斐勒莊園，這裡距離艾倫家的週末休假別墅很近，只有十分鐘的車程。殺死艾倫的凶手極有可能是阿爾卡拉，艾倫失蹤時他正好在紐約，而且他用過約翰·伯格這個名字，留著長髮，經常綁著馬尾辮，以攝影師的身分接近年輕女孩。在艾倫失蹤後不久，阿爾卡拉就悄悄離開紐約，回到洛杉磯，開始使用本名。

來到洛杉磯後，阿爾卡拉在《洛杉磯時報》報社找了一份打字員的工作。當時洛杉磯因「山腰絞殺手」[03] 連環命案鬧得人心惶惶，阿爾卡拉還參與報導了這起著名的連環命案。

在洛杉磯，阿爾卡拉依舊以攝影師的身分誘騙了許多年輕女孩拍寫真，而他所拍攝照片上的女孩大都失蹤了，有的被警方找到了屍體。由於阿爾卡拉作案高峰期內，洛杉磯正值「山腰絞殺手」和「高速公路殺手」[04] 猖獗之時，不少被阿爾卡拉殺死的女孩都歸結到了這三名連環殺手的頭上，阿爾卡拉也因此屢屢擺脫了警方的調查。

1977 年 11 月 10 日，有人在好萊塢山上發現了一具女屍，屍體的腿蜷曲在胸前，膝蓋幾乎貼住了胸部，看起來就好像蜷縮成了在母體中的胎兒的樣子。這名死者是 18 歲的吉兒·巴克姆（Jill Barcomb）。屍檢結果顯示，吉兒生前遭受了毒打和性侵，最後被凶手扼死，在她的胸部還有凶手留下的三處咬痕。

許多人都以為吉兒是被「山腰絞殺手」殺死的，當地人十分害怕，

---

[03] 美國加州一對堂兄弟綁架、強姦、虐殺 12 名少女，並將被害人的屍體丟棄在山腰，因此被稱為「山腰絞殺手」（The Hillside Stranglers）。
[04] 威廉·喬治·波寧（William George Bonin），美國連環殺人犯。因為大多數屍體都在高速公路旁被發現，故稱為「高速公路殺手」（Freeway Killer）。

不敢出門，當天本來應該播放的一場電影首映也因此被迫取消。警方為了尋找破案線索，只能挨家挨戶地敲門詢問，但並未蒐集到有價值的線索。

到了12月中旬，美國聯邦調查局因艾倫失蹤的案子找到了阿爾卡拉。阿爾卡拉堅決否認自己認識艾倫，FBI只是懷疑他，並沒有充足的證據，只能將阿爾卡拉放走。

12月26日，一名來自加州聖莫尼卡縣的27歲護士喬治婭·威克斯蒂德（Georgia Marie Wixted）被發現死在了自己的公寓中。被發現時，喬治婭全身赤裸，有毆打和性侵的跡象，在屍體旁還有一把錘子。在案發現場，警方找到了兩種血型，除了喬治婭的血型外，另一種血型就是阿爾卡拉的。

1978年6月24日，一棟公寓的管理員在洗衣間發現了一具女屍，死者是32歲的夏綠蒂·蘭姆（Charlotte Lee Lamb），阿爾卡拉將夏綠蒂強姦後勒死。

1978年9月13日，阿爾卡拉應邀參加了一檔火爆的相親節目《約會遊戲》。在《約會遊戲》中，女嘉賓需要在看不見男嘉賓的情況下，向男嘉賓問些問題，然後實施配對。這檔相親節目從播出起就深受人們的喜愛，除了男嘉賓外，裡面也會安插一些男明星，例如麥可·傑克森、史瓦辛格等。

阿爾卡拉的介紹詞十分吸引人，他是個成功的攝影師，畢業於加州大學洛杉磯分校藝術系，13歲時就憑藉自己的能力建造了一個裝置齊全的暗室。阿爾卡拉有許多健康的興趣愛好，例如跳傘、騎機車等。實際上，阿爾卡拉曾因性侵、傷害他人等罪名而兩次入獄，當時的他甚至還在假釋之中。

最終，阿爾卡拉成功打敗所有的男嘉賓，獲得了女嘉賓謝麗爾·布

拉德肖（Cheryl Bradshaw）的青睞。之後，阿爾卡拉就和布拉德肖在節目中談起了戀愛，他們表現得非常親暱，像所有普通的情侶一樣。但布拉德肖並未將阿爾卡拉當成自己的男友，在阿爾卡拉向她發出約會邀請的時候，她拒絕了。

在布拉德肖看來，雖然阿爾卡拉表現得那樣風趣，但直覺告訴她，這是一個很危險的男人，她不應該單獨與他出去約會。當阿爾卡拉提出想要和布拉德肖度過一個不一樣的夜晚時，布拉德肖不僅沒覺得浪漫，反而恐懼得起了雞皮疙瘩。坐在阿爾卡拉身旁的二號男嘉賓對阿爾卡拉的印象也不好，他覺得阿爾卡拉說不出的古怪，總有一些奇怪的想法。

1979年年初，阿爾卡拉因為襲擊罪被警方逮捕，一名15歲的女孩在遭受阿爾卡拉襲擊的時候成功逃脫並向警方報案。但只過了一天，阿爾卡拉就被保釋了，他的母親用了一萬美元幫助他重獲自由。

5個月後，21歲的女電腦操作員吉兒·帕蘭圖（Jill Marie Parenteau）在自己的公寓裡被人殺害，屍體被枕頭支撐著，全身赤裸。警方在案發現場發現了百葉窗被撬開的痕跡，凶手從百葉窗闖入了吉兒的公寓內，然後強姦並殺死了她。

1979年6月20日，12歲的女孩羅賓·薩姆索（Robin Christine Samsoe）在騎著車去上芭蕾課的路上與學校、家人失去了聯絡。12天後，園林工人在洛杉磯的一處山麓發現了一具已經腐爛的兒童屍體，經證實死者正是失蹤的薩姆索。由於天氣炎熱，屍體腐爛得嚴重，警方無法判斷薩姆索是否遭受了性侵。

警方從薩姆索的朋友那裡了解到，在薩姆索失蹤的當天，她們曾在一處海灘玩耍，當時一個陌生男子走過來搭訕。根據薩姆索朋友的描述，警方繪製出了這名男子的素描像。當一名假釋官看到素描像後，立刻聯想起了阿爾卡拉。

師從著名導演的殺手──羅德尼·阿爾卡拉

警方立刻展開搜查工作，在阿爾卡拉母親的住所發現了一張置物櫃收據，根據這張收據，警方找到了阿爾卡拉租用過的一個置物櫃，並在裡面發現了薩姆索的一個耳環。種種跡象顯示，阿爾卡拉有重大嫌疑，於是警方便控制住了阿爾卡拉。

後來警方在搜查阿爾卡拉在華盛頓的一處私人倉庫時，發現了上千張女性照片，這些照片中的女性有些穿著喇叭褲，有些穿著比基尼，有些穿著花襯衫、戴著嬉皮士風格的項鍊並抽著菸，還有化著濃妝的裸女。

1980 年，阿爾卡拉被指控謀殺薩姆索。在開庭時，阿爾卡拉獨自一人出現在法庭上，他沒有請辯護律師，他選擇為自己辯護。庭審期間，阿爾卡拉表現得鎮定自若，一點也沒有惶恐不安的情緒，甚至還能做到談笑風生。儘管如此，阿爾卡拉還是因謀殺罪名成立，被判處死刑。

最終這一判決結果被加州最高法院推翻，最高法院認為在阿爾卡拉受審期間，警方的操作不當，例如提前告訴陪審團阿爾卡拉曾有強姦的案底，這樣會影響陪審團做出公正的判決。

之後警方一直不停地蒐集證據，並在 1984 年對阿爾卡拉進行起訴，地方法院再次判處阿爾卡拉死刑。在執行死刑前，阿爾卡拉一直不停地上訴，他堅稱證據不夠充分，甚至還自費出書以證明自己的清白，於是死刑一直沒有執行。

2001 年，阿爾卡拉再次被起訴，他還是被判處了死刑。但這次的死刑被美國第九巡迴上訴法院給推翻了，因為上訴法院認為警方對證人進行了誤導性催眠，證人的證詞並不可信。

2003 年，加州通過了一項新法案，即警方有權強制獲得被逮捕嫌犯的 DNA 樣本。於是警方強制從阿爾卡拉的口腔中提取了 DNA 樣本，並拿去進行比對。比對結果顯示，阿爾卡拉至少要對五起謀殺案負責，因

為警方在性侵、謀殺案現場發現了精液，DNA 比對結果顯示，這些精液是阿爾卡拉留下來的。於是，警方再次對阿爾卡拉提起訴訟，這次除了薩姆索的命案外，阿爾卡拉還涉嫌另外 4 起謀殺案。

2006 年，加州最高法院決定將這 5 起謀殺案一併審理，並將開庭時間定在了 2010 年 2 月。在法庭上，阿爾卡拉的表現很優秀，不僅能有理有據地為自己辯護，還在最後陳詞的時候唱起了〈愛麗絲餐廳〉。不論阿爾卡拉如何巧舌如簧，都無法否定警方所提供的 DNA 鐵證。在第三次庭審後，67 歲的阿爾卡拉被判處死刑。隨後，阿爾卡拉便被關押在加州的聖昆汀監獄中，一邊等待死刑，一邊利用漫長的上訴程式為自己爭取更多的時間。

除了警方掌握證據的 5 起謀殺案外，警方懷疑慘遭阿爾卡拉毒手的女性遠遠不止這幾個，他很可能一共殺害了 130 餘名女性。由於這些案件的時間太長，證據沒有保留，而且當時 DNA 檢測也沒有得到普及，這些案件就永遠成為懸案了。

2010 年 4 月，紐約警方公布了 215 張阿爾卡拉拍攝的照片，希望有人能從中認出尚未被確定的被害人，從而幫助警方破解懸案。

【膨脹的自我】

阿爾卡拉在參與《約會遊戲》節目後，殺死了羅賓·薩姆索和至少另外兩名女性，而被女嘉賓布拉德肖拒絕極有可能是個誘發因素。

對於正常人來說，被人拒絕心裡固然會覺得不好受，但會很快接受，畢竟被人拒絕是很常見的，我們每個人都有一個常識，即要尊重他人的意願，但對於像阿爾卡拉這樣的變態連環殺手來說，他不懂得尊重，他需要的只是臣服。對方的拒絕，哪怕是和自己有不一致的意見都會讓他感覺受到威脅。對於阿爾卡拉來說，他不明白布拉德肖拒絕的意思，在他看來布拉德肖就是在玩弄自己。他無法忍受這種侮辱，為了發洩憤怒，阿爾卡拉會迅速地找其他無辜女性下手。

對於阿爾卡拉來說，他自己就是一個全能般的存在，因此他才會拒絕辯護律師，在法庭上為自己進行辯護。他對自我的認知與正常人不一樣，他的自我認知是膨脹的，所以總會給人一種非常傲慢、頤指氣使的感覺。對於阿爾卡拉來說，膨脹的自我讓他無法忍受批評和被拒絕，不然他就會變得十分憤怒，輕者言語攻擊對方，重者進行暴力的身體攻擊，甚至會將對方殺死。正常人不會輕易被激怒，例如日常生活中被人拒絕，但對於像阿爾卡拉這樣的連環殺手來說，他不僅會輕易被激怒，而且他的憤怒會帶來災難性的後果。

智商只有 68 的連環殺手——
卡爾・尤金・瓦茲

1974年12月，密西根州卡拉馬祖鎮，有兩名女子遭到了一名陌生黑人男子的襲擊，兩名女子成功逃脫了該男子的掌控，隨後協助警察抓住了該男子。該男子名叫卡爾・尤金・瓦茲（Carl Eugene Watts），是個智商只有68的暴力分子，曾在1969年因襲擊女性而被送入精神病院，那個時候瓦茲只有15歲。

警方抓住瓦茲後就開始了審訊工作。在審問中，瓦茲承認自己襲擊了兩名女性，還交代了另外十幾起襲擊案，他說自己襲擊了15個人。但當警方問到一起謀殺案是否與瓦茲有關時，瓦茲矢口否認。實際上，瓦茲除了襲擊女性外，還殺死了葛洛莉亞・史蒂爾（Gloria Steele）和黛安・威廉姆斯（Diane K. Williams）。

1974年10月25日，麗諾爾・辛加迪（Lenore Knizacky）在住所被瓦茲襲擊。瓦茲毆打麗諾爾後準備用一條麻繩勒死她，幸運的是，麗諾爾是個強壯的女子，成功逃脫了瓦茲的控制，並跑到街上求救。當警察在麗諾爾的帶領下趕到案發現場時，瓦茲已經逃走了。

5天後，卡拉馬祖學院的女學生葛洛莉亞被瓦茲毆打並殺害。在案發當天，葛洛莉亞正在街上散步，當時瓦茲截住了她，向她詢問是否認識一個名叫查理的男子。正當葛洛莉亞準備回答的時候，瓦茲掏出了一把短刀。於是在葛洛莉亞完全沒有反應過來時，胸口已經被猛刺了33刀。警方在抓捕瓦茲後，認為葛洛莉亞的死與他有關，但瓦茲根本不承認自己殺害了葛洛莉亞，只承認所犯下的襲擊罪，由於沒有充分的證據，警方只好作罷。

一個月後，當地又出現了一起類似的謀殺案，黛安在街上被人殺害。殺害黛安的凶手就是瓦茲。

當瓦茲因襲擊女性被捕後，警方發現瓦茲有精神病，於是把他送到了卡拉馬祖醫院接受精神鑑定。精神鑑定結果顯示，瓦茲有十分嚴重的

反社會傾向。這份精神鑑定結果直接影響了法官的判決，法官在醫生的建議下，替瓦茲減輕了刑罰，最終瓦茲因襲擊女性被判處了一年監禁。

一年後，瓦茲出獄，他搬到底特律與母親住在一起。不久之後，瓦茲交往了一個女朋友，名叫德洛麗斯（Deloris Howard）。德洛麗斯為瓦茲生下了一個兒子，但兩人還沒來得及走入婚姻的殿堂就分手了。

1979年，瓦茲結婚了，他的妻子名叫瓦萊麗亞（Valeria Goodwill）。這段婚姻只維持了6個月就結束了，是瓦萊麗亞提出的離婚。她在婚後不久發現瓦茲是個十足的暴力狂，瓦茲不僅經常毆打瓦萊麗亞，還常常會無緣無故地砍斷家裡養的植物，有時候也會砸壞桌子椅子來撒氣。這種提心吊膽的日子讓瓦萊麗亞備受折磨，她很快就無法忍受下去了。

在這段婚姻期間，瓦茲並未滿足於毆打妻子，他還襲擊和殺害了兩名女性。同年10月8日，一個22歲的年輕女子佩姬‧帕馬拉（Peggy Pochmara）被瓦茲襲擊並勒死。31日，一個44歲的記者珍妮‧克萊恩（Jeanne Clyne）在回家的路上遭到了瓦茲的襲擊，她的胸口和背部共有11處刀傷，都是被瓦茲用刀猛刺出來的。12月，瓦茲再次被警方逮捕，不過由於證據不足很快被釋放了。

1980年4月20日，警方接到一個路人的報案電話，路人聲稱自己在人行道上發現了一具女屍。死者是雪莉‧斯默（Shirley Small），她的心口處有兩處刀傷，雖然她的心臟受到了創傷，但並未立即斃命，而是因流血過多而死。警察發現雪莉屍體所在地有血跡，而且一直延續到了雪莉的住所。雪莉很可能是在被刺傷後從家裡跑了出來，然後因失血過多倒在這裡並死去。殺死雪莉的凶手就是瓦茲。

婚姻的破裂並未影響瓦茲對殺戮的痴迷，他繼續實施殺戮，這一次被害人是一名26歲的年輕女子，名叫格蘭達‧里士滿（Glenda Richmond）。格蘭達被人發現時，倒在自己住所門口，還流了許多血。屍檢

結果顯示，格蘭達胸口被瓦茲捅了至少28刀。不久之後，瓦茲又殺死了一個名叫莉莉（Lilli Marlene Dunn）的女子，莉莉與格蘭達同樣死於刀傷。

1980年9月15日，蕾貝卡·胡夫（Rebecca Greer Huff）被瓦茲殺害，她全身上下布滿了刀傷，蕾貝卡生前應該遭受了非人的折磨，她身上的刀傷多達54道。

接連發生的多起謀殺案，讓當地的警方倍感壓力，於是成立了調查小組專門調查這些謀殺案，其中保羅是這個調查小組的負責人。一名警察對保羅說，瓦茲的嫌疑很大。

1980年11月15日，安阿伯地區的警察接到了一名女子打來的一通電話。那名女子的處境應該十分危險，警察聽得出來她的聲音因為恐懼在顫抖著，該女子說她的住所闖進了一個陌生男子，這名男子十分凶狠，想要殺她，她現在正躲在衣櫃裡，她覺得那個男人應該很快就會找到她了。

警方在得知報警女子的家庭住址後立刻出發了，在距離該女子住所20英里[05]處警察抓住了瓦茲，當時瓦茲正開著車離開。警察在瓦茲的車上發現了一本字典，上面寫著一名被害人的名字。除此之外，警察沒有發現什麼可疑之處。一本字典不足以證明瓦茲就是凶手，於是警察只好放走了瓦茲。

1981年春天，瓦茲離開了底特律，搬到德克薩斯州的哥倫布居住，並在當地的一家石油公司找到了一份工作。安頓好一切後，瓦茲就開始尋找獵物，他將狩獵場選在了70英里外的休士頓。從此以後，休士頓開始頻繁發生女性在自己家中遇刺身亡的案件，整個休士頓都陷入恐慌之中，尤其是女性，她們害怕自己某天會被刺死在家中。

---

[05] 1英里約等於1,600公尺。

1981年9月3日，21歲的蘇珊·沃夫（Susan Wolf）在購買冰淇淋的路上突然被一名陌生男子襲擊，該男子用刀刺傷了蘇珊的手臂和胸口，蘇珊在等待救護車的過程中身亡。2天後，22歲的琳達·蒂利（Linda Tilley）被人殺死，她的屍體在自家的游泳池內被人發現。一個星期後，伊莉莎白·蒙哥馬利（Elizabeth Montgomery）在遛狗的時候被人刺死。

　　上述3起謀殺案的凶手就是瓦茲。當保羅聽說休士頓發生的3起謀殺案與自己處理的幾起謀殺案十分相似後，認定凶手一定是瓦茲，於是他立即與休士頓的警方取得了聯絡，並將瓦茲的數據提供給休士頓警方。一場抓捕行動開始了。這場抓捕行動持續了好幾個月，都沒有抓到瓦茲，與此同時瓦茲的殺戮行為依舊在繼續。

　　1982年1月4日，有人在公園發現了一具被吊在樹上的女屍。被害人是菲莉絲·塔姆（Phyllis Tamm），她每天有慢跑的習慣，菲莉絲應該是在慢跑時被瓦茲襲擊並殺害的。兩週之後，有人在自己汽車的後車廂裡發現了一具女屍，被害人是25歲的女大學生瑪格麗特·福斯（Margaret Fossi），瓦茲將瑪格麗特勒死後，藏到了一輛汽車的後車廂內。

　　在接下來的3個月內，接連有5名女性被瓦茲殺害，被害人分別是20歲的艾蓮娜（Elena Semander）、14歲的艾米麗（Emily Elizabeth LaQua）、21歲的尤蘭達·格雷西亞（Yolanda Gracia）、32歲的凱莉·傑佛遜（Carrie Mae Jefferson）和25歲的蘇珊娜·塞爾斯（Suzanne Searles）。

　　1982年5月23日，蜜雪兒·馬蒂（Michelle Maday）在自己所租住的公寓後被瓦茲打暈並溺死在浴缸中。

　　接著，瓦茲再次闖入一棟公寓中，這是兩個女孩蘿莉（Lori Lister）和梅琳達（Melinda Aguilar）合租的公寓，瓦茲將兩個女孩打暈後，就想像殺害米歇爾一樣將兩個女孩溺死，於是他開始往浴缸裡加水。在這個過程中，梅琳達醒了過來，她開始想辦法逃命。她沒有立刻站起來，而

智商只有 68 的連環殺手——卡爾・尤金・瓦茲

是繼續裝暈，等瓦茲走過來時，梅琳達突然起身將瓦茲撞倒，然後迅速從窗戶跳了出去，並跑到街上求救。路過的巡警在聽到梅琳達的呼救聲後，立刻趕了過來，梅琳達簡單說明了自己的遭遇，然後帶著警察趕到自己的公寓，當時瓦茲正準備溺死蘿莉。

雖然警方知道瓦茲就是製造這些連環命案的殺手，但警方手中卻沒有充足的證據來起訴瓦茲。於是德克薩斯州的檢察官決定與瓦茲達成一項協定，即瓦茲只要同意招供自己所犯謀殺案的細節，那麼警方和檢察官就會忽略瓦茲在德克薩斯州所犯下的命案，只以殺人未遂的罪名起訴他。雖然智商只有 68，但瓦茲很快就明白這是一項對自己十分有利的協定，因為殺人未遂的罪名只會被判處 60 年刑期，而殺人罪則可能會被判處死刑，想到這些瓦茲爽快地答應了檢察官的條件，於是開始交代 12 起命案的作案細節。

不過其他州的檢察官卻不認可德克薩斯州檢察官的做法，於是瓦茲又接連到其他州接受審問。

據統計，瓦茲在各個州所犯下的謀殺案加起來差不多有 40 起，按照他的說法，他一共殺害了 80 個女人。

由於瓦茲所犯下的命案涉及幾個州，各個州的量刑標準又不一樣，所以瓦茲的服刑過程十分曲折，他先是在德克薩斯州的監獄裡待了兩

年，然後又被送到了密西根州的監獄裡服刑。2007 年 9 月 21 日，瓦茲不用再服刑了，他因前列腺癌死在了醫院裡。

1953 年 11 月 7 日，瓦茲出生在德克薩斯州，他的父親是美國陸軍一等兵，母親在一所幼稚園擔任美術老師。在瓦茲兩歲的時候，父母就離婚了。離婚是母親提出的，因為她無法忍受夫妻二人長期分居、兩地生活，但瓦茲的父親又無法做出妥協，他是一名軍人，一年中的絕大部分時間都待在部隊。母親在與父親離婚後，帶著年幼的瓦茲搬到外祖母所在的英克斯特居住。

瓦茲在很小的時候就表現出了暴力傾向，他會虐待和殺害一些動物。5 歲的時候，瓦茲就曾到處抓野兔。他抓到野兔後，會將野兔帶回家，然後在車庫裡將野兔肢解和扒皮。母親曾撞見過一次瓦茲的暴力行為，但她並沒有在意，她覺得這是男孩子在小時候都喜歡做的事情。

1962 年，瓦茲的母親再婚了，她找了一個技工，不久之後瓦茲有了兩個妹妹。

進入青春期後，瓦茲開始尾隨女人，並出現了攻擊女人的暴力行為，據說瓦茲第一次殺人是在 14 歲的時候。按照瓦茲的說法，他進入青春期以後和所有的男孩子一樣開始對女人充滿了興趣，但他並不渴望女人的身體，而是幻想著能折磨她們。後來，瓦茲開始將幻想變成現實。

13 歲時，瓦茲的健康出了大問題，他不得不輟學治病，他患上了腦膜炎。一年後，瓦茲重新回到了學校，他雖然痊癒了，但智商卻因腦膜炎降低了許多，已經遠遠低於正常人，他的智商只有 68。這讓瓦茲在學習學校的課程時，如同聽天書，他的考試成績總是不及格，為此不得不多次留級，他也因此常常被同學們嘲笑。

1969 年 6 月 29 日，26 歲的瓊・蓋文 (Joan Gave) 從外面回家。當瓊準備開啟住所的房門時，瓦茲突然出現，並狠狠擊打了瓊的後腦，瓊當

時就被打暈了。之後，瓦茲就離開了，他這次出門是想購買一份報紙，因此在打暈瓊後，他像什麼事都沒發生一樣，繼續去買報紙。

當瓊醒過來後立刻報了警，警方隨即開始抓捕襲擊者。最終，警方在瓦茲的住所抓住了他。在審訊過程中，警察發現瓦茲的精神狀態不正常，於是就替瓦茲安排了精神測試。測試結果顯示，瓦茲患有精神病。之後瓦茲就從警察局被轉移到了一家精神病院，這家精神病院位於底特律的拉菲特。

精神病院的醫生在為瓦茲進行治療的時候，不止一次聽瓦茲說，他有打女人的欲望，而且十分強烈。當醫生問瓦茲這個欲望是否給他帶來了困擾時，瓦茲回答說，困擾是有過，但襲擊過瓊之後就好多了。

瓦茲所言讓醫生很擔心，醫生認為瓦茲就是一個暴力分子，內心充滿了強烈的殺人欲望。由於瓦茲低於常人的智商，他現在還可以壓制住想殺人的欲望，但他不會壓抑太久，他的殺人欲望總有一天會壓制不住。那麼，到時候他就會成為一個隨時可能危害他人生命的危險分子。

在精神病院待了一年後，瓦茲恢復了自由，醫生認為瓦茲已經學會了克制自己暴虐的欲望，可以重新融入社會之中。

瓦茲重新回到學校繼續自己的學業，雖然他的智商不高，但還是順利高中畢業，畢業時他已經20歲了。畢業後不久，瓦茲就接到了田納西州萊恩大學的錄取通知書。由於瓦茲十分擅長橄欖球，萊恩大學非常看重他的這個特長，不僅願意接收他，還為瓦茲提供了一筆獎學金。

對於瓦茲來說，這是一個十分難得的機會，但顯然他沒有好好珍惜，在入學後不久就被學校開除了。在校方看來，瓦茲是個危險分子，據說他在校期間襲擊過好幾個女學生，甚至還可能殺死了幾個女學生。校方認為，留這樣一個危險分子在學校會讓整個校園不得安寧，於是校方做出了一個明智之舉，開除了瓦茲。在之後的8年內，德克薩斯州、

密西根州和安大略湖附近的女人開始生活在恐懼之中,而製造恐懼的罪魁禍首就是瓦茲,由於瓦茲總喜歡在週日作案,因此被警方稱為「星期天殺手」(The Sunday Morning Slasher)。

智商只有 68 的連環殺手——卡爾·尤金·瓦茲

【支離破碎的道德感】

　　在瓦茲小的時候，他喜歡虐殺動物，長大後他開始虐殺女人。雖然瓦茲所虐殺的對象從動物到人，給人一種差別很大的感覺，但他所虐殺的對象有一個共同點，即相對於自己來說，都處於弱勢。對於連環殺手來說，他們總會將處於弱勢的人作為獵殺對象，例如獨行或獨居的女子。當連環殺手對一個在力量上遠不如自己的女人下手時，他會因為自己完全控制住了對方而感到興奮。對於瓦茲來說，這種控制所帶來的快感要遠遠高於與女人發生性關係。

　　虐待動物的行為常常被認為是缺乏共情能力的表現，尤其是一個人能從虐待動物中獲得快樂。如果一個人在童年時期曾做出過虐待動物的行為，那麼這種行為就是未來更嚴重的行為問題的徵兆。隨著年齡的增長，他會出現越來越多的行為問題，甚至會觸犯法律。也就是說，虐待動物與暴力行為之間具有很強的連繫。不過在界定虐待動物行為是否殘忍時，需要參考一些標準。首先是虐待的什麼動物，如果是折磨昆蟲、青蛙等動物，那是另外一回事；但如果虐待的是貓、狗等哺乳類動物，那就是應該引起警惕的嚴重行為了。

　　統計研究發現，如果一個人曾殘忍地對待動物，那麼他出現暴力行為的機率將是沒有虐待動物的人的 3 倍。許多連環殺手在童年時期都曾出現過虐待動物的問題行為，而且當他們長大後會用虐待動物的方式來對待被害人。

　　在了解了像瓦茲這樣的連環殺手所犯下的罪行後，絕大多數人都會產生一種疑問，即他們難道沒有道德感嗎？他們不會因帶給被害人及其

家屬傷害而感到愧疚嗎？的確，不能以正常人所具有的思維和道德感去看待瓦茲等連環殺手所犯下的罪行。

　　瓦茲的道德感是破碎的，他不像正常人一樣具備完整的道德感，因此不會因傷害或殺害他人而感到自責。當一個人意識到自己的行為會給他人帶來傷害時，他就會受到良心的譴責，他的道德感會監視他的所作所為，因此他會有意識地控制自己的言行，避免給他人帶來傷害。但瓦茲不會。對於連環殺手來說，他或許還有一部分人性，擁有部分道德感，能體會到內疚的感覺，但這種感覺往往稍縱即逝，他們完全無法抑制自己想要虐殺人的強烈衝動。

　　破碎的道德感讓瓦茲無法體驗和理解他人的情感，因此他在襲擊、殺害被害人的時候無法感受到被害人的痛苦。他不會覺得自己的暴力行為是錯誤的，在他看來自己只是在透過暴力的方式來滿足自己的欲望。

智商只有 68 的連環殺手——卡爾‧尤金‧瓦茲

現實版的「農夫與蛇」——
卡爾・阿爾弗雷德・埃德

現實版的「農夫與蛇」──卡爾·阿爾弗雷德·埃德

1974 年 11 月，加利福尼亞州特哈查比州立監獄裡一名因五項一級謀殺罪被判處終身監禁的罪犯消失了，他名叫卡爾·阿爾弗雷德·埃德（Carl Alfred Eder），獄警只找到了埃德留下的一張紙條，上面寫著：「我坐夠了，我要離開了。」

埃德因殺害 4 名孩子和一名成年女性被捕，當時他雖然只有 16 歲，未滿法定成人年齡，但法官還是選擇了重判，因為這起案件的性質實在太惡劣了，簡直就是現實版的「農夫與蛇」。

1958 年 11 月的一天，美國加利福尼亞州埃爾卡洪市的湯瑪斯·彭德加斯特（Thomas Pendergast）在下班後像往常一樣駕駛著汽車回家。湯瑪斯有一個賢惠能幹的妻子和 4 個可愛的孩子，薪資豐厚，生活得十分幸福。每天到下班時間，湯瑪斯的孩子都會跑出來迎接他，想到這裡湯瑪斯十分開心。

在回家的途中，湯瑪斯遇到了一個搭便車的年輕男子，當他看到男子做了搭便車的手勢後就在他面前停了下來。在湯瑪斯的印象中，年輕男子看起來稚氣未脫，似乎還是個孩子，他的衣衫非常破舊，臉上也髒兮兮的。儘管如此，湯瑪斯還是讓他上車了。

男子上車後，湯瑪斯開始主動與他交談，得知他名叫卡爾·阿爾弗雷德·埃德，今年 16 歲了。由於埃德不愛說話，湯瑪斯在了解了他的基本情況後就不再主動與他交談。湯瑪斯一邊開車一邊偷偷觀察埃德，他發現埃德的衣服很髒，他身上的牛仔褲已經難以辨認出原來的顏色，頭髮和臉似乎很長時間沒清洗過。湯瑪斯認為埃德並不是一個搭便車旅行以體驗生活的年輕人，應該是個流浪者。

在湯瑪斯的追問下，埃德說自己被家裡人趕了出來，從那以後就一直流浪。對於為什麼被趕出來，埃德並沒說，湯瑪斯也就不再追問。一時間，湯瑪斯十分同情埃德，他覺得埃德還是個孩子，於是就主動提出

讓埃德去自己家中吃晚餐，他說自己的妻子每天都會準備很多菜，常常吃不完，希望埃德能與他們一起吃。埃德當時又累又餓，一口答應了下來。

當湯瑪斯將車停到車庫後，就和迎接自己的4個孩子相互擁抱和親吻。之後，湯瑪斯向孩子們介紹了埃德，他說埃德是自己請來的客人，會和他們一起共進晚餐。大衛（David）是湯瑪斯的長子，已經9歲了，聽到父親這樣說後，就主動與埃德打招呼，並歡迎埃德到家中做客。

當時湯瑪斯的妻子露易絲（Lois）正在廚房裡忙著準備晚餐，知道丈夫回來後，就出來迎接。湯瑪斯將埃德介紹給了露易絲，並將與埃德的偶遇以及埃德的狀況簡單說給妻子聽。露易絲聽後詢問埃德，是否需要梳洗一番。埃德點了點頭，於是露易絲將他帶到浴室，並開啟熱水，她說：「這是新毛巾，香皂在這裡。孩子，你需要換洗的衣物嗎？我拿湯瑪斯年輕時的衣服給你。」埃德又點了點頭。

等埃德洗乾淨後，湯瑪斯就招呼他一起吃飯。埃德似乎很長時間沒吃飽過了，他狼吞虎嚥地席捲著餐桌上的食物。大衛和6歲的小湯瑪斯（Thomas Jr.）似乎對這個新來的大哥哥十分感興趣，嘰嘰喳喳地問著各種問題，埃德一邊嚼著食物一邊含糊不清地回答著兩個小男孩的問題。4歲的黛安（Diane）表現得很安靜，只是在偷偷觀察著埃德，她似乎是害羞，又似乎很害怕出現在自己家中的陌生人。

吃完晚飯，湯瑪斯提出讓埃德在附近找個工作，這裡有許多工作機會，只要埃德肯努力，一定可以得到一份不錯的工作。他說，在埃德找到工作穩定下來之前，都可以暫時住在這裡。露易絲也贊同丈夫的這個提議，她說自己會替埃德收拾出一個房間，不過房間可能有些狹小。埃德看著這對好心的夫婦，在思考了一會兒後，同意了。從那天晚上起，埃德就住進了湯瑪斯的家裡。

現實版的「農夫與蛇」——卡爾·阿爾弗雷德·埃德

透過一段時間的相處，露易絲發現埃德是個很不正常的青年，他沉默寡言、脾氣暴躁、性情陰鬱。每當年紀小的孩子哭鬧時，埃德就會變得暴躁易怒，會對著孩子們大喊大叫，或者摔東西來威脅孩子們閉嘴，露易絲感覺如果不是自己及時發現，埃德甚至可能會用拳頭揍孩子。露易絲還發現埃德是個根本不會尊重他人的人，她總覺得埃德將自己看成一個僅供他支使的僕人。

12月12日，露易絲告訴丈夫，得趕緊想辦法讓埃德離開，不然孩子們可能會有危險。露易絲還提到，埃德已經在這裡住了6個星期了，時間不算短了，但他一直不找工作，他們不能一直白養著他。湯瑪斯聽後表示會好好考慮，然後開車去上班了，他的車上還有大衛和小湯瑪斯，湯瑪斯得將這兩個孩子送到學校。

這天，湯瑪斯一直在思考著妻子的話，最後他決定接納妻子的建議，晚上讓埃德盡快搬出去。下班後，湯瑪斯一邊開車回家，一邊思考著怎麼跟埃德說才算禮貌得體。剛到院子裡，湯瑪斯就看到了站在門外的埃德，他注意到埃德手裡提著一個旅行包。埃德看到湯瑪斯的汽車後，就招手讓湯瑪斯停下。

埃德對湯瑪斯說：「我在你家待了很長時間，我想離開到城裡去，你能載我一程嗎？」湯瑪斯注意到埃德臉色蒼白，眼神飄忽不定，整個人顯得十分警惕，就連雙手也抑制不住地顫抖著。湯瑪斯突然有了一種不祥的預感，他說自己得先和妻子、孩子們見一面，好讓妻子將飯菜留在爐子上，等他回來一起吃。

埃德拒絕了，他堅決讓湯瑪斯立刻帶自己走。這下，湯瑪斯更加不安，他堅持一定要進家看看。這時，埃德突然掏出了一把槍，逼迫湯瑪斯開車將自己帶到市區。湯瑪斯很害怕，只能按照埃德的要求去做。他一邊開車，一邊祈求埃德告訴自己露易絲和4個孩子都平安無事。埃德

直接朝他吼道：「閉嘴！不要逼我殺了你。」

送走埃德後，湯瑪斯立刻開著車回到了家。一進門，湯瑪斯就看到了令他崩潰的一幕，他的妻子露易絲頭部中槍而亡，4個孩子也都倒在血泊裡。當地警方在接到911報警電話後，立刻趕到了湯瑪斯家中。

經過初步的調查取證，再加上湯瑪斯的證詞，警方隨即發出通緝令逮捕埃德。3天後，有人在使命海灘發現了埃德消瘦的身影，他很快就被警方抓捕歸案。在審訊過程中，埃德不僅認罪，還描述了整個作案過程。

案發當天，4歲的黛安在埃德旁邊玩鬧，發出了很大的聲響，埃德覺得很厭煩，就讓黛安安靜。黛安根本不理睬埃德的警告，依舊在玩鬧。暴躁不已的埃德開始用拳頭威脅黛安安靜下來。露易絲此時正好看見埃德在威脅黛安，她一邊從埃德手中奪過黛安，一邊質問埃德為什麼對一個4歲的孩子動手。

露易絲的怒斥讓埃德覺得更加煩躁，他掏出一把手槍，對著露易絲的腦門開了一槍，露易絲當場斃命，埃德立刻覺得安靜了。這把手槍是埃德在湯瑪斯家的車庫裡發現的，他將手槍據為己有，偷偷藏了起來。隨後，黛安和2歲的艾倫（Alan）被埃德用湯瑪斯的獵刀殺害。

殺人後，埃德並沒有立刻逃走，而是坐在湯瑪斯家中，似乎在等什麼人。大衛和小湯瑪斯放學後，一走進家門就被埃德用獵刀殺死了。之後，埃德開始清理臉上和手上的血跡，他還換掉了沾滿血跡的衣服。做完這一切後，埃德收拾了行李，拿著湯瑪斯的手槍，站在院子裡等湯瑪斯回家。最後，湯瑪斯在他的威逼下駕車將他送到市區。

由於證據確鑿，案件的審理十分順利。被判處終身監禁後，埃德就被送到特哈查比州立監獄服刑。1974年，在埃德越獄後，警方立刻發出通緝令，加利福尼亞州管教部懸賞2萬美元以獲得與埃德有關的消息。

現實版的「農夫與蛇」──卡爾・阿爾弗雷德・埃德

不久之後，埃德就成了FBI通緝的要犯之一。

1976年，也就是埃德越獄兩年後，警方得到了埃德的消息，據說他在卡利斯托加和蒙大拿州首府赫勒拿活動，成為一個反政府組織摩托幫的成員。之後，就沒了埃德的消息。根據警方的追查，埃德曾在柏克萊、舊金山、紐約和堪薩斯等地活動過。此外，警方還接到檢舉，有人在拉丁美洲和加拿大看到了埃德。雖然警方得到了許多檢舉線索，並且對這些資訊進行了分析，根據線索去追查，但就是沒有將埃德抓住。

如今，埃德依舊毫無消息，他仍在FBI頭號通緝要犯的名單中。警方認為埃德現在很可能是個實驗室技師，他能熟練使用刀具，十分擅長木工和製作展覽用的小陳列櫃。後來，警方根據他在監獄服刑時的照片，模擬出他衰老後的樣子，將照片放在通緝令上，埃德如今已是70多歲了。

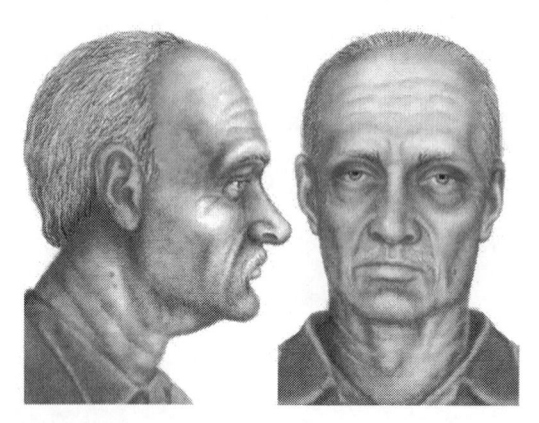

對於埃德的下場，有人猜測他很可能已經死了，畢竟他是個性情暴虐、陰晴不定的人，幫派成員一定很害怕與他相處，於是就在幫派內部將他殺死。甚至有人聲稱，埃德曾威脅要殺死時任總統傑拉德・福特。對此，加利福尼亞州管教部特別服務科的科員史考特・韋伯認為，埃德如果真的放出了這樣狂妄的話，那麼一定會有人想盡辦法送給他一顆子彈，然後將他的屍體扔到下水道，這將是埃德失蹤後一直待的地方。

【被利用的同情心】

這是一個現實版的「農夫與蛇」的故事,對於埃德所犯下的罪行許多人都會像湯瑪斯一樣想不通。他為什麼要恩將仇報?畢竟湯瑪斯一家在他又累又餓的時候給他提供了幫助,他就算不回報,也不應該將湯瑪斯的妻子和孩子都殺死。他為什麼要這麼做呢?

埃德被捕後平靜地交代了整個案發過程,他沒有表現出任何愧疚之情,好像在陳述一件與自己毫不相干的事情。當被問及為何要動手殺人時,埃德說:「我只是無法控制自己,我當時非常激動、憤怒。」

湯瑪斯因為同情埃德,而將埃德安排在自己家中居住,但他不知道埃德雖然和他一樣都是人,卻並不具備人類所擁有的情感,他是個反社會人格者。對於反社會人格者來說,同情心恰恰是可以利用的工具。

當一個情感正常的人遇到一個遭遇不幸的人時,會表現出同情和憐憫,就像湯瑪斯得知埃德被家人趕出來後感到十分難過。可是對於反社會人格者來說,一旦一個人出現了同情,那麼這個人就可以輕易地被掌控,因為一個人在心生憐憫的時候,是毫無防備之心的。

值得注意的是埃德的家人對他的態度。埃德被捕後接受審判的時候,警方希望埃德的家人能夠出庭,於是就設法聯絡了埃德在紐約州羅徹斯特的家人,但他的家人根本沒人願意出席。埃德的父親對警察說:「我真的很高興你們將他抓住了。」埃德的奶奶說:「當警察抓住他的時候,我希望警察找到的是埃德的屍體。」從埃德家人的態度中可以得知,他們也應該被埃德折磨得不輕。

有人曾這樣形容反社會人格者:「像爬行動物一樣冷血。」與哺乳

動物不一樣，爬行動物毫無情感，有的只是生存本能。情感是演化過程中大自然賜予哺乳動物的一項重要能力，因為情感，哺乳動物會撫育後代，不會像爬行動物一樣產下下一代後不管不問，任其自生自滅。有了情感，哺乳動物才能與同類建立連繫，並成群生活在一起。

反社會人格者從不反省自己、冷酷、沒有同情心，從來不覺得要為自己的行為承擔責任。具體行為表現就是衝動、性混亂、沒有自制力、喜歡寄生蟲式的生活方式。埃德就是如此，他會因小孩的吵鬧而產生殺人的衝動，而且來到湯瑪斯家中很長時間了，也不主動外出找工作，心安理得地享受著湯瑪斯為他免費提供住宿、食物等幫助。

此外，反社會人格者常常是極端以自我為中心的人，他們不在乎他人的情感或權利，一切以自己的需求為主，經常對他人頤指氣使。埃德從頭到尾都沒有考慮過恩人湯瑪斯的感受，他只是覺得自己受不了吵鬧，所以黛安就必須閉嘴。當黛安繼續吵鬧的時候，埃德就亮出了自己的拳頭。面對露易絲的斥責，埃德也不會考慮露易絲斥責的正當性，他所在乎的就是此時自己的感受，他非常憤怒，想讓露易絲消失。根據露易絲對湯瑪斯的反映，埃德從來不會尊重人，只會頤指氣使或控制別人。

總之，當一個人具備了頤指氣使、冷酷、從不自省這三種特徵後，那麼他極有可能會做出十分恐怖的事情來。因此當你像湯瑪斯一樣準備向一個陌生人伸出援助之手的時候，如果他混合了上述三種特徵，那麼一定要遠離他，他是個危險人物，極有可能會給你的生活帶來危險。就算沒有實質性的傷害，也會深深地傷害到你的感情。

上學路上的冒牌警察──
大衛・保羅・布朗

上學路上的冒牌警察——大衛・保羅・布朗

1975 年 3 月，麻薩諸塞州的伍斯特警方接到報案電話，一位市民看到一個可疑的警察開著一輛民用汽車，還帶走了一個小孩，該市民覺得一定事有蹊蹺，於是就打電話報警。警方接到報案電話後，立刻開始追蹤這輛可疑的汽車。

當警方找到汽車的時候，立刻上前開啟車門，結果在汽車的後座上看到了一個渾身是血的男孩和一個年輕男人。當時，年輕男子正準備用安全帶將男孩勒死。如果不是警察及時趕到，男孩一定會被殺害。

該男子名叫大衛・保羅・布朗（David Paul Brown），18 歲，已經成年了。被害人名叫理察・歐康納（Richard O'Conner），年僅 8 歲。在被綁架的當天，理察在上學的路上遇到了一名自稱是警察的男子，他就是布朗，當時布朗身著一身拼湊來的警服，警服上掛著的警徽和手槍都是假的，他故意偽裝成警察，來到學校附近尋找合適的對象下手。

布朗看到理察後，就上前對理察說，自己是一名警察，正在調查一起刑事案件，希望理察能協助他的工作。理察相信了布朗，就跟著布朗上車了。布朗將車開到偏僻的地方後，就卸下了警察的偽裝，殘忍地對理察實施了性侵。就在布朗準備殺死理察的時候，警察突然出現了。理察的性命雖然保住了，但由於傷勢較重，在醫院裡休養了 4 天才出院。

這不是布朗第一次犯罪，他在 13 歲那年，就曾因試圖誘拐、性侵一名 6 歲的男孩而被警察注意。但布朗並未被追究刑事責任，因為他的年紀很小。之後的幾年內，布朗住所附近曾出現過 3 起性侵、性侵未遂的案件，被害人都是未成年人，這 3 起案件由於證據不足一直沒能破獲，不過警方一直懷疑布朗就是作案者，只是苦於沒有證據起訴布朗。

這一次，布朗將面臨性侵未成年人、謀殺未遂、冒充警察綁架兒童這 3 項罪名。這 3 項罪名都十分嚴重，布朗將會受到非常嚴厲的懲罰。

案發幾個月後的一天，理察隨同父母一起到一家餐廳吃飯。吃飯的

時候，他們發現服務員正是布朗這個惡魔。他們以為布朗越獄了，就打電話給警察。這時，他們才得知布朗只被判了兩年監禁，而且緩刑一年。法庭認定布朗所犯下的罪行，但考慮到布朗剛剛成年不久，又沒有留下犯罪紀錄，認錯態度也很誠懇，於是就決定給布朗一個改過自新的機會。接下來所發生的事情證明，這是一個錯誤的決定。

1977年9月24日，麻薩諸塞州沙布瑞爾的一個居民在路邊遇到了一個傷痕累累的男孩，他向路人求助，希望路人能幫他報警。男孩告訴警方，他和同學在上學路上遇到了一名FBI探員，他說自己正在執行祕密任務，希望他們能協助自己的工作。男孩和同學一聽能幫助FBI探員抓捕壞人，立刻興奮起來，就跟著男子上車了。男子將車開到了僻靜之處後，就像突然變了一個人一樣，他將男孩的同學用手銬銬住，鎖在車裡，然後帶著男孩下了車。當男孩意識到男子準備對自己圖謀不軌的時候，激烈地反抗起來。男孩的反抗似乎把男子激怒了，男子狠狠地踹在男孩的胸口，他力道十分凶猛，甚至能聽到肋骨骨折的聲音。男孩當場就暈了過去。當男孩醒來後發現男子和自己的同學都不見了，於是他開始求助。

根據男孩所提供的線索，警方立刻找到了這名犯罪嫌疑人，他就是布朗。在案發時，他假扮成FBI探員騙走了兩名男孩。當一名男孩被他一腳踹暈後，他就帶著另一個男孩走了。這名男孩隨後遭到了性侵，但並無大礙。

在庭審的時候，法庭考慮到布朗曾經有過十分嚴重的前科，於是決定嚴厲地懲罰布朗，最終布朗因謀殺未遂、綁架未成年人、猥褻兒童等罪名被判處18年監禁。不過法庭考慮到布朗的精神有問題，於是就把他送到了精神病醫院裡。

1984年，布朗宣布改名為納撒尼‧巴爾－約拿(Nathaniel Bar-Jonah)，因為他是一個猶太人。

1990年，布朗獲得了自由，此時他已經在精神病醫院裡待了13年。麻薩諸塞州高等法院的華特·史蒂爾（Walter Steele）法官認為，法庭在裁決的時候應該遵守醫學鑑定的結論，也就是說如果無法證明布朗會對社會產生威脅，那麼就應該將布朗從精神病醫院裡釋放出來。

這項裁定立刻遭到了布朗的主治醫師安·吉拉斯比的強烈反對，在吉拉斯比看來布朗有十分嚴重的反社會傾向，而且還具有戀童癖和食人魔、虐待的傾向，如果讓布朗獲得自由，那麼勢必會有更多兒童遭殃。但吉拉斯比醫生的警告並未引起法官的重視。

1991年8月9日，一名路過的警察遇到了一件奇怪的事情。一名7歲的男孩坐在車裡的後座上，突然車門被一名身材很胖的男子拉開，男子撲到男孩的身上，將男孩壓在身下，男孩害怕極了，就哭了起來。男孩的母親就在附近，聽到孩子的哭喊聲後立刻趕過去。一時間，汽車周圍圍了許多人，男孩的母親在路人的幫助下將肥胖男子強行拉開。之後該男子就從現場逃走了，不過路過的警察還是認出了他，他就是布朗。很快，布朗再次被警方逮捕。

在庭審過程中，法官對布朗十分頭痛，畢竟布朗此次所犯下的罪行顯得太奇怪。布朗辯解說，當時自己只是想進車躲雨而已，並不是想襲擊小男孩，只是他的動作太急躁了，所以讓人們產生了誤會。最終，布朗決定接受檢方的認罪協定，即不再辯解，承認自己犯下了襲擊兒童罪，並且立即離開麻薩諸塞州。最終布朗被判處兩年監禁、緩刑兩年。

法院在做出緩刑的判決之後，就直接讓布朗回家了。其實按照慣例，布朗應該被帶到社會矯治部門辦理假釋／緩刑的監督手續。沒有了這項手續，布朗就完全脫離了司法部門的監管。

離開麻薩諸塞州後，布朗來到了蒙大拿州的大瀑布城。蒙大拿州與

麻薩諸塞州屬於平行的司法區域，彼此之間沒有司法協助機制。對於布朗來說，蒙大拿州是個可以讓他隨心所欲的地方，這裡的司法部門根本不知道布朗過去所犯下的罪行，也不知道他是個需要被監管的危險人物，會給其他人，尤其是兒童帶來危害。

1996年2月6日，10歲的扎克·拉姆齊（Zach Ramsay）沒有上學。起初老師和家長以為拉姆齊只是蹺課了，但到了晚上拉姆齊還沒回家，他的父母才覺得不對勁，然後立刻報了警。拉姆齊並沒有蹺課，而是在步行上學的路上突然失蹤了。

警方從兩名目擊者那裡了解到，在拉姆齊失蹤的當天早上7：45左右，拉姆齊被一名男子帶走，那名男子有一輛白色汽車。另一名目擊者說，在當天早上7：15左右，一名體格肥胖的男子在拉姆齊失蹤的街上一直遊蕩著。很快，警方就鎖定了嫌疑人，他就是布朗。很巧的是，布朗的母親名下恰好有一輛白色汽車，這與目擊者所提供的證詞相吻合。不過，這些證據根本不足以逮捕布朗。

1999年12月13日，兩名警察在林肯小學附近抓到了一名假警察。當時兩名警察只是路過而已，當他們看到一個身著警服的男子在學校門口閒晃時，立刻覺得不對勁，於是就扣押了這名男子。當兩名警察看到男子的警徽後，馬上確認這就是一個假警察，警察還在男子的身上搜到了電擊槍和一支玩具手槍。

很快該男子的身分得到確定，他就是布朗。布朗被捕後不久，警方就申請到了搜查令。在布朗的住所警方發現了一張可疑的名單，上面寫著幾個男孩的名字，最後一個男孩正是3年前在上學路上失蹤的拉姆齊，在拉姆齊的名字旁邊還標著一個單字：死了。顯然，拉姆齊的失蹤與布朗密切相關，布朗很可能綁架並殺害了拉姆齊。但由於拉姆齊活不見人死不見屍，警方只能認定布朗有重大作案嫌疑。

在隨後更為仔細的搜查工作中，警方發現了更多可疑的東西。

在布朗的廚房裡有一臺絞肉機，警方在裡面找到了一些毛髮。這些毛髮被送去進行 DNA 鑑定後得出了一個令人毛骨悚然的結論——這些毛髮屬於人類，不過並不是拉姆齊的，是一個非洲裔的男童的。為什麼絞肉機裡會出現人類的毛髮，這很不正常。

在布朗髒亂不堪的車庫裡，警方找到了一些骨骼碎片。這些骨骼碎片由於經過了蒸煮，很多都無法提取出有用的 DNA，只有少部分的骨骼碎片能提取出 DNA。DNA 鑑定結果顯示，這些骨骼碎片是人類的，而且都是一些男童。最關鍵的是，骨骼碎片不是拉姆齊的，也與絞肉機裡的毛髮不是同一個人。

警方還找到了一個筆記本，上面都是一些奇奇怪怪的符號，顯然是某種密碼。經鑑定，這些符號是布朗的筆記。除了奇怪的符號外，筆記本上還有日期和卡通插畫。顯然這是布朗所記的筆記，但筆記的內容是什麼，還需要進一步的破譯。

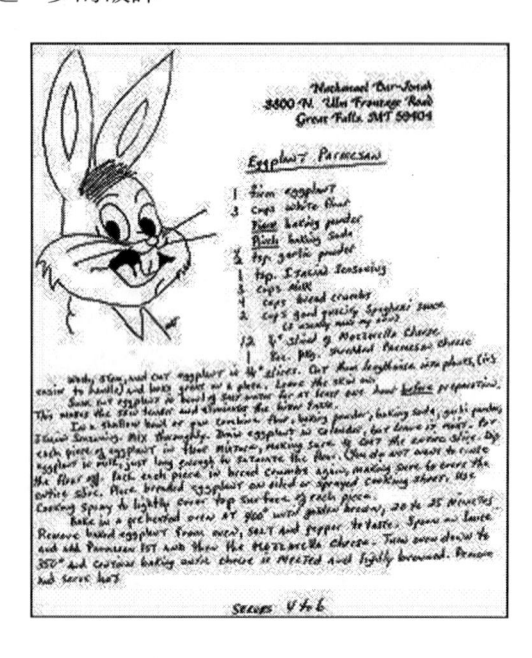

對於密碼專家來說，布朗的密碼十分簡單，破譯工作很快就完成了。破譯出來的內容十分恐怖、血腥，是布朗所犯罪行的紀錄，他不僅殺害了許多男童，還將被害男童的屍體作為食材，要麼燒烤、要麼油炸，他還會將男童屍體做成派，這個筆記簡直就是一道用屍體做餐點的食譜。

　　這種種可疑的線索都可以證明，拉姆齊很可能已經被布朗殺害了。只是沒有證物可以證明布朗就是兇手。在布朗被捕的消息傳開後，一名女子指證，布朗曾假扮警察綁架她5歲的兒子，一名男子指證自己曾被布朗性侵。最終檢方以這兩起案件起訴了布朗。

　　庭審中，警方所提供的證物讓法官和陪審團留下了深刻的印象，儘管那本恐怖的筆記無法證明布朗的罪行，但那些毛髮和骨骼碎片卻是鐵一般的證物。最終布朗被裁定犯有謀殺、綁架、性侵等罪名，被判處130年監禁。在整個庭審過程中，布朗的態度一直很堅決，他認為自己是清白無辜的，但他又無法針對骨骼碎片和毛髮給出一個合理的解釋。

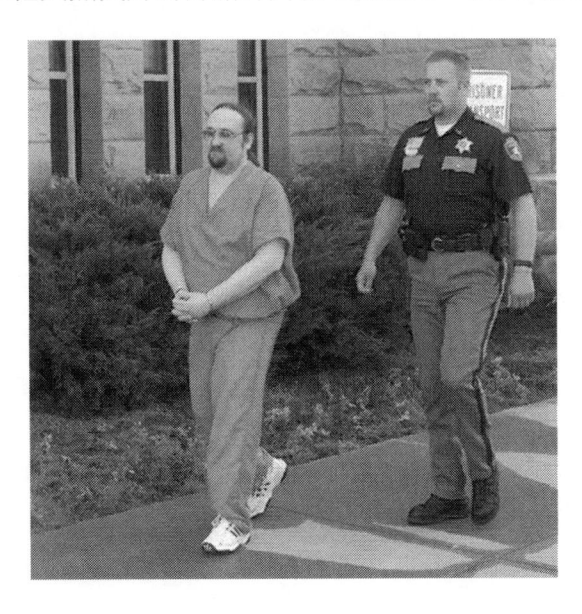

2008 年 4 月 13 日，布朗因心臟病突發死在了監獄中。這樣一來，拉姆齊的下落就永遠成謎了。人們永遠無法得知布朗到底殺死了多少個男童，也無法得知布朗的筆記是否屬實。這些都隨著布朗的意外去世變成了永久的謎。

【人格違常】

　　布朗所犯下的罪行駭人聽聞，人們往往會認為像布朗這樣的罪犯一定會有十分嚴重的精神問題。在布朗最初綁架、性侵一些男孩的時候，法官也認為他的精神有問題，所以才會把他送到精神病醫院去服刑。顯然，布朗的人格不同於常人，他的人格是異常的。研究顯示，人格違常與暴力犯罪之間存在一定的關聯。

　　人格違常者不論在心理、人際和神經生理方面都與常人不同。與正常人相比，人格違常者更無道德感，他們不會產生愧疚和共情，會為了達到自己的目的而為所欲為。

　　根據人格違常者的類型劃分，布朗顯然屬於原發型人格違常者。所謂原發型人格違常者，是指他們從很小的時候就表現出不同於常人的特點，而且具有反社會傾向。布朗在7歲的時候就曾犯下過十分嚴重的罪行。

　　那個時候，布朗對鄰居家與自己同齡的小女孩說，他有一臺神奇的機器，可以看到未來的自己。小女孩一聽立刻來了興趣，就跟著布朗來到了他家的地下室。這時，布朗撕掉了偽善的面具，用手狠狠地掐住了小女孩的脖子。小女孩害怕極了，開始拚命掙扎並呼救。小女孩的母親聽到女兒的呼救聲後立刻趕到地下室，這才救下了小女孩。幸好當時布朗只有7歲，力氣有限，不然小女孩很可能會被他殺死。從此之後，再也沒有孩子願意和布朗玩，人們都知道這裡住著一個小惡魔布朗。

　　人格違常者只會考慮自己的需求，會給人一種非常自私的感覺。當然，人格違常者並不一定會實施暴力犯罪。如果一名人格違常者所追求

的是財富、社會地位，那麼他極有可能會成為一名成功人士，他會為了實現自己的目標而不擇手段，雖然他難以與他人產生情感上的交流，卻會偽裝自己。當然像布朗這樣的人格違常者所追求的是透過性侵、折磨、殺害男孩來滿足自己的欲望，因此他成了一個駭人聽聞的精神變態罪犯。

當一個人格違常者實施犯罪的時候，他常常會犯下十分嚴重的罪行。比如在殺人這種嚴重的罪行上，與普通殺人犯相比，人格違常者在殺人的時候往往會更加冷血和殘酷，被害人會遭受虐待，因為人格違常者能從中獲得快感。普通殺人犯的犯罪動機一般是復仇，或者是激情殺人，被害人與他們或多或少都會有些關聯。而人格違常者常常找陌生人下手，他的目的只是滿足自己變態的欲望，至於被害人是誰並不重要。

恩人也不放過的連環殺手──
派屈克・麥凱

恩人也不放過的連環殺手——派屈克·麥凱

1975年3月21日，英國肯特郡的一位聲望頗高的神父在自己的住所被人殺害，一名修女在發現了神父的屍體後，立刻報了警。警方趕到案發現場後，看到了慘不忍睹的一幕：神父穿著衣服泡在一個浴缸裡，浴室的牆壁和天花板上到處都是飛濺的血跡，神父的顱骨已經被打碎，大腦暴露出來。除了頭上的致命傷外，神父的身上還有許多刀傷，臉上也有大量被人毆打的瘀傷。

遇害的神父名叫安東尼·柯林（Anthony Crean），64歲，當地的人們都很尊重他。屍檢結果顯示，柯林神父在顱骨被打碎時，並未馬上死亡，而是在經歷了一段時間的痛苦折磨後才死去。警方推斷，凶手應該和柯林神父有很深的仇恨，不然不會下如此毒手。但柯林神父在當地並沒有什麼仇人，很少與人產生矛盾。

警方在調查的過程中，懷疑上了一個名叫派屈克·麥凱（Patrick Mackay）的人，其在警察局留下過大量的案底。案發時，麥凱正好在肯特郡，他從倫敦來肯特郡看望母親。

不過麥凱與母親之間的關係並不好，他的母親很怕他。在麥凱13歲時，他的脾氣變得異常暴躁。有一天，麥凱突然發狂，將家裡的一切物品都砸碎後，用力掐住母親的脖子。幸運的是，那個時候麥凱還未成年，力氣有限，母親掙脫了。但這件事卻給麥凱的母親留下了心理陰影，在麥凱從精神病院出來後，她立刻帶著女兒搬到別處居住。

據麥凱母親的交代，在3月21日這天，麥凱帶著兩把刀和一隻雞來看她，還讓她將雞肉做好給他吃。之後麥凱就離開了，直到吃晚餐時才回來。在此期間，麥凱去找了柯林神父，他打算將柯林神父殺死。

在柯林神父遇害的兩年前，麥凱曾去過他的住所偷東西。當時麥凱沒有錢，又找不到工作，沒有人願意僱用一個無法長時間堅持工作的人，而且同事們也都很不喜歡和麥凱這樣毫無定性的人相處。於是麥凱

就想到了以偷竊的方式得到錢，他會找柯林神父下手，是覺得柯林神父年紀大了，很好控制。

在闖入柯林神父住所後不久，麥凱就被抓住了。柯林神父覺得麥凱還很年輕，不應該因盜竊去吃牢飯，於是決定給他一個機會，就沒有報警，還試圖給予他幫助，來感化這個走上歧途的年輕人。既然如此，麥凱為什麼還要用如此殘忍的方式殺害柯林神父呢？

因為在案發幾天前，麥凱的朋友們嘲笑他，說他和柯林神父私通，他們是同性戀，不然柯林神父為什麼會放過麥凱，還給予他多次幫助？麥凱聽後十分生氣，他覺得想要杜絕這種流言蜚語，就得殺死柯林神父，這樣才可以證明自己並不是同性戀。於是，麥凱拿著刀乘車來到了肯特郡。

柯林神父認識麥凱，於是輕易地放麥凱進門。麥凱趁柯林神父不備，就襲擊了他。遇襲後的柯林神父逃到了浴室裡，他想將門鎖住，從而逃過此劫，但麥凱沒給他機會，柯林神父本就不是他的對手，再加上受了傷，就更無法將門鎖住。來到浴室後，麥凱用刀不停地刺向柯林神父的脖子和頭部，由於頭部有堅固的顱骨保護，根本刺不穿。麥凱放下手中的刀，找來了一把斧頭，用斧頭不停地砍向柯林神父的頭部，最終柯林神父的顱骨被砍開，大腦完全暴露在外面，麥凱此時才停手。

不過麥凱很快就發現，柯林神父還未斷氣，於是他往浴缸裡放滿水，將柯林神父放進浴缸裡，靜靜地看著鮮血將水全部染紅，同時欣賞著柯林神父痛苦地、慢慢地死去。差不多過了一個小時，柯林神父斷氣了。殺死柯林神父後，麥凱覺得很滿足，他終於發洩出了自己被嘲笑是同性戀時的怨氣，於是他很快離開，回到母親家中享用母親為他準備的晚餐。

其實在殺害柯林神父之前，麥凱已經殺害了多名老人和單身女性，警方懷疑他一共殺害了 11 個人。在去柯林神父住所實施盜竊失敗後，麥凱並未遵從柯林神父的教誨，而是犯下了一系列更為嚴重的罪行，例如

殺人搶劫。

　　1973年7月，一個名叫海蒂·穆尼克（Heidi Mnilk）的17歲女子被人刺死，警方懷疑凶手極有可能是麥凱。不久之後，一個名叫瑪麗·海因斯（Mary Hynes）的女子在自己的住所被麥凱殺害，殺人後他還搶走了瑪麗的財物。

　　1974年1月，麥凱在哈特福郡盯上了一個年老的婦人史蒂芬妮·布里頓（Stephanie Britton），當時史蒂芬妮還帶著自己4歲的孫子克里斯多福（Christopher Martin）。在偏僻無人處，麥凱將人捅死後，搶走了史蒂芬妮的隨身財物。

　　1974年2月，麥凱在切爾西闖入一個單身女子伊莎貝拉·格里菲思（Isabella Griffiths）的住所，麥凱先是朝著伊莎貝拉的腹部捅了一刀，不過他並未將刀拔出來，而是直接用雙手將伊莎貝拉掐死。之後麥凱拿走了伊莎貝拉住所裡所有值錢的東西。

　　麥凱每次缺錢時，都會想要搶劫或盜竊。他選擇的目標人物，主要以老人或單身女性為主，這樣的人更容易被他所控制。由於居無定所，麥凱就借住在一個朋友家中。後來麥凱被朋友找了個藉口趕走了，因為麥凱總說自己被惡魔附身了，他的朋友很擔心自己會受到傷害。

　　1975年3月23日，麥凱被警方逮捕。隨後麥凱因謀殺柯林神父被起訴，11月，麥凱因謀殺罪被判處終身監禁，他一生都要在監獄裡度過。

　　1952年9月25日，麥凱出生於英國米德爾塞克斯郡。麥凱的父親哈羅德（Harold Mackay）經常酗酒，是當地出了名的酒鬼，他一喝醉酒就會毆打妻子或孩子。在麥凱還是個胎兒時，就隔著母親的肚皮被父親毆打。當時哈羅德喝醉了，用腳踹過妻子的肚子，而妻子還懷著孩子。

　　在麥凱的記憶裡，他是在哈羅德的拳頭下長大的。每當父親喝醉時，他就會挨打。為此，麥凱十分憎恨父親，天天都期盼著父親死掉。在哈羅

德因酗酒引發疾病去世後，麥凱不僅沒有為父親舉辦葬禮，也沒有向外透露父親去世的消息。許多人在很長時間以後才得知哈羅德已經去世了。

麥凱從小就有折磨動物的愛好，他很喜歡折磨貓、兔子之類的寵物，還燒死過一隻烏龜。隨著年齡的增長，麥凱的脾氣變得越來越暴躁，經常無故發火，還出現了暴力傾向，例如他會亂砸家裡的物品，還試圖掐死母親和兩個妹妹。此外，麥凱還很喜歡縱火，曾因放火燒教堂而被捕。不過由於年紀太小，他很快就獲得了釋放。

一旦獲得自由，麥凱就會肆無忌憚，因此常常被送到精神病院接受治療。在精神病院期間，一個名叫萊納德·卡爾的精神病醫生曾為麥凱進行過精神鑑定。鑑定結果顯示，麥凱具有反社會人格，為人冷酷殘忍，將來一定會成為一個變態連環殺手。最終萊納德醫生建議，將麥凱繼續關在精神病院裡。不過，院方並未採納萊納德醫生的建議，將麥凱放了出去。

此時的麥凱還未成年，不過他的母親已經不敢與他繼續待在同一屋簷下，麥凱只能去投靠姑姑。但麥凱並未在姑姑家住多久就被趕了出來，沒有人願意和一個隨時會對自己產生威脅的人待在一起。

後來，麥凱像父親一樣也染上了酗酒的毛病。每當麥凱喝醉後，他就會變得極富攻擊性，甚至比哈羅德更厲害。當初哈羅德喝醉後只是毆打妻子孩子，而麥凱則會直接撲上去，狠狠地掐住對方的脖子，試圖將對方掐死。

此外麥凱還有許多獨特的愛好，他非常喜歡蒐集納粹的物品，還有一套納粹制服。麥凱還很喜歡拍攝一些古怪的照片，照片上的他表現得很瘋狂，就像被魔鬼附身了一般。在搶劫、盜竊之前，麥凱也曾試圖找一份工作來應付日常開銷，但他根本無法堅持下來，常常更換工作。後來，麥凱不再找工作，開始透過盜竊、搶劫來獲得金錢。

【缺乏自然情感力】

麥凱與柯林神父的故事與小說《悲慘世界》中的故事很相似，但結局卻大相逕庭。《悲慘世界》的主角尚萬強在出獄後被米里艾主教收留了一晚，他看到米里艾主教家中的銀製燭臺後，就偷偷將燭臺拿走。後來尚萬強被警方抓住，並被帶到米里艾主教面前，米里艾主教卻說燭臺是自己送給尚萬強的。尚萬強因此被釋放，這讓他很感動，也避免了走入歧途。

柯林神父與米里艾主教一樣都是神職人員，而且都選擇給一個誤入歧途的年輕人一次機會。但麥凱卻沒有珍惜這次改過自新的機會，反而成了一個變態連環殺手，甚至還將好心放過自己的柯林神父殘忍殺死。麥凱為什麼會做出毫無人性的舉動呢？其實萊納德醫生早已給出了答案，麥凱就是一個反社會人格者，缺乏自然情感力，而這正是人性之所在。

在哈羅德因酗酒引發的多種疾病去世時，麥凱只有10歲。他父親臨終前只留下了一句遺言，希望麥凱能成為一個好人。但像麥凱這樣的反社會人格者，從小就表現出了冷酷殘忍的一面，例如虐殺小動物。他不僅無法成為一個好人，還無法成為一個正常人。

所謂自然情感力，是指一個人在成長過程中自然出現的一種情感現象。在一個人還年幼的時候，這種情感現象以依戀撫養者為主，例如對母親的依戀。隨著年齡的增長，當一個人步入青春期的時候，他會對異性產生迷戀，還會與同伴發展出友誼。但是反社會人格者卻缺乏自然情感力，他不會對撫養者產生依戀，也沒有朋友，更無法與一名異性建立親密的關係。

有些罪犯雖然犯下了難以饒恕的罪行，卻有自然情感力，例如會對曾幫助過自己的人心存感激，或者將所有的溫情都送給了家人。但反社會人格者完全不同，他不會有這些情感，例如麥凱會殘忍殺害柯林神父，還會掐住母親的脖子，想要將她們掐死。

恩人也不放過的連環殺手──派屈克‧麥凱

完全抵制住警方的審訊——
安古斯・羅伯森・辛克萊爾

完全抵制住警方的審訊——安古斯·羅伯森·辛克萊爾

1978 年起，蘇格蘭格拉斯哥地區相繼發生了一系列襲擊事件，被害人都是兒童，要麼被攻擊、誘拐，要麼遭受強姦。有兩名女孩在遭受不幸後向警方描述了所經歷的一切。她們被一名男子引誘到一間公寓內，男子請她們幫忙帶一些錢到他所居住的公寓。等女孩一進門，男子就會掏出刀子，將刀子架在她們的脖子上，威脅她要乖乖聽話。據兩名女孩回憶，這名男子的頭髮上有一些油漆汙點。

在接下來的 4 年內，格拉斯哥地區至少有 10 名兒童遭受了襲擊，這些受害兒童的內心都留下了十分嚴重的精神創傷。1982 年，警方終於抓住了這名嫌疑男子，他名叫安古斯·羅伯森·辛克萊爾（Angus Robertson Sinclair），是名油漆工。辛克萊爾在警察局案底重重，曾因殺害一名 7 歲女孩被判入獄 10 年。

1961 年，辛克萊爾只有 16 歲，他是當地出了名的少年犯，屢次因盜竊等罪名被警方逮捕，警察們對他都很熟悉。

凱瑟琳·里赫（Catherine Reehill）是一名只有 8 歲的小女孩，就居住在辛克萊爾住所附近的街區。一天，辛克萊爾讓凱瑟琳幫自己一個小忙，跑腿到其他地方辦事，然後回到他所居住的公寓領取報酬。當時辛克萊爾與母親居住在一起，母親正好有事外出了。

當凱瑟琳辦好事，敲開辛克萊爾公寓的房門時，辛克萊爾立刻將她制服。就在此時，敲門聲響起了，有人來了。辛克萊爾沒有絲毫慌張，他將凱瑟琳綁好，並堵住她的嘴巴，然後若無其事地開啟了房門。

來訪者是辛克萊爾母親的朋友，辛克萊爾沒有讓他進門，只是很冷靜地對他說，母親不在家，等母親回來後再來。之後來訪者就離開了，凱瑟琳最後的希望也破滅了，辛克萊爾將門關好後，就開始施暴。

辛克萊爾在將凱瑟琳強姦後，就隨手拿起腳踏車內胎將她勒死。在辛克萊爾之後所犯下的一系列連環命案中，都使用了類似的手法。首先

是將被害人引誘到他自認為可以下手的地方，然後將被害人綁住、堵住嘴巴並實施強姦，最後用手頭任何可以勒死被害人的工具，將人殺死。在凱瑟琳斷氣後，辛克萊爾就將凱瑟琳的屍體從樓上扔了下去。

不久之後，當地警方接到了辛克萊爾的報案電話，他告訴警方，他在公寓的樓梯上看到了一具小女孩的屍體。屍檢報告顯示，凱瑟琳並非從高處摔下而亡，她是被人勒死的。警方就開始懷疑起辛克萊爾這個報案者來，認為他的嫌疑最大。

在審訊期間，辛克萊爾一口咬定，他絕對不是凶手，凱瑟琳不是他殺死的。儘管辛克萊爾當時只有 16 歲，但卻撐住了警方的質疑和壓力，整個審訊過程中他表現得十分冷靜沉著，甚至是麻木，好像凱瑟琳的死只是一件很普通的事情。

審訊的警察為了突破辛克萊爾的心理防線，試圖在他所編造的故事中尋找漏洞，但辛克萊爾依舊毫不動搖，一直在迴避警察的質問。最後警方只能找來他的哥哥約翰，希望約翰能幫忙說服辛克萊爾，讓他主動認罪。

辛克萊爾在 1945 年出生於格拉斯哥，是家中 3 個兄妹中年齡最小的一個。在辛克萊爾很小的時候，他的父親就離家出走，他們兄妹 3 個從那以後就與母親生活在一起。約翰身為年齡最大的孩子，而且還是個男孩，很早就幫助母親承擔起家庭的責任，對於辛克萊爾來說，約翰就相當於父親的角色，是唯一對辛克萊爾有著管制力的人。

辛克萊爾從小就表現出了難於管教的特點，在約翰看來，辛克萊爾就是一個天生的壞小子，他無比冷漠，沒有任何感情，還很狡猾，不會露出任何蛛絲馬跡，在犯錯或犯罪時，從不肯承認。在此之前，辛克萊爾就因偷竊天主教教堂的捐款而被捕。約翰早已放棄了對辛克萊爾的管教，並讓自己的孩子們遠離辛克萊爾這個十足的壞孩子。不過約翰對警

方表示，他一定會盡量配合警方的工作。

約翰走進審訊室後，就試圖讓辛克萊爾承認罪行，他希望看到辛克萊爾的情緒崩潰，甚至是希望看到辛克萊爾忍不住哭泣。但辛克萊爾還是很冷靜，他抵制住了所有勸他坦白的嘗試。不過在約翰的努力下，辛克萊爾終於還是承認殺死凱瑟琳的人就是他。

之後，辛克萊爾接受了精神鑑定。精神病醫生在鑑定報告中表示，辛克萊爾具有反社會型人格，會對社會造成嚴重威脅，而且幾乎不具備治癒的可能，對辛克萊爾這個情感冷漠麻木的人，心理醫生什麼也做不了。

由於當時辛克萊爾的年齡只有16歲，在法律上還是未成年，因此判決結果受到了他年齡的影響，他只被判了10年。

1976年，在辛克萊爾被判入獄的第6個年頭，辛克萊爾獲得釋放。自由後，辛克萊爾用自己在監獄裡學習的技能，找到了一份油漆工的工作。在服刑期間，監獄方為了讓辛克萊爾恢復心理健康，就嘗試著安排辛克萊爾學習一些技能，在出獄後辛克萊爾就可以利用在監獄裡學到的繪畫技能去從事經營畫作或裝飾行業的工作。辛克萊爾在監獄裡學到的技能果然派上了用場，他成了一名油漆工。後來，辛克萊爾就與一個名叫莎拉‧哈密頓的護士結婚，婚後兩人有了一個孩子。此時的辛克萊爾過上了正常人的生活，有一份穩定的工作，還有妻子和孩子。

在1970年到1977年期間，辛克萊爾並未出現任何犯罪紀錄，他完全適應了社會生活，已經改過自新，工作表現良好，在周圍人看來他是個品貌兼優的人。直到1982年，辛克萊爾因強姦、襲擊兒童被捕。最終，辛克萊爾因3起強姦案和7起惡性襲擊案被判處終身監禁。

在服刑期間，辛克萊爾和所有的犯人一起自願上交自己的DNA，以支持建構英國國家DNA資料庫的專案。在將辛克萊爾的DNA輸入資

料庫中後，警方發現辛克萊爾就是殺死 17 歲的瑪麗·加拉赫（Mary Gallacher）的凶手，他的 DNA 與瑪麗屍體上發現的頭髮的 DNA 完全一致。

瑪麗在 1978 年的 11 月被人殺害，目擊者曾看到瑪麗和一名男子從酒吧離開。之後瑪麗就失蹤了，後來她的屍體被人在荒野中發現，她的喉嚨被凶手割開了。警方很快開始審問辛克萊爾，面對警方所提供的 DNA 證據，辛克萊爾有些慌亂，但還是拒絕承認他就是殺死瑪麗的凶手，他對警方說，這項證據只能說明他曾與瑪麗接觸過，在那天晚上，他和瑪麗發生了性關係，但他並不是凶手。

除了瑪麗遇害案外，警方還懷疑辛克萊爾是一系列女性強姦遇害案的凶手。在辛克萊爾獲得釋放的幾年內，格拉斯哥和愛丁堡地區相繼發生了一系列命案，這些命案有許多相似之處，例如被害人的屍體赤裸著、被捆綁住、嘴巴被堵著，而且都是在遭受了強姦後被凶手勒死。

警方將被害人克莉絲汀·伊迪（Christine Eadie）屍體旁的大衣上的汙跡送去進行了檢驗。檢驗結果顯示，汙跡正是辛克萊爾留下的。在接下來的審訊中，辛克萊爾拒絕承認他就是殺害克莉絲汀的凶手，還將一切責任都推到妻子的兄弟戈登·哈密頓（Gordon Hamilton）的身上，此時的戈登早已去世。

在辛克萊爾與莎拉結婚後，就認識了戈登，兩人很快成為好朋友，經常一起去酒吧喝酒。在 10 月一個寒冷的夜晚，辛克萊爾和戈登一起開車到距離格拉斯哥 1 小時車程的愛丁堡酒吧喝酒。

當晚，海倫·史考特（Helen Scott）和克莉絲汀正好在世界盡頭酒吧裡參加一個派對。海倫和克莉絲汀都很年輕、單純，尤其是海倫，她是個安靜、內向的女孩，剛離開學校不久，希望能成為一名兒科護士。

當辛克萊爾和戈登盯上這兩個年輕女孩後，就將她們騙到了數公里外的荒野，將兩人的衣服脫光，並綁住她們、將她們的嘴巴堵住，之後

兩個女孩遭受了強姦，最後被勒死。後來，有人發現了海倫和克莉絲汀的屍體，就報了警。

在之後6個月內，警方展開了大量的排查工作，一共排查了500個嫌疑人。在當時，DNA技術還沒有應用到偵查工作中，也沒有基因檔案監控，所以警方的工作進行得十分緩慢而且無效。

警方從目擊者那裡了解到，在海倫和克莉絲汀遇害的當晚，有名男子和她們一起離開。儘管目擊者描述了那名男子的長相，但並未發揮作用。當時辛克萊爾也接受了調查，但警方很快排除了他的嫌疑。雖然辛克萊爾曾殺死過一名7歲的女孩，他殺死凱瑟琳的手法與殺死海倫、克莉絲汀的十分相似，但警方認為辛克萊爾沒有殺人動機，因為他居住在格拉斯哥，有穩定的工作，還有家室，即使曾經是個殺人犯，但很明顯他已經改好了。

1977年6月，辛克萊爾所居住的街道上一名37歲女子被人殺害，她名叫法蘭西絲·巴克，在被人誘拐並綁住手腳後遭受了強姦，最後被凶手用她衣服上的帶子給勒死。

警方在調查的時候，拘捕了一名卡車司機湯瑪斯·羅斯·楊，因為警方在湯瑪斯卡車的駕駛室內發現了幾縷法蘭西絲的頭髮。在審訊中，湯瑪斯告訴警方，他一直飽受暫時性失憶的困擾。警方懷疑湯瑪斯忘記了殺死法蘭西絲的過程。最終湯瑪斯被判處終身監禁，儘管他從未承認過自己就是凶手。在之後的37年中，湯瑪斯一直在抗議，直到在監獄中去世。

顯然，殺死法蘭西絲的凶手並非湯瑪斯，而是辛克萊爾，他採用了自己一貫使用的犯罪手法，先引誘被害人，然後捆住她、堵住她的嘴巴，最後強姦被害人並勒死她。

7週後，20歲的安娜·肯尼失蹤了。後來她的屍體被人找到，與之

前的被害人一樣，她在遭受強姦後，被凶手勒死，而安娜屍體的發現地距離辛克萊爾的住所十分接近。

1977年10月，希爾達·麥克奧利失蹤了，失蹤前曾有人在世界盡頭酒吧看到過她。12月，一個名叫阿格妮絲·庫妮的23歲護士失蹤。瑪麗應該是辛克萊爾殺死的最後一名女性。

儘管種種證據均顯示，這一系列命案的凶手就是辛克萊爾，但他卻始終不肯承認。雖然辛克萊爾已經年老，根本不可能走出監獄，但他似乎始終相信自己有可能獲得假釋，所以他一直不肯承認這些命案的凶手就是他，即使警方將證據擺在他的面前。此外，辛克萊爾在審訊中表現得很自戀，他自以為很聰明，可以控制所有人。

完全抵制住警方的審訊─安古斯·羅伯森·辛克萊爾

【需要終身監護】

辛克萊爾在因謀殺凱瑟琳被捕之後，精神病醫師在對他進行了一番精神鑑定後得出一個結論：辛克萊爾不僅不會對心理治療產生任何回應，還會對社會產生威脅。在服刑了6年後，辛克萊爾獲得了假釋，他之後所犯下的一系列強姦殺人案證實了精神病醫師的結論。這是因為辛克萊爾擁有反社會人格。

反社會人格者從早年起就開始表現出情感異常，通常表現為冷漠、麻木、控制欲極強等等。對於每個擁有正常情感的人來說，都會對周圍人產生一種感知和回應，例如對父母的養育之恩充滿感激。辛克萊爾顯然不具備正常情感，不然他的哥哥約翰不會將他形容為一個沒有感情的壞孩子。

不論是16歲的辛克萊爾，還是後來「改過自新」的辛克萊爾，都無法對他人的情感進行感知，更不會回報，儘管他結婚了，還有了孩子，但他根本不會去愛他們，因為他沒有愛的能力，他只會從別人那裡進行掠奪，以滿足自己的需求。因此辛克萊爾會用暴力的手段對凱瑟琳進行強姦，並毫無愧疚地將她殺死。對於辛克萊爾來說，他對暴力的性行為十分痴迷，而且十分享受被害人的痛苦。辛克萊爾在殺死被害人的時候，通常都會隨手拿起條狀物將對方勒死。辛克萊爾應該十分享受這個過程，透過勒死的方式來真正掌控被害人，在勒死被害人的過程中，辛克萊爾極有可能會一直盯著對方的眼睛，直到對方撥出最後一口氣。

反社會人格者無法透過行動感化，也無法接受說服教育，更無法接受心理治療。因為所有的教化手段都需要一個前提，即接受教化的人具

有正常的情感能力，能對他人的情感感知和進行回應，反社會人格者顯然不具備這種能力，他們如同心理上的高位癱瘓病人。對於高位癱瘓病人來說，在日常生活中都需要別人的照看，離開了別人，他就無法存活下去。而對於反社會人格者來說，他不能擁有自由，終其一生都需要別人的監督和控制，需要終身監護。對於辛克萊爾來說，監獄裡雖然沒有自由，但他卻可以在這種高度的監督和控制下表現良好，一旦他獲得自由，不再被監督，那麼他就會表現出危險的傾向，會給社會上的其他人帶來嚴重的傷害。

　　心理治療對於反社會人格者也是無效的。一個人會接受心理治療，是因為他想要擺脫某種痛苦，但反社會人格者卻從來不會覺得痛苦。當然有時反社會人格者也會主動表示他需要接受心理治療，倒不是因為他覺得痛苦，或覺得自己有心理疾病，而是覺得精神病人的身分可以幫助他逃脫法律的制裁。

完全抵制住警方的審訊—安古斯·羅伯森·辛克萊爾

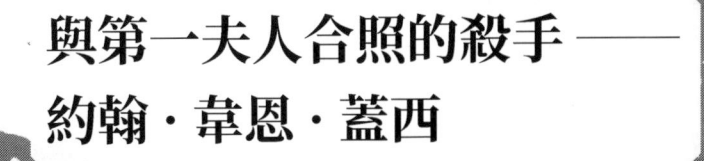

與第一夫人合照的殺手——
約翰・韋恩・蓋西

1978年12月11日晚上11點多，德斯普蘭斯的警方接到報案，報案者叫伊莉莎白，她告訴警方自己15歲的兒子羅伯特‧皮斯特（Robert Jerome Piest）失蹤了。失蹤前，羅伯特曾在一家位於德斯普蘭斯的藥局裡打工。白天時，伊莉莎白還開車去藥局接兒子回家慶祝生日，但羅伯特卻對她說，他偶然從一個工頭那裡得知，有一份可以賺更多錢的工作，他需要去工頭家裡討論一下新的工作。離開前羅伯特還對母親說，自己很快就會回家。

伊莉莎白回家後一直在等羅伯特回來，結果等到晚上11點，羅伯特還是沒有回家，她突然有了不好的預感，於是立刻報了警。

第二天，警方來到藥局進行調查。藥局老闆告訴警方，昨天曾有一個名叫約翰‧韋恩‧蓋西（John Wayne Gacy）的工頭來店裡和他商討工作的事情，當時羅伯特似乎聽到蓋西正在找假期工。警方立刻找到了蓋西，蓋西不僅否認自己與羅伯特談過話，在被要求到警察局做筆錄時，他還謊稱自己的叔叔過世了，不得不晚幾天去警察局。

12月13日凌晨，蓋西來到了警察局，他全身都是泥巴，對警察說自己遇到了車禍。在做筆錄的時候，蓋西堅持否認自己與羅伯特失蹤案有關，也從未提供過工作給羅伯特。不過警方並未相信蓋西的話，隨後就申請了搜查令。

後來，警方帶著搜查令來到了薩默代爾大道西8213號，這裡是蓋西的住所。警方在搜查的過程中發現了大量可疑的物品：一個高中畢業紀念戒，上面刻著「JAS」；不同的駕照；手銬；關於男同性戀和變童的書籍；一件與蓋西身量不符的衣服；羅伯特務作的藥局的收據。

之後，警方暫時扣押了蓋西的奧茲摩比牌汽車和他公司的其他車子，同時派人跟蹤監視蓋西的一舉一動。第二天，警方得知了另一條更加可疑的消息：一年前，在一條伊利諾伊州的河流中發現的兩具屍體中，有

一名死者曾是蓋西公司的員工，名叫查爾斯·哈圖拉（Charles Hattula）。

12月15日，警方在調查蓋西的個人數據時發現他是個有作案前科的人，曾因虐待和強姦一名青少年被判刑。

後來警方確認在蓋西家中發現的那枚紀念戒屬於一個失蹤的男學生約翰·席奇（John Szyc）。約翰曾有一輛汽車，與蓋西一名員工開的汽車十分相似。警方透過調查發現，這輛汽車的原主人的確是約翰，在約翰失蹤後，蓋西將汽車賣給了自己的一名員工，還對員工說，車主亟需一筆錢到加利福尼亞州。

12月17日，警方在蓋西的奧茲摩比牌汽車中找到了一小撮類似人類頭髮的纖維，立刻將這些纖維送去進行了檢查。檢查結果顯示，這是羅伯特的頭髮。

當蓋西意識到自己正在被警方跟蹤和調查後，就去找了個律師，他對律師薩姆·阿米蘭特說，警方的調查工作已經嚴重干擾了自己的生活，他要控告警方。蓋西對警方的態度也十分惡劣，看到警察後會破口大罵，說警察就是一群白痴。有時候，蓋西也會表現得很配合，他在外出時會將自己的行程主動告訴跟蹤的警察。但警方懷疑，蓋西這麼做只是為了擺脫嫌疑。

隨著警方調查工作的深入，蓋西越來越慌張。12月20日，蓋西去找自己的律師薩姆，見面的第一句話就是要薩姆給他一瓶酒。在與薩姆的交談中，蓋西表現得很不正常，他指著一份《每日先驅報》對薩姆說，報紙上那名失蹤的男孩已經死了，屍體就在河裡。

警方一直密切關注著蓋西的一舉一動，警方發現蓋西變得越來越反常，他似乎知道自己即將被捕。

一天，警察跟著蓋西的汽車來到了加油站。蓋西在替汽車加過油後給了加油工蘭斯·雅各布森一小包大麻。蘭斯立刻將大麻交給了警察，

並對警察說，蓋西看起來很不正常，他在將大麻遞給自己時還說：「我的末日就要來了，這些人會殺死我。」

之後，警方在跟蹤蓋西的過程中，發現蓋西一邊開車一邊拿著一串念珠在禱告。蓋西來到了一個名叫羅納德‧羅德的人家中，此人是蓋西的朋友。據羅納德反映，蓋西一看到他就緊緊地抱住他，然後一邊哭一邊說自己殺死了30個人。警方開始擔心蓋西會在走投無路之下自殺，於是就以非法藏匿和分發大麻的罪名將蓋西逮捕。

被捕後，蓋西並未馬上承認罪行。但當警方將從他的地下室裡找到的一節人手骨和一堆腐爛組織擺在蓋西面前時，蓋西的心理防線終於崩潰了，他向警方交代說，自己從1972年起就開始殺人，一共殺害了大約25～30人。他經常到芝加哥的車站和街上開車遊蕩，尋找年輕男孩。看到男妓或離家出走的男孩時，他就會以給予工作或報酬的理由將男孩騙到自己家中，有時也會直接採取暴力手段將男孩綁走。

在自己家裡，蓋西會替被害人戴上手銬或者用繩子綁住他，然後開始虐待和強姦被害人，最後會將被害人給勒死。通常情況下，蓋西每次作案只會誘騙一個男孩到自己家中，偶爾會一下子殺害兩名男孩，他將這種情況稱為「雙捕」。

蓋西第一次作案是在1972年1月2日，被害人是一名15歲的少年，名叫蒂莫西‧麥科伊（Timothy Jack McCoy）。蓋西在長途巴士站遇到了蒂莫西，他帶著蒂莫西在芝加哥玩了一會兒，然後帶著他回家了，蓋西向蒂莫西承諾會在第二天早上送他去車站。當天晚上，蓋西與蒂莫西發生了性關係。

第二天早上，蓋西模模糊糊中看到蒂莫西拿著一把菜刀站在床邊看著自己，他立刻驚醒了，從床上跳了起來。蒂莫西也很吃驚，手中的菜刀不小心劃傷了蓋西的前臂。蓋西迅速從蒂莫西手中搶過菜刀，拽著蒂

莫西的頭髮不停地向牆上撞去，最後用菜刀將蒂莫西殺死了。

當時蓋西以為蒂莫西想要殺死自己，所以他才會迅速地反擊。他本以為這是一場自衛行動，但當他來到廚房時，看見了做好的早餐，他才知道自己誤殺了蒂莫西。之後，蓋西將蒂莫西的屍體埋在了地板下，並在上面加固了一層水泥。

這是蓋西第一次殺人，他認為這完全是一次意外，他根本沒打算殺死蒂莫西。但他也承認，第一次殺人雖然讓他覺得筋疲力盡，但也很興奮，他開始意識到，殺人能給自己帶來巨大的快感。

在殺死蒂莫西的半年後，蓋西再婚了，他與一名帶著兩個女兒的離異女士卡蘿兒·霍夫（Carole Hoff）結婚了。在婚禮舉行前夕，蓋西被一名年輕男子控告強姦。警方在調查中發現，這名年輕男子企圖敲詐蓋西，於是這項指控很快就被撤銷了。

蓋西的第二次作案發生在1974年1月，被害人是一個身分不明的少年，年齡大概在15歲到17歲之間。蓋西在將被害人誘騙到家中後，就將他勒死了。之後，蓋西將屍體藏到了壁櫥中。後來他發現屍體的口鼻中會流出一些液體，而且還將他的地毯給弄髒了。為了避免類似狀況的發生，蓋西在之後的殺人過程中都會先將被害人的嘴巴給堵上。

除了流浪少年和男妓外，蓋西也會朝自己的雇員下手，他的雇員大都是年輕男性，有的還是正在上學的少年。

17歲的約翰·布特科維奇（John Butkovich）就是在蓋西手下工作後不久便離奇失蹤的。當時約翰的父親還給蓋西打電話詢問兒子的行蹤，蓋西表示他也不知道約翰的下落，不過他很樂意幫助一起尋找。後來約翰的父親報了警，蓋西因此被警方傳訊。蓋西對警方的解釋是，約翰的確因薪資問題來過他家，但很快就離開了。

約翰的父親一直非常懷疑蓋西，所以打了許多次電話給警方，希望警方能繼續深入調查蓋西。但警方根本沒有繼續調查蓋西，畢竟蓋西是個成功的商人，而且經常參加慈善活動。

被捕後，蓋西向警方承認的確是他殺死了約翰。那時，蓋西故意拖欠了約翰兩週的薪資，並以解決薪資問題為誘餌將約翰騙到自己家中。當時他的妻子帶著繼女去看望姐姐了，他將約翰殺死後，就將他的屍體藏在了車庫的水泥地底下。

1976年3月，蓋西與妻子協定離婚了。之前，蓋西向妻子坦白他是個雙性戀者，自那以後，蓋西就與妻子分居了，並常常夜不歸宿。後來卡蘿兒發現，蓋西經常帶一些少年到車庫裡，她還意外發現了蓋西的同性戀色情雜誌。

沒有了卡蘿兒的存在，蓋西的生活變得更加自由，他不用再向妻子隱瞞自己的所作所為了。在之後的3個月內，蓋西一共殺死了8名年輕男子。

蓋西不是每次都能得手，如果對方的身材比較強壯，那麼蓋西就很可能會失手。1976年7月26日，18歲的大衛·克拉姆（David Cram）成了蓋西的雇員。後來大衛與蓋西成了同性戀人，開始了同居生活。一天，蓋西故意將大衛灌醉，然後用手銬將大衛的雙手銬住，他對大衛說，自己要強姦他。大衛立刻清醒了，他直接給了蓋西一腳。蓋西根本不是身材高大的大衛的對手，最終不了了之。大衛也因此搬出了蓋西家，辭掉了工作，徹底離開了蓋西的生活。

在提到最後一名被害人羅伯特時，蓋西表示當警察找到他的時候，他正忙著處理羅伯特的屍體，所以就找藉口說自己的叔叔去世了。等他將屍體處理好後，去警察局的路上卻遭遇了車禍，所以到了凌晨才趕到警察局。

根據蓋西交代的藏屍地，警方開始了挖掘工作。不過由於芝加哥的寒冬將至，警方只能將挖掘工作從 1979 年 1 月延遲到 3 月。

3 月 9 日，警方在蓋西後院的燒烤架旁的坑裡挖出了第 28 名被害人的屍體。3 月 16 日，警方在蓋西住所客廳的地板下找到了一具屍體，這是警方在蓋西房屋內所發現的第 29 具屍體。

最終，警方在蓋西的指引下一共找到了 33 具屍體。其中在蓋西的房屋裡挖出了 29 具屍體，另外 4 具屍體是在德斯普蘭斯河裡發現的。蓋西之所以會選擇將屍體扔到河裡，是因為他的地下室實在塞不下了。

經統計，在蓋西殺死的這些人中，年紀最小的只有 14 歲，年紀最大的也只有 21 歲。另外有 7 名屍體的身分一直沒有得到確認。

蓋西的罪行一經曝光，立刻在當地乃至全國引起了轟動。許多人都不敢相信蓋西居然是個連環殺手。在罪行被揭露之前，蓋西是個相當成功的人。他有一家頗具規模的建築公司，主要經營繪畫、裝修、保養、室內設計和安裝等業務。此外，蓋西還十分熱衷於慈善事業，他會提供員工免費的服務，還加入了一個慈善性的俱樂部——「快活小丑」。蓋西和俱樂部的所有成員一樣，會定期裝扮成小丑參加募款活動或為住院的兒童帶來歡樂，他還特地設計了一套專屬於自己的小丑服裝。而且蓋西還曾擔任芝加哥波蘭立憲日遊行活動的策劃人，活動中他曾和當時的第一夫人羅莎琳·卡特合照，照片背面不僅有羅莎琳的簽名，還有羅莎琳寫下的一句話：「向約翰·蓋西致以最良好的祝願。」在蓋西的罪行曝光後，這件事一度讓美國政府十分尷尬。

與第一夫人合照的殺手──約翰・韋恩・蓋西

1980年,蓋西被判處死刑。

1942年3月17日,蓋西出生於芝加哥一個中產階級的家庭中。在家裡的3個孩子中,蓋西排行第二,上面有個姐姐,下面有個妹妹。蓋西與母親、姐妹之間的關係很好,但與父親的關係卻很糟糕。

蓋西的父親是個退伍軍人,離開軍隊後成了一名汽車維修工。蓋西的父親不僅脾氣暴躁,還有酗酒的毛病,每次喝醉酒都會毆打妻子和孩子。蓋西身體比較肥胖,還有輕微的心臟病,無法像其他男孩一樣參與到體育運動中,為此父親總是看不上他,覺得蓋西沒有男子氣概。

6歲時,蓋西因偷商店的玩具車被父親發現,父親在用皮帶抽打他的時候,母親看不下去上前阻攔,這讓父親很不高興,他罵蓋西是「娘娘腔」、「媽寶」,長大後會成為同性戀。

7歲時,蓋西與一個男孩性騷擾了一個女孩。9歲時,蓋西被一個承包商猥褻,他將此事隱瞞了下來,他不想因此受到父親的責怪。

在學校裡,蓋西幾乎沒有什麼朋友,還總因身材肥胖和心臟病被同學們嘲笑。不過據老師們的反映,蓋西小時候很熱情,很喜歡幫人做些小事。四年級時,蓋西因身體健康的問題不得不經常請假住院治療。為此蓋西的父親總懷疑兒子是在故意裝病。

隨著年齡的增長，蓋西不僅無法從父親那裡獲得尊重，反而總會被醉酒的父親毆打出氣。蓋西從未反抗過，只是沉默地接受著父親的責罵和毆打，這使得蓋西與父親的關係越來越糟糕。

18歲時，父親買了一輛車給蓋西，不過汽車在父親的名下，而且車鑰匙保管在父親手裡，每個月蓋西都要對父親還款，不然就會被沒收鑰匙。要是蓋西不聽話，車鑰匙也會被收回。蓋西十分反感父親對自己的控制，後來他配了一把車鑰匙。父親得知後十分生氣，就直接將汽車的分電器蓋給拆掉了。

後來，蓋西被安排到內華達州拉斯維加斯的救護車服務站和停屍間工作。這份工作雖然只持續了3個月，卻給蓋西帶來了很大的影響。蓋西清楚地記得，一天晚上自己單獨在停屍間工作的時候，忍不住躺在一個年輕男子的屍體旁，擁抱並撫摸那具冷冰冰的屍體，他還因此產生了快感。

回到芝加哥後，蓋西進入西北商學院讀書，並在1963年畢業。畢業後，蓋西在納恩布希鞋業公司找了一份銷售員的工作。1964年，蓋西被調到了伊利諾伊州春田市工作，不久之後蓋西就從一名業務員晉升為部門經理。期間，蓋西加入了春田市青年商會，並漸漸成為商會的骨幹。

在商會舉行的一次酒會上，蓋西在醉酒狀態下被一名男同事帶回了家，之後男同事與蓋西發生了性關係。從青春期起，蓋西就感覺自己可能喜歡同性，但他一直在迴避自己的性取向，這也是蓋西的第一次同性戀性行為。

1964年9月，蓋西與女同事瑪麗蓮·邁爾斯（Marlynn Myers）結婚。蓋西的岳父是幾家肯德基的老闆，他不僅幫助岳父管理著3家肯德基，還開了一家裝修公司。他也因此成為青年商會的副主席，是個前途無量的傑出青年。就連父親也忍不住讚賞蓋西：「兒子，是我看錯你了。」後來瑪麗蓮為蓋西生下了一個兒子和一個女兒，這讓蓋西十分開心。

表面上看，蓋西是個人生贏家，不僅事業成功，還有美滿的家庭。但實際上，蓋西卻有一個地下俱樂部，專門誘騙一些十幾歲的少年，將對方灌醉後強行與其發生性關係。事後，蓋西會給被害人一些金錢上的補償。雖然有些被害人選擇了沉默，但有的被害人卻選擇了報案。

唐納德·福爾西斯（Donald Voorhees）就是被蓋西強姦的被害人之一，只有15歲。唐納德將自己遭受性侵的經歷告訴了父親，他的父親立刻報了警。被逮捕後，蓋西堅決否認唐納德的指控，甚至還出錢找人將唐納德毆打了一頓。最終，蓋西只能承認自己與唐納德發生了性關係，但那是在唐納德主動的情況下。

1968年9月3日，在接受審判之前，蓋西被安排接受了精神病醫院的精神病評估。最終的評估結果顯示，蓋西具有反社會人格，而且難以治癒，會反覆和社會規則產生衝突，但蓋西卻有精神能力接受法庭的審判。最終蓋西被判定為強姦罪，處以十年監禁。

很快，瑪麗蓮就要求離婚，並且要求獲得所有的財產、家產以及兩個孩子的撫養權，此外蓋西還得給孩子們撫養費。1969年9月，法院判定兩人離婚，並接受了瑪麗蓮的要求。從那以後，蓋西就再也沒有和瑪麗蓮、一雙兒女見過面。

獲得假釋後，蓋西回到芝加哥和母親一起生活，在母親的幫助下，蓋西有了自己的房子。後來他成立了一家建築公司，漸漸在芝加哥穩定下來。

在等待死刑的過程中，蓋西開始畫畫，他最喜歡畫小丑。蓋西對小丑這個角色充滿了感情，被捕前蓋西就很喜歡打扮成小丑。蓋西的畫作不僅能賣得出去，還會舉行作品展覽。有人批評蓋西用作品賺錢，蓋西反對這種說法，他說自己創作的目的是為人們的生活帶來快樂。也有官員表示，蓋西應該用賣畫所得的錢來支付自己的監禁費用。蓋西表示，如果監獄覺得自己的開銷太貴了，完全可以將他從監獄裡趕出去。

在執行死刑的前幾天，蓋西被迫從監獄裡搬出來，他去了一個死囚牢房，連環殺手理察·史派克（Richard Benjamin Speck）就曾在這裡待過。死囚牢房長有 6 英尺、高 12 英尺，裡面有一個寫字桌、一個鋼馬桶和一個水槽，牆壁全部是加固的鋼板。

1994 年 5 月 10 日，這是蓋西被執行死刑的日子。他獲得了在監獄與家人聚餐的機會。晚上，蓋西接受了一名天主教神父的禱告。蓋西在接受注射死刑的時候出現了一個小意外，注射用的化學品意外凝固，堵塞了針管，工作人員不得不更換了新的針管。

深夜 12 點 58 分，工作人員表示蓋西已經死亡了。之後，蓋西的大腦就被移除並送到了海倫·莫里森（Helen Morrison）博士那裡，莫里森博士是研究暴力反社會人格的專家。透過檢查，莫里森博士並未發現蓋西的大腦與正常人有什麼不同。

與第一夫人合照的殺手—約翰・韋恩・蓋西

【結構性的行為變化】

　　與一些連環殺手不同，蓋西的大腦與正常人無異，莫里森博士並未在蓋西的大腦中發現損傷、腫瘤或疾病。但這並不能說明蓋西的大腦就是正常的，莫里森博士認為，蓋西的大腦迴路和化學物質在他成長的過程中一定發生了變化，這種變化雖然很細微，卻給蓋西的行為帶來了結構性的變化。蓋西因此變得冷漠且難以體會到正常人的情感，例如他從不會有悔恨的情感。

　　蓋西被捕後雖然交代了自己的罪行，但從未對自己的罪行表示過任何悔恨。在臨死前，蓋西也沒有對自己的罪行表示懺悔，他只留下了一句非常無禮的遺言：「親親我的屁股。」在被宣布判處死刑時，蓋西表示，判處他死刑並不會彌補任何人的損失，而且死刑實際上就是對他的謀殺。他還表示自己所犯下的唯一罪行就是沒有執照就經營著一個墓地。

　　對於像蓋西這樣的情感冷漠的人來說，他的大腦長期處於麻木的狀態，很少會產生興奮和激動，因此蓋西需要非比尋常的刺激，這種刺激對於我們正常人來說往往是恐怖的。例如蓋西在夜晚會主動和屍體躺在一起並撫摸屍體。蓋西第一次殺人的確如同他所說是一次意外，但他卻從這次意外殺人中感受到了興奮和刺激。這足以證明蓋西的大腦迴路和化學物質與常人不同，如果換做是一個正常人，一定會陷入恐懼和愧疚的情緒中。

　　不過蓋西十分善於偽裝，他會像正常人一樣生活，例如在兒童聚會上裝扮成小丑表演節目，給人們帶來歡樂。但實際上他的內心十分陰暗，會讓所有正常人震驚。

在蓋西的成長經歷中，父親對他的影響無疑最大。在蓋西的原生家庭裡，父親是個權威般的存在，但他卻從未得到過父親的認可，即使他努力想討得父親的歡心，也從來沒有成功過。於是蓋西在父親的否定中失去了對自己價值的認同，對自我沒有一個準確的定位，這導致他從未體會到過自己存在的真正價值。

　　長大後，蓋西開始強姦和殺害比他弱小的年輕男子，他尤其喜歡用繩子勒住被害人的脖子。蓋西在 1992 年接受採訪的時候表示：「繩子是最好的殺人工具，它可以技巧性地切斷空氣，所以當你想殺死一個人的時候，你一定得選擇繩子，將繩子環在那個人的脖子上，然後再纏三圈或四圈，可以根據你的喜好而定，你會看著那個人掙扎著，最後停止了掙扎。」蓋西在殺人的時候，能體會到自己存在的價值，好像對方的生命完全被他所掌控。

與第一夫人合照的殺手─約翰·韋恩·蓋西

不甘寂寞的殺手——
傑拉德·尤金·斯塔諾

1980年2月17日，戴通納海灘警局的警長保羅·克羅接到一起報案。報案者是兩名學生，他們在喝醉酒的情況下在戴通納海灘機場附近一片荒涼的地方發現了一具已經腐爛的女性屍體。

克羅等警察趕到案發現場後，看到了這樣的一幕：屍體仰躺著，手臂就放在身體的兩邊，頭部向上仰起，整個姿勢像是刻意被擺放的。克羅感覺，被害人很可能是被強姦後殺死的。後來，克羅注意到屍體上的衣物非常完整，上面還覆蓋著一層樹枝，看樣子被害人不像是遭受過性侵。

屍檢結果顯示，由於屍體腐爛程度嚴重，法醫無法斷定精確的死亡時間，只能推測說被害人可能在兩週前被害。被害人的後背、胸前和大腿有幾處刺傷，這應該是凶手用刀反覆刺向被害人留下的。

被害人的身分很快就被確定了，名叫瑪麗·卡羅爾·馬赫爾（Mary Carol Maher），20歲，是個大學生。警方在調查了和瑪麗關係密切的人後並未發現可疑人員，瑪麗平日裡為人友善，沒有和人產生過衝突。

為了破案，克羅只好為嫌疑人進行犯罪心理側寫。側寫結果是，嫌疑人很可能是個連環殺手，從作案手法上看，瑪麗並不是第一個被害人，也不會是最後一個。嫌疑人是個白人男子，年齡在30歲到40歲，在戴通納海灘居住。嫌疑人在尋找獵物的時候，通常會開著一輛不起眼的汽車，要麼找妓女，要麼找搭便車的女子。嫌疑人應該是個脾氣火爆且憎恨女性的人，在被女人拒絕時，會做出攻擊性的行為，甚至殺死對方。

1980年3月，一個名叫傑拉德·尤金·斯塔諾（Gerald Eugene Stano）的28歲年輕男子走進了克羅的視線，該案件因此取得了重大突破。3月25日這天，警察吉姆·加德貝爾接手了一起襲擊案，一名女子聲稱自己遭到了嫖客的襲擊。

加德貝爾從女子那裡了解到，在不久前的一個晚上，女子在路邊招攬生意的時候，遇到了一個開著紅色汽車的男子，男子示意她上車。上車後，女子開始和嫖客談價錢，談妥後女子跟著男子去了一家旅館。

到了旅館，女子提出讓男子先付錢，但男子卻要求先接受性服務。之後，兩人開始爭吵，直到男子突然掏出一把尖刀將女子的大腿劃傷，這場爭吵才結束。之後男子將女子強姦後就離開了。女子只能自己到醫院縫合傷口，她腿上的傷口十分嚴重，縫了27針。

當加德貝爾讓女子描述男子的相貌特徵時，女子說該男子中等身高、微胖、戴著一副眼鏡、留著鬍子，她表示只要讓她再看見該男子，一眼就能認出來。女子還說，她不久前看到過那輛紅色汽車。

於是，女子帶著加德貝爾來到了發現紅色汽車的公寓樓前，結果那輛汽車已經不見了，後來他們在不遠處看到了一輛紅色汽車，是1977年產的格雷姆林。加德貝爾記下車牌號後就回到了警察局。

很快紅色汽車的主人就被查出來了，他就是斯塔諾。此外加德貝爾還發現，斯塔諾留有許多案底，同時還是幾起襲擊妓女案件的主要嫌疑人。加德貝爾將斯塔諾的照片拿給受害女子，讓她進行辨認，結果她一眼就認定斯塔諾是襲擊過她的人。後來，加德貝爾將斯塔諾的情況告訴給了克羅，他覺得斯塔諾與側寫內容十分相符。

幾天後，斯塔諾被帶到警察局接受審問。在審訊室內，加德貝爾出

面審問斯塔諾，克羅則在玻璃後面觀察斯塔諾的反應。為了了解斯塔諾在說謊和說實話時會出現什麼樣不同的肢體反應，克羅交代加德貝爾在開始審訊的時候，問一些警察已經知道答案的問題。

幾個回合之後，克羅已經掌握了斯塔諾的肢體語言，他發現當斯塔諾說實話時，他身體的上半身會向前傾；說謊的時候，則會採取向後靠的迴避態度。當斯塔諾承認自己曾襲擊過一名妓女後，克羅拿著被害人瑪麗的照片走進了審訊室。克羅在簡單介紹了自己後，直接讓斯塔諾看瑪麗的照片，並對他說，照片上的女孩消失了，警方懷疑斯塔諾曾見過她。

盯著照片看了一會兒後，斯塔諾說：「是，我見過她。一個月前的一天，我曾在旅館裡看到過她。」克羅問道：「你是否對她產生過不好的念頭？」斯塔諾向後靠了靠說：「沒有，我開車搭載了她一程，她在大西洋大街就下車離開了，之後我再也沒有見過她。」克羅認定斯塔諾在說謊，不過他並未拆穿，而是匆匆結束了這個話題：「斯塔諾，你看起來心情並不好。」斯塔諾朝前傾了傾身體後說：「是的，今天是個特殊的日子，我的養父母在這一天收養了我。」之後斯塔諾開始滔滔不絕地講起了自己的童年以及和養父母之間的關係。

克羅找準機會再次將話題引到了瑪麗遇害案上，這一次斯塔諾的回答與上次完全不同，他說自己開車帶著瑪麗兜風了一會兒，其間還停車在一家超市買了啤酒。

克羅立刻抓住關鍵問道：「你出去買啤酒的時候，瑪麗就乖乖坐在車裡等你回來？」斯塔諾：「是的。」克羅：「你就沒對她動過不好的念頭？」斯塔諾：「是的。」克羅：「其實你很想和她發生性關係，但是她拒絕了你，是不是？」斯塔諾：「當然不是！」克羅：「她沒有看上你，對不對？」斯塔諾：「不，她沒有！」克羅：「她拒絕的態度讓你覺得難堪又憤怒，

是不是？」斯塔諾：「我說了她沒有！」克羅：「然後你做了什麼？你開始襲擊她？你很憤怒不是嗎？」斯塔諾：「是！我從座位底下拿出一把刀狠狠地用力刺向她！」克羅：「接下來發生了什麼，斯塔諾？」斯塔諾：「我不停地刺向她的胸前，她想開門逃走，但被我刺傷了大腿。我關上了車門，她的身體開始向前傾斜，她的頭抵在擋風玻璃上，血一直不停地流出來，濺到了車上，她將我的車弄髒了，我很生氣，於是又朝著她的後背刺了幾下！後來她一動不動了，於是我就開車帶她去了……」

斯塔諾的話被克羅打斷了，克羅說：「現在我開車，你帶我去那個地方。」在斯塔諾的指引下，克羅開車來到了案發現場，斯塔諾準確地指出了拋屍地點。之後，斯塔諾被克羅押回了警察局，最終在口供上簽了名。

在克羅收拾卷宗時，加德貝爾對他說，斯塔諾可能還需要對幾起女性失蹤案負責，例如 1980 年 2 月 15 日接到的 26 歲妓女托妮‧凡‧哈多克（Toni Van Haddocks）失蹤案。

當加德貝爾將托妮的照片拿給斯塔諾看的時候，斯塔諾身體向後靠了靠說：「我從來沒有見過她。」顯然，斯塔諾在說謊，不過加德貝爾還是放過了他，因為所掌握的證據不夠充分。

1980 年 4 月 15 日，霍利山的一個居民來到戴通納海灘警局報案，他在自家的園地裡發現了一個人類的頭骨。警方隨即趕到那裡，並展開了搜查，發現了更多的人類骨骸以及一些可疑的衣服碎片。

鑑定結果顯示，這些殘骸就是失蹤的托妮，他生前頭部曾遭受過嚴重的創傷。托妮在被人殺死後，隨意地丟棄在野地裡，這裡有野生動物，野生動物將屍體吃掉，只留下了零散的骨頭。

克羅懷疑斯塔諾就是殺死托妮的凶手，於是就將他帶到審訊室問話。這一次，克羅花費了很大的力氣，才擊破了斯塔諾的心理防線，他承認自己殺死了托妮。

到目前為止，斯塔諾的身上已經背負了兩條人命，克羅覺得斯塔諾是個連環殺手，他殺死的女性遠遠不止這兩個。於是他開始翻查過去的懸案，他從中找出了幾起與瑪麗遇害案十分相似的命案。

1975年1月，24歲的南希‧赫德（Nancy Jean Heard）的屍體在荒野被發現，她的屍體不僅被刻意擺放，還有樹枝遮蓋著。有目擊證人表示，最後見到南希的時候是在大西洋街，當時她正在搭便車。1975年7月22日，有人在荒野發現了一具女屍，死者是16歲的琳達‧漢米爾頓（Linda Ann Hamilton）。警方在調查過程中，從目擊者那裡了解到，琳達曾在大西洋街附近出現過。1976年5月，18歲的雷蒙娜‧尼爾（Ramona Cheryl Neal）的屍體在荒野被發現，屍體上同樣有樹枝遮蓋。

據克羅了解，連環殺手存在一個冷卻期，在殺人過後的一段時間內，都不會再殺人。但等冷卻期過去後，連環殺手就會再次殺人，不少連環殺手都會不遠百里尋找獵物。克羅懷疑斯塔諾就是如此。

於是克羅擴大了調查範圍，他發現戴通納海灘周邊的城市也曾出現過類似的未破獲的命案。布拉德福德是一個距離戴通納海灘一百英里的小鎮，曾發生過一起女性遇害案，被害人的屍體在沼澤地被發現，屍體上遮蓋著樹枝，最關鍵的是被害人生前最後一次露面是在戴通納海灘。此外，一個距離戴通納海灘五十英里的地方，也曾出現過相似的命案，被害人最後一刻曾在大西洋大街出現過，屍體上也蓋有樹枝。

克羅在調查斯塔諾的檔案時，發現斯塔諾曾在1970年代早期去過佛羅里達州其他地方和紐澤西州。克羅懷疑那段時間內，斯塔諾一定也沒閒著。於是克羅立刻與當地警方取得了聯絡，當地警方說他們所管轄地區的確出現過多起年輕女子遇害案，而且至今還是懸案。

1981年9月2日，當地法院開庭審理斯塔諾的案件。控方為了節省司法成本，與斯塔諾達成了辯訴交易。只要斯塔諾承認自己殺死了瑪

麗、托妮、南希，那他就可以免除死刑，被判處三項終身監禁，每項終身監禁在 25 年後允許假釋。最終法官認可了這項辯訴交易，判處斯塔諾終身監禁。

在接受審判之前，斯塔諾一直被關在縣監獄裡，那裡的犯人都十分崇拜斯塔諾，他總是向那些因為竊盜罪被關進來的犯人炫耀自己的殺人經歷。同時斯塔諾還是媒體和大眾關注的對象。判決下來後，斯塔諾得離開縣監獄，到佛羅里達州的州立監獄中服刑。

州立監獄裡關押著各種犯下嚴重罪行的犯人，其中不乏聞名全國的連環殺手，例如斯塔諾的室友泰德·邦迪（Ted Bundy），有著「優等生殺人王子」的稱號，名氣遠遠超過了他。來到這裡後，斯塔諾一下子變成了一個很普通的犯人，沒人有興趣聽斯塔諾吹牛和炫耀。被忽視的斯塔諾為了重新贏得目光，就寫了一封信給戴通納海灘警察局的克羅警長，他想當面向克羅交代更多的罪行。

這一次斯塔諾主動向克羅交代了另外三起謀殺案，他清楚地陳述了自己是如何殺害 17 歲的凱西·李·沙夫（Cathy Lee Scharf）、24 歲的蘇珊·比克雷斯特（Susan Bickrest）和 23 歲的凱瑟琳·瑪麗·馬爾登（Kathleen Mary Muldoon）。斯塔諾不僅交代了犯罪地點，還將被害人的受傷位置準確地描述出來了，甚至還能清晰地回憶起被害人在被他殺死時所穿的衣物，例如他告訴克羅一位被害人穿著白色帶有動物圖案的短袖和寬鬆牛仔褲。似乎是為了炫耀，斯塔諾又接連說出了另外 13 起謀殺案。

1983 年 9 月，斯塔諾再次接受審判。陪審團認為，斯塔諾謀殺沙夫的罪名成立，建議法官判處斯塔諾死刑。最終法官接受了陪審團的建議。1986 年 5 月 22 日，斯塔諾的死刑執行令被批准了，執行日期定在 7 月 2 日。

7 月 1 日，也就是要接受死刑的前一天，斯塔諾突然提起上訴。到

不甘寂寞的殺手——傑拉德·尤金·斯塔諾

了 7 月 2 日上午 10 點，也就是行刑的兩個小時前，監獄接到通知，斯塔諾的上訴請求被批准了，行刑因此終止。

1987 年 6 月 4 日，斯塔諾的上訴請求被駁回，於是斯塔諾獲得了第二份死刑執行令簽署書，行刑日期是 8 月 26 日。在將要行刑的四天前，斯塔諾申請到了人身保護令，還以辯護團不力為由要求舉行聽證會。於是第三份死刑執行令來了，行刑日期是 1997 年 5 月 30 日。

在之後的 10 年內，斯塔諾一直很活躍，他總是以交代新的命案為由要求與警察單獨交談，最後他甚至說自己一共殺死了 41 個人。後來警方開始懷疑斯塔諾交代案件的真實性，斯塔諾所陳述的案件可能只是他在監獄裡聽說的。根據斯塔諾的交代，警方只找到了 22 具被害人的屍體，剩下的被害人屍體根本找不到，而且也無法確定他們的身分。

在行刑日期快要來臨時，出現了一次電椅事故。當時，一個名叫佩德羅·梅迪納（Pedro Medina）的犯人正在被執行電椅死刑，但電椅卻突然著火了，火焰從頭盔中竄了出來，還伴隨著一股燒焦的味道。一時間，許多人開始質疑電椅死刑不人道，並開始討論是否應該將電椅死刑廢除。

最後，佛羅里達州決定維持電椅死刑這種行刑方式，並且宣布電椅故障已經得到解決。而斯塔諾的死刑被定在了 1998 年 3 月 23 日。在行刑的前一天，監獄滿足了斯塔諾所提出的晚餐要求，為他準備了牛排、烤馬鈴薯、培根片、優酪乳油、油拌沙拉、法式麵包和乳酪醬，還為他提供了半加侖[06]的薄荷巧克力冰淇淋和兩升的百事可樂。

3 月 23 日中午，47 歲的斯塔諾被押送到行刑室。一路上，斯塔諾都很安靜，沒有說一句話。最後他被綁在了電椅上，當電流流經斯塔諾的全身時，斯塔諾激烈地抖動起來，然後一動也不動了。

[06] 1 加侖約 3.79 升。

1951 年 9 月 12 日，斯塔諾出生於紐約州斯克內塔第市。出生後不久，斯塔諾就被母親送到了收容所，在此之前他的母親已經將 3 個孩子都送進了收容所。在收容所裡，斯塔諾的名字還是保羅（Paul Zeininger）。當時他有許多不良生活習慣，例如他會拿出尿布，然後玩排遺物。這導致他一直沒有被收養，沒有人願意領養一個看起來完全不正常的孩子。

尤金·斯塔諾和諾瑪·斯塔諾（Norma Stano）是一對感情很好的夫妻，尤金是一名社會工作者，諾瑪是一家大公司的經理，由於無法生育，他們來到收養所決定收養一個孩子。

諾瑪看到保羅後，立刻決定要收養他，她覺得保羅是一個亟需關愛的孩子，他的身體很瘦弱，明顯營養不良。最後斯塔諾夫婦收養了保羅，並替他取了一個新的名字 —— 傑拉德·尤金·斯塔諾。

斯塔諾從小就是個害羞內向的人，當他進入青春期後，更加內向，在學校裡他一個朋友也沒有，總是獨來獨往。後來斯塔諾成了校園霸凌的受害者。在班上，斯塔諾還總是受到女同學的嘲諷。

再年長一些的時候，斯塔諾開始觸犯法律，他因謊報火警和在高速公路上扔石塊被逮捕過兩次，就連他的養父母也被警察警告，如果斯塔諾再出現違法行為，將會被送到少年管教所。斯塔諾夫婦很重視對斯塔諾的教育，於是決定將斯塔諾送到軍事化管理的學校上學，希望斯塔諾能因此走上正道。但遺憾的是，進入學校沒多久，斯塔諾就因偷竊行為被開除了。

1967 年，斯塔諾跟隨著養父母搬到賓夕法尼亞州的諾里斯敦居住。尤金和諾瑪希望斯塔諾能在一個新的環境中重新開始。斯塔諾再次辜負了養父母的好意，他很快開始逃學，甚至還偷錢，他用偷來的錢賄賂田徑隊的同學，好讓他們在比賽的時候故意輸給自己。

斯塔諾的成績也很糟糕，除了音樂這門課程外，其他的成績都慘不忍睹。不論怎樣，斯塔諾還是高中畢業了，畢業時他已經 21 歲了。

高中畢業後，斯塔諾沒有繼續升學，而是在一家機構學習電腦技術，同時離開養父母的家獨自居住。讓養父母欣慰的是，斯塔諾順利通過了考試，還在當地的一家醫院找了一份工作。就在斯塔諾夫婦覺得兒子終於改好的時候，幾週後斯塔諾又因為偷竊被開除。之後，斯塔諾換了好幾份工作，每份工作都維持不了多長時間，於是他只好搬回去與養父母同住。

1970 年代初，斯塔諾和紐澤西州的一個女孩相愛了。女孩的父親對斯塔諾很不滿意，當得知女兒意外懷孕後，就拿槍威脅斯塔諾，讓斯塔諾答應與女兒分手並承擔流產手術的費用。

之後，斯塔諾的生活變得更糟糕、混亂，他開始酗酒和嗑藥。養父母在了解斯塔諾的情況後，就堅持讓斯塔諾回佛羅里達州與他們一起居住。在養父母的監視下，斯塔諾的生活依舊一團糟。

1975 年，一個年輕女孩的出現讓斯塔諾戒掉了酗酒和吸毒的毛病。之後，斯塔諾與這個女孩在當地的教堂舉行了結婚儀式。婚後，斯塔諾在養母的幫助下開始工作，他的生活再次步入正軌。

但一段時間後，斯塔諾再次酗酒，還開始毆打妻子。幾個月後，妻子再也無法忍受斯塔諾，就與他離婚了，從此以後斯塔諾開始走上了連環殺手的道路。

【發育不良與犯罪】

　　FBI 的調查紀錄顯示，60％的連環殺手都曾被收養。也就是說，許多連環殺手像斯塔諾一樣，生母的狀況十分糟糕。這意味著當斯塔諾還是一個胎兒的時候，一定處於營養不良的狀況中。

　　通常情況下，一個胎兒必須在母親子宮裡待上 10 個月才能呱呱落地。儘管這個時候還沒有記憶，但這是所有人最舒適的一段時光，因為母親的子宮為我們提供了一個安全、舒適的環境。但對於所有人來說都是如此嗎？如果遇到不負責的母親呢？通常情況下，如果生母的狀況十分糟糕，在懷孕期間難以維持健康的飲食習慣，甚至還因心情鬱悶抽菸、喝酒、吸毒等，都會嚴重影響到胎兒的發育，尤其是大腦的發育。也就是說，他們的大腦從出生起就與正常嬰兒不同。雖然每個人在母親子宮裡只待上 9 個月，但這 9 個月的影響卻十分巨大，尤其是大腦生理上的損害，是無法透過後天的努力來彌補的。

　　斯塔諾的生母在懷孕期間，沒有為斯塔諾的身體和大腦提供有利的發育條件，也就是說斯塔諾天生存在智力、情感缺陷。最關鍵的是，這些先天缺陷很難透過後天的方式加以彌補。

不甘寂寞的殺手──傑拉德·尤金·斯塔諾

一頭披著人皮的瘋狂野獸——
安德烈・齊卡提洛

1982 年 6 月 27 日，有人在頓斯科伊市車站後面的樹林裡發現了一具女屍。死者是 6 月 12 日失蹤的 13 歲女孩柳波芙·比尤克（Lyubov Biryuk）。據她的家人反映，比尤克失蹤當天正前往頓斯科伊城去買香菸、麵包還有糖，之後一直沒有回來。比尤克的屍體慘不忍睹，身上一共有 22 處刀傷，雙眼、外生殖器都受到嚴重損傷。

當地警方立刻將此案上報給蘇維埃社會主義共和國聯盟羅斯托夫州警察局，於是費季索夫少校來到頓斯科伊市調查此案。

9 月 20 日，羅斯托夫州的周邊城市樹林裡又發現了一具女屍，死者與比尤克一樣，身上有多處刀傷。10 月 27 日，樹林裡再次出現一具遭受類似侵害的女屍。後來，這 3 起凶殺案合併在一起進行調查，費季索夫少校從羅斯托夫州警察局抽調了 10 名警察組成破案小組，專門調查這 3 起凶殺案，其中維克托·鮑洛科夫中尉是主要負責人。

警方為了盡快破案，在審訊嫌疑人時採取了十分暴力的方式，有些嫌疑人因無法忍受毆打而上吊自殺。

在之後的 1983 年和 1984 年，羅斯托夫州的周邊城市樹林裡開始頻繁出現慘不忍睹的屍體，被害人以年輕女性居多，也有 5 名少年。凶手的作案手段也越來越殘忍，他似乎很喜歡折磨被害人。雖然凶手似乎很喜歡誘騙街頭流浪者和妓女，但在發現的屍體中也有來自中產菁英家庭的被害人。由於案發地一般都在偏僻的狹長樹林裡，BBC 等媒體將凶手稱為「森林地帶殺手」（The Forest Strip Killer）。

當時警方以為凶手應該是社會邊緣人士，因此將調查重點放在了無業遊民、吸毒者、留有案底的人身上。後來警方甚至還鎖定了一個組織，並將該組織的所有成員抓到警察局進行審問。但在此期間，「森林地帶殺手」仍然不斷地作案。

就在費季索夫和鮑洛科夫思考新的調查方向時，有新消息傳來，又

發現了一具年輕男子的屍體，他們推測凶手是同性戀，於是在同性戀社區展開大力度的調查工作。警方一共調查了 440 名同性戀者，其中有 105 名同性戀者被以各種罪名起訴，有些還因莫須有的強姦罪被關進了監獄。

在之後的 3 年內，凶手雖然依舊在作案，但作案的頻率明顯下降了，警方只發現了 4 具和「森林」案相關的屍體。其中一具屍體在莫斯科多莫傑多沃機場附近的樹林裡被發現，距離羅斯托夫州有 1,000 多公里，警方開始懷疑凶手是個經常出差的人，於是就調查了從羅斯托夫到莫斯科的班機紀錄，結果一無所獲。

後來警方又懷疑凶手可能是個汽車司機，就在羅斯托夫州大範圍地蒐集司機的血型。警方將案發現場所發現的凶手的精液送到法醫那裡進行檢驗分析，當時 DNA 技術還未被應用到刑事偵查中，法醫只能分析出凶手的血型，不過由於工作失誤，法醫給的血型結果是錯誤的。因此警方在大範圍地利用血型追捕凶手時，雖然抓住了真凶，但因血型不同又將其放走了。

1988 年，警方發現了 2 具「森林」案屍體；1989 年，警方發現了 4 具「森林」案屍體；1990 年上半年，警方發現了 5 具「森林」案屍體，其中一具屍體在烏克蘭東部的一個城市樹林中被發現，這再一次驗證了凶手經常出差。

費季索夫和鮑洛科夫在研究這一系列「森林」案的時候，發現了一條重要的線索，凶殺案大多在城際電氣鐵路附近發生，於是他們立刻派出大量警力對城際電氣鐵路沿線車站進行調度控制。

1990 年 11 月，蘇聯在紅場進行最後一次閱兵後不久，「森林地帶殺手」被抓捕，他就是安德烈·齊卡提洛 (Andrei Romanovich Chikatilo)。齊卡提洛與大多數人想像中的樣子不同，他看起來十分斯文，戴著一副

眼鏡，典型的知識分子打扮。齊卡提洛在最後一次作案後，臉上的血跡並未清理乾淨，這引起了一名警察的懷疑。不過那名警察無法確定齊卡提洛臉上的髒汙就是血跡，於是在問了齊卡提洛幾個問題後，就將他放走了。當警察得知新的「森林」案屍體被發現後，立刻想起了齊卡提洛，於是迅速地將其逮捕，從齊卡提洛隨身攜帶的手提包裡找到了一把刀。

被捕後，齊卡提洛供認自己殺死了 56 個人，他的第一次作案是在 1978 年。之前警方一直以為 1982 年遇害的比尤克是齊卡提洛所犯的第一案，齊卡提洛的犯罪紀錄也是殺害了 42 人。

1978 年 12 月 22 日，齊卡提洛將 9 歲的葉蕾娜・扎科特諾娃（Yelena Zakotnova）哄騙到自己之前購買的舊房屋內，他企圖強姦葉蕾娜，不過讓他既尷尬又憤怒的是，他居然無法勃起。之後葉蕾娜的掙扎激怒了齊卡提洛，他朝著葉蕾娜的腹部捅了 3 刀，然後將葉蕾娜丟到了河裡。屍檢結果顯示，葉蕾娜死於溺水和失血性衰竭，也就是說齊卡提洛在將葉蕾娜丟到河裡時，葉蕾娜還沒有死。

在隨後的調查中，一個目擊證人斯維塔娜・格倫科娃告訴警方，她曾看到葉蕾娜和一名又高又瘦、穿著黑色外套、戴眼鏡的中年男子在公車站說話。很快，犯罪嫌疑人的畫像就出來了。警察看到畫像時想到了齊卡提洛，就去找齊卡提洛，當時警察還發現他的門口有血跡。

不過齊卡提洛並未被抓捕，因為「真凶」被抓住了，他是個 25 歲的男子，名叫亞歷山大・克拉夫琴科，曾在警察局留下過案底。不過案發時，亞歷山大和妻子、朋友待在家裡，但在警方的脅迫下，亞歷山大的妻子和朋友做了偽證，他因此被判了 15 年監禁，這在當時是最長的監禁時間。後來在葉蕾娜家屬的壓力下，亞歷山大在 1983 年 7 月被判處死刑。

這次的意外殺人讓齊卡提洛體會到了性衝動和高潮，他開始意識到自己能透過殺人獲得性快感。1981 年 3 月，齊卡提洛在羅斯托夫當地的

一家工廠找到了一份採購員的工作，這份工作可以方便他在俄羅斯各地流竄作案。同時這也驗證了警方之前的猜測是正確的，凶手是個經常出差的人。

在成為採購員之前，齊卡提洛在學校裡工作，後因多次騷擾學生而被投訴。校方為了聲譽不受影響，就將齊卡提洛開除，並將此事壓了下來。

據齊卡提洛的供述，他的第二次作案發生在1981年9月，被害人是17歲的女孩拉里薩·特卡琴科（Larisa Tkachenko），在一所寄宿學校上學。拉里薩是個放蕩的女孩，很喜歡用身體交換美酒，齊卡提洛因此輕易地將拉里薩騙到一處偏僻的樹林中。

當時齊卡提洛的目的是想強姦拉里薩，當他發現自己無法勃起後，變得暴怒起來，他開始毆打拉里薩，並用力掐住了拉里薩的脖子。拉里薩死後，他開始姦屍。齊卡提洛不僅沒有因殺人產生恐懼和內疚，反而很快樂，這時他才意識到自己徹底愛上了殺人帶給他的快感和興奮。

齊卡提洛當時沒打算殺死拉里薩，他也就沒攜帶刀子，後來只能用牙齒和樹枝將拉里薩的屍體進行肢解。齊卡提洛坦言說，他很喜歡用牙齒撕咬屍體的乳頭和生殖器，在之後的作案中，他就多次撕咬被害人的乳頭和生殖器，這會讓他產生快感。

1982年6月12日，齊卡提洛在購物回家的路上意外遇到了13歲的比尤克，他主動與比尤克搭訕，當注意到週遭都是灌木叢且沒有目擊者時，齊卡提洛突然將比尤克撲倒在地，並將比尤克拖到了附近的樹林中，他一邊撕扯比尤克的裙子，一邊不停地用刀刺向比尤克的身體。這是齊卡提洛第三次殺人，之後他決定不再壓抑自己，開始放肆地殺人。

齊卡提洛通常會在公車站或火車站附近尋找獵物，一般找流浪的年輕女子下手，有時也會找妓女，因為只要他出錢，妓女通常都會跟著他

一頭披著人皮的瘋狂野獸—安德烈·齊卡提洛

走。齊卡提洛會將被害人誘騙到附近的樹林或偏僻的地方，然後掏出準備好的刀子將被害人刺死或砍死，有時候他也會毆打或掐死被害人，不過所有的被害人身體都有刀傷。齊卡提洛在殺人完畢後，會把被害人的眼珠給挖出來，因為他覺得被害人的眼睛會保留下自己的訊息，也可能在齊卡提洛的潛意識裡，他畏懼被害人那死不瞑目的眼神。在處理屍體時，齊卡提洛通常還會將屍體肢解。

最終，羅斯托夫州檢察院以53項謀殺罪起訴齊卡提洛。在被送往法庭接受審判時，齊卡提洛表現出了許多怪異的行為，警察只能採取強制手段將他帶到法庭上。在開庭時，齊卡提洛被關進了鐵籠子裡，既防止被害人家屬在法庭上報復齊卡提洛，也可以防止齊卡提洛做出更多出格的行為。不過被關在鐵籠裡的齊卡提洛還是做出了許多奇怪的事情，例如大嚷大叫、裸露下身等。

當地法院最終認定齊卡提洛的52項謀殺罪、5項猥褻罪罪名成立，齊卡提洛被判處死刑。1994年2月15日，齊卡提洛被處死，臨死前他留下了一句話：「我是自然界的一個錯誤，一頭瘋狂的野獸。」

1936年10月1日，齊卡提洛出生在烏克蘭蘇梅州的亞布洛奇耶村，當時的烏克蘭還是蘇維埃社會主義共和國聯盟的一部分。在史達林推行的集體化政策下，蘇聯爆發了大範圍的饑荒，儘管齊卡提洛的家鄉有著「蘇聯糧倉」之稱，也被大饑荒席捲了。面對大饑荒，史達林選擇了掩耳盜鈴的不相信的態度，這使得饑荒變得更加嚴重。

據齊卡提洛回憶，他從小就飽受飢餓的折磨，在12歲之前從未吃過麵包，只能以草根和樹葉為食。從小齊卡提洛就被母親教導，一定要小心鄰居，因為齊卡提洛的哥哥斯捷潘（Stepan）在他出世前就被鄰居擄走給吃掉了。至於斯捷潘到底是否真的被鄰居吃掉，至今也沒得到證實，唯一可以確定的是斯捷潘在1931年就失蹤了。母親的這種教導給齊卡提洛帶來了十分深刻的影響，讓他產生了同類可以相食的錯誤認知。

據齊卡提洛的妹妹反映，齊卡提洛與母親之間的關係十分緊張。她表示，父親是個很和善的人，母親在對待孩子的時候則十分嚴厲、苛刻。

齊卡提洛5歲時，德軍入侵蘇聯，他的父親應徵入伍。在之後的連天戰火中，齊卡提洛與許多普通人一樣躲在地下和溝渠中，避免被敵軍發現。後來齊卡提洛一家所居住的房子被德軍放火燒掉了，他只能與母親擠在一張床上，那個時候他經常因尿床的問題遭到母親的毒打。

據齊卡提洛回憶，母親曾在戰爭中被德軍強姦，而他目睹了這一切。不過對此，齊卡提洛本人也不是十分確定。但齊卡提洛的妹妹是在1943年出生的，那個時候齊卡提洛的父親正在軍中服役。

後來齊卡提洛的父親被德軍抓住並關在了集中營裡。集中營裡環境十分糟糕，大多數人都死在了這裡，但齊卡提洛的父親卻憑藉頑強的意志力活了下來。戰爭結束後，齊卡提洛的父親回家了，還背上了叛徒的罪名。

在當時的蘇聯，有一種非常荒謬的觀念，只要蘇聯軍人被敵人抓住，就只能選擇犧牲，這樣他就會成為光榮的民族英雄。如果他活下來了，那麼就是叛徒。

有一個叛徒的父親，齊卡提洛儘管成績優異，還是被剝奪了上大學的權利。後來齊卡提洛在庫斯克市的一所職業技術學校裡學習如何成為

一名通訊工程師。在學期間，齊卡提洛與一名女同學發展成了戀人關係。從青春期開始，齊卡提洛就注意到自己有性功能障礙的問題，因此當他試圖與女朋友發生性關係的時候，發現自己的性功能障礙更嚴重了，兩人因此分手。

從學校畢業後，齊卡提洛進入軍隊服役，並在此期間加入了共產黨。後來齊卡提洛又交了一個女朋友，當女朋友知道齊卡提洛有性功能障礙後，到處宣揚，這讓齊卡提洛倍感羞辱，很快就與她分手了。被捕後的齊卡提洛提到自身的性功能障礙時表示，他常常因此感到莫名的憤怒，因為自己無法控制它。

之後，齊卡提洛離開烏克蘭，到羅斯托夫的一個小鎮上當通訊工程師。在小鎮上，齊卡提洛與一個名叫費奧多西亞的女人相戀並結婚了。雖然齊卡提洛十分迷戀費奧多西亞，但依舊被性功能障礙的問題所困擾，不過齊卡提洛的妻子似乎並不在意這個問題。1969年，費奧多西亞為齊卡提洛生下了一個孩子，此時齊卡提洛33歲。

齊卡提洛的學習能力很強，在1970年，齊卡提洛拿到了羅斯托夫大學的俄羅斯文學學位。隨後，齊卡提洛開始在學校任職，成為一名老師。

1973年，齊卡提洛犯下了猥褻罪，被害人是一名15歲的女孩。不過齊卡提洛並未受到懲罰，這讓他變得更加大膽，他開始頻繁地偷偷潛入女生宿舍，偷看女生們的裸體。後來齊卡提洛猥褻學生的行為被校方發現，當時學校採取了隱瞞的處理方式，只是將齊卡提洛開除了。

但很快，齊卡提洛又在另一所學校找到了一份工作，繼續利用職務之便猥褻學生。後來齊卡提洛強迫一名男學生為他口交，被害人將此事告訴了自己的父母。學生家長自然無法容忍自己的孩子被老師猥褻，就告到了學校，還暴打了齊卡提洛一頓。不過齊卡提洛並未因此受到法律

的制裁，不論是校方還是學生家長都選擇了隱瞞，畢竟此事曝光後會影響到各自的顏面。

最終齊卡提洛找到了一份採購員的工作，一直做到自己被捕。雖然齊卡提洛猥褻過少男，也殺害過少男，但他並不是同性戀，他只是在發洩自己的性慾。

自從齊卡提洛被捕後，他就成了俄羅斯邪惡的象徵，他不僅殺死了許多無辜者，而且作案手段十分殘忍，還是個食人魔，就如同他對自己的形容一樣，他就是一頭野獸，只是披著人皮而已。不過在齊卡提洛被捕之前，周圍人都覺得他是個性格特別好的人，是一位受人尊重的老師，有著幸福美滿的家庭。如同齊卡提洛的女兒對父親的形容：「他看起來是個文明人。」

【營養不良與反社會型人格】

在齊卡提洛出生之前，烏克蘭人就飽受饑荒的折磨。齊卡提洛還待在母親的子宮裡時，就開始忍受飢餓，畢竟當時所有的人都在挨餓，包括孕婦在內。他出生後，烏克蘭的饑荒並未得到改善，齊卡提洛依舊在挨餓，只能依靠樹葉和草根飽腹。由此可見，齊卡提洛一直生活在營養不良之中。

研究顯示，如果一個人從胎兒時期就飽受營養不良的折磨，那麼他成年後形成反社會型人格的可能性將比營養充足的人高出2.5倍。

如果一個孕婦營養不良，那麼勢必會影響胎兒的發育，尤其是胎兒大腦的發育。雖然每個人在母親子宮裡只待上短短的10個月，但這10個月的生長發育卻十分重要，要是胎兒一出生大腦就有生理上的問題，那麼往往無法透過後天的努力來改變。例如巴西的連環殺手佩德羅·羅德里格斯·菲略（Pedro Rodrigues Filho），在他還是胎兒時，母親被父親毆打，從而導致他腦部受損。

羅伯特·庫倫在採訪了齊卡提洛後得出一個結論，齊卡提洛是個極其敏感、脆弱、羞澀的人。凡是認識齊卡提洛的人都會覺得他是個逆來順受的人，不論別人如何朝他發火、嘲弄他，他都會十分恭順。齊卡提洛從小就生活在被嘲笑的環境之中。小時候，齊卡提洛經常因尿床和烏克蘭口音被嘲笑。長大後，齊卡提洛又因性功能障礙被女友、知情人嘲笑。在當採購員的時候，齊卡提洛也經常被同事們嘲笑，因為每當他無法完成採購任務時，就會被主管大聲斥責。面對這些，齊卡提洛從來沒有發過火，他總是默默地承受著。

表面上看，齊卡提洛似乎是個很恭順的人，但飽受歧視的人生經歷早已在他內心深處埋下了仇恨的種子。再加上他的父親被安上了叛徒的罪名，齊卡提洛因此被剝奪了考大學的權利，他一定會更加仇視社會。

被捕後，齊卡提洛承認自己只有在殺人時才能獲得性高潮，他也承認自己一直被性功能障礙困擾著。也就是說，這種變態的性衝動促使齊卡提洛去猥褻和殺人。而他之所以不能進行正常的性行為，與他早年看到母親被德軍強姦有著密不可分的關係。

雖然齊卡提洛在被捕之後就被判處了死刑，但由於時局動盪，他的死刑一直拖到了1994年才被執行。期間，齊卡提洛曾被送到莫斯科的謝爾比斯基性病理研究所，那裡有許多專家對齊卡提洛這頭「野獸」十分感興趣。齊卡提洛被安排接受了羅夏克墨漬測驗和明尼蘇達多項人格問卷，最終精神病學家們認定導致齊卡提洛出現性功能障礙的原因有兩個：第一，齊卡提洛的顱骨內有積水，這是導致他出現性功能障礙的生理原因；第二，齊卡提洛總是因為性功能障礙這個生理缺陷而感到自卑和憤怒，這種情緒加重了他的性功能障礙。

一頭披著人皮的瘋狂野獸─安德烈·齊卡提洛

在監獄裡排隊等死──
蘭迪・克拉夫特

在監獄裡排隊等死——蘭迪·克拉夫特

　　1983年5月13日,麥可·霍華像往常一樣在聖地牙哥高速的5號洲際公路上巡邏,他注意到一輛車在搖搖晃晃地向前行駛著,接著他發現這輛車在變換車道的時候沒有遵守交通規則,他懷疑司機酒駕,就將巡警車的車燈開啟,並按響了播音喇叭。那輛車按照麥可的要求靠邊停了下來,車上的司機很快走下車來到了麥可的面前。

　　司機的手中拿著一瓶啤酒,他對麥可說,自己的確喝了三四瓶啤酒,但並沒有喝醉。麥可不相信他的話,就讓司機接受酒精測試,測試結果顯示司機屬於酒駕,按照規定麥可得將司機和汽車一起扣押。

　　麥可慢慢走向那輛豐田汽車,他剛才似乎看到車裡躺著一個人,如果那名乘客沒有喝酒,他就可以請乘客將車開回去。這是巡警在遇到酒駕司機時常常採用的處理方式,這樣一來司機也能少支付一筆扣押金,他只需要將司機扣押即可。

　　走近一看,麥可果然看到後面的車座上躺著一個人,他以為那個人睡著了,就敲了敲車窗想喚醒他,結果對方一點反應也沒有。麥可只能將車門開啟,進入車內去搖動那個人的身體,結果那個人還是一點反應也沒有,麥可並未多想,只以為這個人已經爛醉如泥了。後來,麥可不經意間掀開了蓋在這個人腿上的皮夾克,結果發現對方沒有穿褲子,陰莖和睪丸黏連在一起,雙腕上還有被捆綁過的痕跡。

　　麥可立刻呼叫了醫護人員。醫護人員對此人進行了一番檢查後給出結論,此人早已沒有了生命跡象,應該已經死了一段時間,而且致命傷在頸部,是被勒死的。法醫在對死者進行檢查的時候,在死者的體內發現了一些萊特平的成分。警方很快就調查清楚了死者的身分,死者名叫泰瑞·甘布里爾(Terry Lee Gambrel),25歲,在海軍陸戰隊服役。

　　這名司機的身分也很快得到了確認,名叫蘭迪·克拉夫特(Randy Kraft)。在克拉夫特的汽車後車廂裡,警方找到了一份清單,上面寫滿了

各種代號，這是他所製作的殺人紀錄，他會用密碼的形式替每一名被害人編一個代號。克拉夫特是個連環殺手，強姦並殺害了至少67個人，所有的被害人都是年輕男子或少年。克拉夫特的作案時間長達12年，從1971年開始直到後來意外被捕。

克拉夫特一般會在派對上尋找目標，凡是被他看上的男人或男孩，都會被他哄騙到自己的車上，然後克拉夫特會遞給被害人一瓶啤酒，裡面摻著鎮靜劑、萊特平之類的藥物，讓被害人喝下後昏迷過去。克拉夫特會對昏迷中的被害人施以強姦、折磨，最後將被害人勒死或者開槍打死。例如特里，他雖然喝下混著萊特平的啤酒後便昏迷了，但並不足以致死，是克拉夫特將昏迷中的他勒死的。被害人的生殖器、胸部和臉部通常會被燙傷，有時克拉夫特甚至還會將被害人的生殖器割掉，或者往被害人的直腸內塞入異物。

克拉夫特一般會將被害人的屍體隨意丟棄在各州際高速公路上，因此人們送給他一個「高速公路殺手」（Freeway Killer）的外號。在克拉夫特被捕後，由於他會將殺害的人記錄在一張清單上，因此媒體送給他一個新外號——「積分卡殺手」（Scorecard Killer）。

警方認為被克拉夫特殺死的第一個人是韋恩·杜克特（Wayne Joseph Dukette），他的屍體在1971年10月5日被發現，已經有腐爛的跡象，法醫將死亡原因認定為急性酒精中毒。

1972年12月24日，一個名叫愛德華·穆爾（Edward Moore）的軍人失蹤了，後來他的屍體在405高速公路附近被發現。屍檢結果顯示，愛德華的手腕和腳踝都有被捆綁過的痕跡，臉部被鈍器所傷，身體上有多處咬痕，直腸裡被塞進了一隻襪子。他的致命傷在脖子處，是被人勒死的。

6週後，高速公路附近又發現了一具男屍，與愛德華一樣，被害人被捆綁過，臉部受到重創，直腸裡有一隻襪子，是被人勒死的。只是被

害人的身分至今沒有得到確認。

兩個月後，17歲的凱文·貝利（Kevin Bailey）失蹤了，他的屍體最後在亨廷頓比奇路附近被發現。屍檢結果顯示，貝利在遇害前遭受了雞姦，而且生殖器被割掉。

1973年7月28日，405高速公路上發現了兩具男屍。其中一名被害人的身分無法確定，另一名被害人是20歲的羅尼·韋博（Ronnie Wiebe），這兩人均是在被捆綁後，遭受了折磨和雞姦，最後被殺死。

12月29日，有人在聖貝納迪諾山上發現了一具男屍，死者是23歲的文森·克魯茲·梅斯塔斯（Vincent Cruz Mestas），在一所藝術學院上學，是個雙性戀。法醫在對文森進行屍檢的時候，在他的直腸內發現了一隻襪子。此外文森的手被凶手切割下來，警方至今也沒找到文森被切下的手。

1974年，在加利福尼亞南部的一條運輸道的附近一共發現了5具男屍。與之前所發現的屍體一樣，這5名被害人均是被人雞姦後殺死，有些被害人的直腸內還發現了異物，有些被害人身上布滿了咬痕。

1975年1月3日，17歲的約翰·勒拉斯（John Leras）失蹤了。據目擊者反映，曾看到約翰上了一輛公車。後來，約翰的屍體被人發現，他是被勒死的，肛門處有突出的異物。兩週後，21歲的克雷格·喬納蒂斯（Craig Jonaitis）的屍體被發現，他同樣是被人勒死的。

14名死者的被害有許多相似的地方，這讓警方和聯邦調查局相信這14起凶殺案是同一個凶手，並認為凶手是一個高度有組織的欲望殺手，智商應該高於常人。

1975年3月29日，吉斯·克羅威爾（Keith Crotwell）和肯特·梅（Kent May）這兩名年輕人失蹤了。6月8日，吉斯的頭骨在一個碼頭上被人發

現。後來警方從吉斯和肯特的朋友那裡了解到，曾有人在停車場看到克拉夫特與喝醉的吉斯、肯特在一起。除此之外，沒有證據顯示吉斯的死和下落不明的肯特與克拉夫特有關。

12月31日，22歲的馬克·霍爾（Mark Hall）失蹤了。後來，霍爾的屍體在一個偏遠的峽谷裡被人發現，當時屍體被綁在一棵樹上。屍檢結果顯示，霍爾遭受了雞姦，他的胸部、陰囊、鼻子和臉頰處都有嚴重的燙傷，眼睛被破壞，大腿上有許多傷口。造成霍爾死亡的原因是窒息，法醫在霍爾的氣管裡發現了樹葉和泥土。顯然，霍爾生前遭受了非人的痛苦折磨。

1979年6月16日，20多歲的唐尼·克里塞爾（Donnie Harold Crisel）失蹤。他的屍體在405高速公路附近被發現。雖然法醫認為導致唐尼死亡的原因是急性酒精中毒，但在他的屍體上發現了被捆綁、折磨的痕跡。

兩個月後，有人在長灘加油站的兩個垃圾袋裡發現了一些人體碎塊，有頭部、軀幹和左腿。警方只能得知死者是名男子，年齡在18歲到30歲之間，其他的一概不知。

兩週後，有人在箭頭湖發現了一具男屍，死者是20歲的格瑞戈里·華勒斯·喬利（Gregory Wallace Jolley）。屍檢結果顯示，格瑞戈里的生殖器被割掉，他在頭部和腿被切斷後死亡。

1979年11月24日，15歲的傑佛瑞·塞亞（Jeffrey Sayre）失蹤。警方從目擊者那裡了解到，傑佛瑞曾在西敏寺巴士站出現過，之後傑佛瑞就消失了。

1980年2月18日，失蹤的19歲的馬克（Mark Alan Marsh）的屍體在坦普林公路附近被找到，他的手被切斷。

1981年4月10日，5號州際高速公路上發現一具男屍，死者是17歲的麥可·克拉克（Michael Cluck）。屍檢結果顯示，克拉克生前遭受過雞姦和毒打，他的頭部被鈍器嚴重擊傷。

8月20日，失蹤的17歲男妓威廉姆斯（Christopher Allen Williams）的屍體在聖貝納迪諾山被發現，屍體半裸著，死於窒息。

1982年7月17日，14歲的雷蒙德·戴維斯（Raymond Davis）在公園尋找自己丟失的寵物狗時失蹤。29日，雷蒙德腐爛的屍體被人發現，他的屍體就被埋藏在一堆樹葉下面。屍檢結果顯示，雷蒙德死於窒息，是被人用鞋帶勒死的，屍體上還有被捆綁過的痕跡。

在距離雷蒙德屍體40英尺的不遠處，警方還發現了16歲的羅伯特·阿比拉（Robert Avila）的屍體，他在7月21日失蹤，同樣是被凶手勒死的。

11月1日，24歲的亞奈爾（Arne Mikeal Laine）失蹤。目擊者曾看到亞奈爾在路邊搭便車。亞奈爾的屍體一直沒有被找到，直到1984年1月，亞奈爾的屍體才在一個山坡上被發現。

四週後，有人在5號州際高速公路上發現了一具男屍，死者是26歲的布萊恩（Brian Whitcher），他被發現時半裸著，死於窒息，不過法醫在他的體內發現了高濃度的酒精和安眠藥。

12月3日，29歲的木匠安東尼（Anthony Jose Silveira）在搭便車的時候失蹤了。兩週後，他的屍體被發現，他同樣是被人勒死的，生前曾被雞姦。

1983年1月27日，21歲的艾瑞克（Eric Church）在搭便車時失蹤，後來他的屍體被找到。屍檢結果顯示，艾瑞克的體內有高濃度的酒精和安樂定，生前遭受了雞姦，腦袋上的傷口說明他曾被鈍器多次擊打，此外他的屍體上也有被捆綁過的痕跡。

2月12日，18歲的傑佛瑞·尼爾森（Geoffrey Nelson）和20歲的羅傑·

德沃爾（Rodger DeVaul）在深夜失蹤。後來尼爾森的屍體被找到，他全身赤裸著，生殖器被割去，同樣是被雞姦後勒死。羅傑德的屍體在一處人跡罕至的山腰被發現，與尼爾森一樣，他也是在遭受了雞姦後被勒死。

上述的被害人均可以證明都是被克拉夫特殺害的，但克拉夫特所殺死的人遠遠不止這些，按照他的殺人清單，他至少殺死了67個人。被捕後，克拉夫特一直大喊冤枉，但在大量的證據面前，他只能認罪，最後他被判處死刑，被送到聖昆汀監獄等待死亡的來臨。

聖昆汀監獄是加州最古老的監獄，也是唯一能處死男性囚犯的監獄，關押著許多重刑犯和死刑犯。這裡不僅占地面積大，還擁有十分先進的設施，因此被譽為「世界上最貴的監獄」。

自1893年起，聖昆汀監獄將215名囚犯處以絞刑。1938年，監獄對死刑的方式進行了改革，廢除絞刑，改為用致命氣體。在1983年到1996年之間，一共有196名囚犯被關進毒氣室處死。

1996年，聖昆汀監獄再次對死刑方式進行改革，廢除致命氣體，改為靜脈注射。為此，監獄還斥資85萬美元修建了一間注射死刑室，裡面有最先進的注射椅和各種裝置。死刑室的一面牆是用玻璃製成的，囚犯的家屬可以透過玻璃觀看死刑的整個執行過程。一直到2006年，一共有11個犯人被執行注射死刑。

2006年，加州法官宣布停止使用3種藥物混合後靜脈注射的方式來執行死刑，因為這很可能會使囚犯在痛苦中死去，違背了憲法。由於至今還沒有決定採用何種方式來執行死刑，被判處死刑的犯人只能開始漫長的等待。在排著隊等待死刑的隊伍中，克拉夫特只是其中之一。其實在靜脈注射死刑被停止使用前，就有不少犯人因忍受不了漫長的等待而選擇自殺身亡，有些犯人則因太長的等待時間而自然老死或病死。在自由活動的時間裡，運動場上會出現二十幾把輪椅，上面坐著已經無法走

路的死刑犯，即使如此他們還是沒有等到死刑。

　　對於死刑犯來說，等待死刑的過程並不好受。監獄為了改善犯人們的生活，還專門設立精神病房，為犯人們提供心理治療。聖昆汀監獄也因此成了美國第一所設定精神病房的監獄。但是接受心理諮商的犯人們的心理狀況並未因此得到改善，因為心理醫生總是會拐彎抹角地告訴犯人，這就是他要死的地方。

　　1945年3月19日，克拉夫特出生在加利福尼亞州一個普通的中產家庭裡，他的父親是個生產工人，母親是個縫紉機操作工，他在家中排行第四，上面有3個姐姐。克拉夫特的家庭與許多普通的美國家庭一樣，生活平靜。每當克拉夫特回憶起自己的童年時光時都會十分動情，他的父親常常帶著他一起去玩耍。克拉夫特清楚地記得，在內華達州舉行核試驗的時候，他的父親還帶著他去觀看原子彈在空中爆炸後的情景。這些記憶對克拉夫特來說十分珍貴和快樂。從克拉夫特的童年經歷看，他比大多數的連環殺手都要幸運。

　　克拉夫特的智商高達129，在克萊蒙特男子學院獲得了經濟領域的學位，後來成了一名電腦顧問。在周圍人看來，克拉夫特是個十分成功的人。與大多數連環殺手不同，克拉夫特的檔案很清白，並不是一個在警方那裡留下了累累案底的人。那麼，他為什麼在犯下如此嚴重的罪行同時，能逍遙法外這麼多年呢？這與他的高智商密切相關，克拉夫特十分擅長總結經驗。

　　1966年的夏天，克拉夫特在公共場所猥褻了一名男子，而那名男子恰巧是一名便衣警察。於是克拉夫特被以猥褻罪起訴了，但僅僅是被起訴而已，克拉夫特並未為此付出什麼代價，只是被警察警告「下不為例」。

　　這件事情後，克拉夫特知道自己想要做一些事情時得時刻注意，防止被警察盯上。於是克拉夫特開始找青少年下手，畢竟找成年男性下手

的風險太大,很有可能會再次被起訴,而青少年則是很好的選擇,他們有著和成年人相似的體形,但心智還不夠成熟,更容易上當受騙。

1970 年 3 月,克拉夫特在路上遇到了一個 13 歲的少年,這個少年名叫約瑟夫(Joseph Alvin Fancher)。克拉夫特盯上約瑟夫後就主動上前與約瑟夫打招呼,還遞給約瑟夫一根菸,然後開始和約瑟夫攀談起來。在交流過程中,克拉夫特發現約瑟夫是個非常任性、叛逆的男孩,於是他就問約瑟夫,是否和女人發生過性關係。約瑟夫回答說沒有。克拉夫特就開始以女人引誘約瑟夫,將約瑟夫帶到了自己的公寓。

當時的約瑟夫以為自己會有場豔遇,並未懷疑克拉夫特,所以在克拉夫特遞給他大麻的時候,約瑟夫坦然接受了。服用過大麻後,約瑟夫開始意識不清,這時克拉夫特遞給他一些藥丸,並讓他就著酒吞下,之後約瑟夫就昏迷了。

昏迷中的約瑟夫開始任由克拉夫特支配,被迫為克拉夫特進行口交,雖然約瑟夫想要反抗,但根本無法支配自己的身體。後來克拉夫特將約瑟夫拖到自己的臥室內,開始雞姦約瑟夫。整個過程中,約瑟夫因肛門的撕裂疼痛不已。在酒精和毒品的作用下,約瑟夫開始嘔吐,弄得床上到處都是嘔吐物,為此克拉夫特不得不去洗澡。在施暴過後,約瑟夫感覺到克拉夫特似乎離開了,好像是去上班了。

約瑟夫在藥效減輕後,跌跌撞撞地從克拉夫特的公寓裡逃了出來,他穿過馬路逃到了一家酒吧。一名客人接到約瑟夫的求救後報了警。之後,約瑟夫被送往醫院清洗胃裡的酒精和藥物殘留。在兩名警察的陪同下,約瑟夫再次來到了克拉夫特的公寓,他告訴警察自己的鞋子忘在了公寓裡,那雙鞋子可以證明自己曾來過這間公寓。但警察沒找到約瑟夫的鞋子,倒是發現了不少淫穢照片,上面全是男性。

對於約瑟夫來說,這段經歷既給他帶來了肉體的傷痛,也對他的心

理造成了不可磨滅的傷害，由於羞恥感，約瑟夫並未將自己遭受雞姦的事情告訴其他人，就連他的父母也不知道。而且，那兩名警察在進入克拉夫特公寓內搜查的時候，並未申請搜查令，於是他們也不敢起訴克拉夫特。直到許多年後，克拉夫特被捕，約瑟夫作為唯一的倖存者出現在法庭上，控訴克拉夫特當年對他所犯下的罪行。

　　約瑟夫的事件讓克拉夫特得到了一個教訓，想要不被警察抓住就必須小心謹慎。後來克拉夫特想到了一個完美的作案方式——殺人滅口，畢竟屍體永遠不會去報警。於是在約瑟夫性侵案發生後的第二年，克拉夫特就開始了殺戮。

【主動性與反應性暴力】

　　所謂主動性暴力，就是指一個人採用暴力的方式主動地從他人那裡獲得自己想要的東西的一種反社會行為。克拉夫特就是一個十分典型的主動性暴力罪犯。他每次殺人前都會進行精心的策劃，他會先用酒精和藥物將被害人放倒，然後雞姦、折磨對方，最後將對方殺死並拋屍。對於克拉夫特來說，暴力只是方式，他的真正目的是從雞姦、折磨被害人的過程中獲得性快感。此種類型的暴力罪犯十分擅長總結經驗教訓，如果他認為自己必須殺人以避免被警察盯上，那麼他會毫不猶豫地將對方殺死。

　　所謂反應性暴力，就是指一個人之所以會出現暴力犯罪行為，相當程度上是受到了情緒的驅使，是在衝動下出現了暴力行為。例如受到挑釁時，覺得自己被侮辱了，此種類型的暴力罪犯會變得十分憤怒，從而用暴力的方式反擊對方。

　　當然，並不是所有的暴力犯罪行為都可以用這兩種類型來劃分，有些暴力犯罪行為顯然是主動性與反應性的混合。例如報復性殺人，一個人在覺得他人侮辱了自己時，內心非常憤怒，於是就開始精心策劃報復行動，最後將對方殺死，從而獲得心理上的滿足。

在監獄裡排隊等死—蘭迪·克拉夫特

模範犯人回歸之後──
亞瑟·肖克羅斯

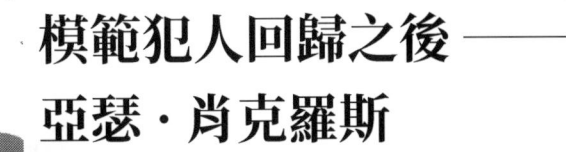

模範犯人回歸之後──亞瑟·肖克羅斯

從 1988 年 2 月至 1989 年末，羅徹斯特市傑納西河附近先後出現了 11 具女性屍體，其中有 10 名被害人是妓女。有些被害人是被勒死的，有些被溺死，還有被毆打致死的，雖然被害人的死因各異，但她們的屍體卻有一個共同的特點，即部分人體組織有被割掉的痕跡。正是這個共同點讓警方堅信這是一起連環謀殺案，凶手是一名男性變態連環殺手。

警方分析認為凶手仇視女性，很可能會做出重返拋屍現場重溫快感的行為，於是警方在最後兩處屍展現場布下埋伏，等待凶手的出現。

1990 年 1 月 3 日，拋屍現場出現了一個可疑的男子，該男子將車停到橋上後就不動了，這引起了警察的懷疑，因為從汽車的角度看，男子正好可以透過車窗看到整個拋屍現場，顯然他很可能在回憶謀殺或拋屍過程，這會讓他產生巨大的快感，不過他並不知道自己正在被警察監控著。不一會兒，男子發動汽車並加快了速度，他好像覺察到了一絲異常。

當警察追上他，質問他為什麼會出現在拋屍現場時，該男子說他開車經過此地時突然想上廁所，當看到警方的直升機後就沒下車，在車裡尿到了一個礦泉水瓶裡。警察當然不相信他的話，立刻將他抓捕，在之後的訊問中警方了解到該男子的名字叫亞瑟·肖克羅斯（Arthur John Shawcross），曾兩次入獄。

肖克羅斯將自己的工作、妻子以及兩次入獄的前科都告訴了警察，卻根本沒有提到遇害的 11 名女性。之後警方將肖克羅斯帶到了傑納西河附近的紅燈區，那裡的妓女們認出了他，肖克羅斯是紅燈區的常客。

肖克羅斯第一次入獄是因為縱火，他在 1969 年放了兩把火，燒掉了一家造紙廠和一家乳酪廠，因此被判刑 5 年。

在服刑期間，肖克羅斯曾遭遇了性侵。這段經歷對肖克羅斯來說十分糟糕，他一心想要為自己復仇，之後他找機會分別性侵、毆打了曾強

姦過他的 3 個人。1971 年，肖克羅斯獲得了提前釋放，因為他在之前的一次監獄暴亂中救了一名獄警。

出獄後，肖克羅斯想要重新開始生活，但他的精神狀態根本不允許他過上正常人的生活。他與一頭野獸無異，不僅暴躁易怒，而且隨時準備攻擊他人。肖克羅斯回到家鄉，並找了一份打雜的工作。不久之後，肖克羅斯認識了一個單親媽媽，她名叫佩妮·尼可，是肖克羅斯姐姐珍妮的校友，離婚後獨自帶著兩個孩子生活。很快肖克羅斯就和佩妮結婚了，這是肖克羅斯的第三段婚姻。

在婚後的幾個月內，肖克羅斯與佩妮相處得十分融洽，佩妮還懷孕了，但不幸流產了。沒過多久，肖克羅斯的岳父岳母就搬來和他們居住在一起，實際上岳父岳母是為了監視肖克羅斯的一舉一動，肖克羅斯曾試圖性侵佩妮的妹妹。儘管肖克羅斯對此強烈否認，但岳父岳母就是不相信他。

肖克羅斯似乎很喜歡釣魚，他總會在空閒時間去河邊釣魚。於是，肖克羅斯認識了許多經常在河邊玩耍的孩子，有一個名叫傑克·布萊克 (Jack Owen Blake) 的 10 歲男孩與肖克羅斯走得很近，他們經常相約一起去釣魚。

有一次，肖克羅斯出現在傑克家，他詢問傑克的母親是否能讓傑克與自己一起去釣魚，但遭到了對方的拒絕。肖克羅斯並未失望，只是很禮貌地說了一句讓對方摸不著頭緒的話：「妳的決定是對的。」

4 個月後的一天，傑克很晚都沒回家，他的母親很擔心他，就到處尋找傑克。她找到了肖克羅斯，並詢問他是否見過傑克。肖克羅斯說他沒有見過傑克。

事實上，傑克母親的擔心是對的，傑克已經被謀害了。在傑克失蹤的那天早上，他和肖克羅斯相約一起去釣魚。當他和肖克羅斯來到一片

模範犯人回歸之後——亞瑟·肖克羅斯

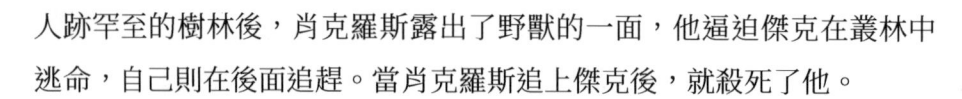

人跡罕至的樹林後，肖克羅斯露出了野獸的一面，他逼迫傑克在叢林中逃命，自己則在後面追趕。當肖克羅斯追上傑克後，就殺死了他。

3個月後，當地再次發生了一起兒童遇害案，當時傑克遇害案還在調查之中。被害人是一名8歲女孩，名叫凱倫·安·希爾（Karen Ann Hill），她的屍體在一座橋下被人發現。

警察在調查的時候從目擊證人那裡了解到，凱倫在被害前曾和肖克羅斯一同出現過，這樣肖克羅斯的嫌疑就更大了。不久肖克羅斯就被警察抓獲，當時他正在凱倫屍體現場吃冰淇淋，顯然他重回現場是為了體驗殺人或拋屍過程的快感。

肖克羅斯有重大嫌疑，他極有可能是殺害傑克和凱倫的凶手，但警方並未掌握確鑿的、能直接指控肖克羅斯的證據，於是警方只能選擇和肖克羅斯達成辯訴交易，肖克羅斯同意承認罪行，但警方只能以誤殺凱倫的罪名起訴肖克羅斯。最終肖克羅斯被判服刑25年。

肖克羅斯服刑的監獄在紐約州，這是他第二次進入監獄。監獄裡關押著形形色色的犯人，他們都不是良善之輩，不過他們有一個共同特點，即看不起虐待或殺害兒童的犯人，因此肖克羅斯經常遭受犯人們的毆打。在剛剛進入監獄後不久，肖克羅斯就開始頻繁出入醫務室。為了避免遭受其他犯人的欺辱，肖克羅斯拒絕走出自己的牢房，他認為只有這樣才能保護自己。漸漸地，肖克羅斯開始習慣待在牢房裡的生活，他開始學習修鎖和園藝來打發時間，還成了監獄裡的模範犯人。

在獄中，肖克羅斯在與精神科醫生見面時，曾提及自己在越南的經歷，在他看來，這是自己出現暴力傾向的根源所在。越南戰場上的殺人經歷激發了肖克羅斯內心深藏的獸性，從那以後他發現自己越來越控制不住地想要殺人。但由於肖克羅斯沒有出現幻覺和知覺錯亂，精神科醫生認為肖克羅斯並不符合精神病人的標準。

傑克遇害案雖然是肖克羅斯在美國境內犯下的第一起命案,但這不是他第一次殺人。他曾在越南殺死了幾名女性,其中既有越南女人,也有幾名亞洲妓女,其中最小的被害人只有11歲。

1968年,肖克羅斯選擇了參軍,此時他23歲,他成了越南戰場上的一名彈藥供給員,他的工作就是隨同直升機一起給各處部隊運送槍支彈藥。起初肖克羅斯被殘酷的戰爭嚇壞了,他從未見過這種血腥的殺戮場面。但很快,肖克羅斯就適應了戰場上的生活,甚至開始享受殺戮。在他看來自己就是一個獵人,而獵物則是敵對的越南人。有時候,肖克羅斯甚至會獨自到叢林中尋找敵人。

一次,肖克羅斯在叢林中發現了兩名越南女子,這對他來說是絕佳的獵物。肖克羅斯開槍打中了其中一名女子,然後抓住另一名女子,將她綁在樹上。之後,肖克羅斯當著這名女子的面用十分殘忍的方式殺死了中槍的女子,並將屍體放在非常顯眼的地方以便敵人發現。綁在樹上的女子嚇壞了,不久她被肖克羅斯強姦並殺害。

之後,肖克羅斯又接受了多名醫生的心理測驗,測驗結果顯示肖克羅斯的反社會傾向十分明顯,有反常的性格缺陷,而且具有慢性的、潛伏期長的特點。儘管多名醫生都表示肖克羅斯有反社會傾向,但他依舊是監獄裡的模範犯人。在獄警們看來,肖克羅斯不僅溫和無害,還具有不錯的學習能力,肖克羅斯在監獄裡自學了高中課程,並得到了大學的錄取通知書。

1987年3月,肖克羅斯獲得了假釋,假釋委員會認為肖克羅斯這樣的模範犯人已經具備了適應和重新融入社會的能力,因此他們決定讓肖克羅斯出獄。後來發生的11起謀殺案證明這是一個非常草率的決定。

出獄後,肖克羅斯來到了布魯姆鎮,他本想回到故鄉,但遭到了沃特敦政府和居民的抵制,他們認為肖克羅斯就是一個潛在的威脅。事實

證明他們做出了一個十分正確的決定。

雖然獲得了假釋，但肖克羅斯並未獲得完全的自由，他的行為被嚴格限制，晚11點到次日早上7點必須待在住所，嚴格禁止外出。他還被禁止與18歲以下的青少年有任何接觸、禁止出現在學校等兒童聚集的地方、禁止飲酒。

不久，布魯姆鎮的居民就知道有個殘殺兒童的罪犯來了，他們向政府提出了強烈抗議。在民眾的施壓下，政府只能將肖克羅斯趕走。

肖克羅斯在被布魯姆鎮政府驅逐後不久就住進了一個名叫蘿絲·沃利（Rose Marie Walley）的女子家中。蘿絲一直非常仰慕肖克羅斯，在肖克羅斯服刑期間曾多次寫信表達自己的愛慕之情，兩人也一直保持著通信。蘿絲曾表示如果肖克羅斯出獄了，可以來找她，兩個人可以一起生活。兩人同居後不久，就搬到了羅徹斯特市居住。最終，肖克羅斯定居在羅徹斯特市，並找了一份包裝沙拉盒的工作。

或許是受到了蘿絲的影響，肖克羅斯的生活開始步入了正軌，他開始和家人聯絡，並且每年都寄聖誕禮物給家人。對於肖克羅斯的家人來說，他們根本不想與肖克羅斯聯絡了，畢竟肖克羅斯給他們的生活帶來了極大的困擾，所以當肖克羅斯邀請他們來認識一下自己的妻子蘿絲時，他們拒絕了。這讓肖克羅斯既失望又憤怒，當他得知自己的聖誕禮物都被家人當成垃圾扔掉後，肖克羅斯變得怒不可遏。

不久之後，肖克羅斯出軌了，他與一個名叫克拉拉·尼爾的女人發展成了地下情。當蘿絲質疑肖克羅斯與克拉拉走得太近時，肖克羅斯解釋說他只是為了借用克拉拉的車。肖克羅斯沒有撒謊，他總是駕駛著克拉拉的車在傑納西河附近的一處工業廢地晃盪，這裡是廉價妓女和毒販子們的聚集地。不久肖克羅斯就在這裡的紅燈區混熟了，妓女們都認識他，知道他名叫米奇。

1988 年 2 月的一個晚上，肖克羅斯開車來到傑納西河附近晃盪，他被一名妓女多羅西婭·布萊克本（Dorothy "Dotsie" Blackburn）搭話，之後兩人達成了交易，他付給她 30 美元，讓她為自己服務。他開車載著多羅西婭來到一處倉庫。

　　在兩人發生性關係的過程中，多羅西婭咬傷了肖克羅斯，他立刻被激怒了，他用力掐住多羅西婭的脖子，直到對方昏了過去。然後肖克羅斯開車帶著她去了河邊，來到了自己經常釣魚的地方。當肖克羅斯試圖強姦她的時候，突然無法勃起，因此遭到了多羅西婭的嘲笑。惱羞成怒的肖克羅斯威脅她立刻閉嘴，不然就殺了她。但多羅西婭根本沒有停止，於是她被肖克羅斯掐住脖子，最終停止了呼吸。殺害多羅西婭後，肖克羅斯一直坐在車裡，直到天快亮了，他才開始拋屍，他將多羅西婭的屍體包裹好，扔到了傑納西河裡。

　　拋屍後，肖克羅斯回到了紅燈區並找了個咖啡店休息，他發現根本沒人在意多羅西婭的失蹤，這讓他很滿意。在咖啡店待了將近一個小時後，肖克羅斯回到車上開始清理可疑物品，他將女子的衣服和其他東西都扔進了垃圾桶，之後將車還給了克拉拉。

　　3 月 24 日，有人在傑納西河的下游發現了一具被冰覆蓋的屍體，這是多羅西婭的屍體。警方除了發現多羅西婭的屍體部分組織被割掉外，沒找到任何有價值的線索，因為覆蓋在屍體上的冰毀掉了所有線索。

　　這次殺人的經歷讓肖克羅斯覺得很興奮，在之後的幾個月內他一直很安分，直到他被老闆解僱，當老闆發現肖克羅斯的前科後決定不再僱用他。這讓肖克羅斯十分憤怒，他再一次產生了殺人的衝動。

　　肖克羅斯出獄後殺害的第二個人名叫安娜·史蒂芬（Anna Marie Steffen），是一名 28 歲的妓女。肖克羅斯在和安娜談好價碼後就開車將她帶到了一個偏僻的地方。但當兩人準備發生性關係的時候，肖克羅斯尷

尬地發現自己依然無法正常勃起，他好像有勃起障礙，這讓安娜十分意外，她控制不住地開始取笑肖克羅斯，被激怒的肖克羅斯突然抓住安娜的頭並用力往地上撞。安娜掙脫肖克羅斯的控制後拚命跑到了河邊，但被肖克羅斯再次抓住，隨後肖克羅斯將安娜溺死在河裡。這次的殺人經歷讓肖克羅斯徹底迷上了殺人所帶來的快感，他開始到處尋找獵物。

桃樂絲·奇勒（Dorothy Keeler）是一家餐廳的服務員，59歲，她是在自己工作的飯店與肖克羅斯認識的，並發展成了地下戀情。在桃樂絲遇害的當天，她在路上遇到了肖克羅斯，當時肖克羅斯正準備去釣魚，便邀請桃樂絲一同前往，桃樂絲答應了。

起初，肖克羅斯和桃樂絲只是在釣魚。到了中午時分，突然下起了雨，兩人只能到棚子裡躲雨。之後，桃樂絲得知肖克羅斯不僅有妻子，還有幾個情人，於是兩人發生了激烈的爭吵，桃樂絲威脅肖克羅斯要將他的醜事說出去。憤怒中的肖克羅斯就隨手拿起身旁的棍子打死了桃樂絲，並將桃樂絲的屍體用樹枝掩埋起來。幾個月後，肖克羅斯回到案發現場，他挖出桃樂絲的屍體後肢解了她的屍體並將部分屍體丟棄在傑納西河裡。最後，桃樂絲的屍體被漁民發現。

帕蒂·艾維斯（Patricia "Patty" Ives）是第四名被害人，25歲。她在與肖克羅斯發生性關係後，試圖偷走肖克羅斯的錢包，肖克羅斯發現後就勒死了她，並將屍體藏在一處建築工地中。

兩個月後，22歲的弗朗西絲·布朗（Frances "Franny" Brown）遇害。按照後來肖克羅斯的供詞，他殺死弗朗西絲完全是一次意外，當兩人交易時，他不小心堵住了弗朗西絲的呼吸，當他意識到時，弗朗西絲已經窒息而亡。

接二連三的命案讓警方變得警惕起來，他們開始懷疑凶手是同一個人，是一名喪心病狂的連環殺手。媒體也十分關注這些連環命案，並稱

凶手是「羅徹斯特午夜尾隨者」、「傑納西河殺手」（Genesee River Killer）。有人甚至認為這些命案是綠河殺手[07]在跨州作案，畢竟凶手的作案手法與綠河殺手十分相似。

瓊·斯托特（June Stott）是一名智力低下的30歲女子，與肖克羅斯的妻子羅斯是好朋友，經常到肖克羅斯家中做客。在斯托特遇害的當天，肖克羅斯看到斯托特一個人坐在河邊，就邀請她與自己一同騎行。後來，當肖克羅斯試圖與斯托特發生性關係時，斯托特尖叫起來，於是肖克羅斯就用手捂住了斯托特的口鼻，直到斯托特被悶死。

22歲的瑪麗·威爾許（Marie Welch）在與肖克羅斯討論價碼的時候惹惱了他，最終她被肖克羅斯殺害，屍體被扔到了灌木叢中。

11月25日，伊莉莎白·吉布森（Elizabeth "Liz" Gibson）被肖克羅斯擄走並殺害。

12月，32歲的達蓮·特雷佩因（Darlene Trippi）嘲笑肖克羅斯不像個男人而被殺死。

兩週之後，34歲的瓊·西塞羅（June Cicero）被肖克羅斯勒死。儘管當時警方已經在案發高峰地帶加強巡邏，但還是沒有抓到肖克羅斯。

費莉西亞·史蒂芬斯（Felicia Stephens）是肖克羅斯殺死的最後一名被害人，她是一名黑人。勒死費莉西亞後，肖克羅斯將她的屍體丟棄在上一名被害人的附近。最終警方在這處拋屍地點抓捕了肖克羅斯。

肖克羅斯是一名早產兒，他出生的時候，他的母親只有18歲，父親只有21歲。在肖克羅斯兩週大的時候，母親帶著他來到了沃特敦，他的父親在這裡服兵役。

1948年，肖克羅斯的父母在郊區建了一座房屋，因為這裡有同姓親

---

[07] 指蓋瑞·利奇威（Gary Leon Ridgway），美國連環殺手。

戚。肖克羅斯從小就是個不同尋常的孩子，他 6 歲時還會尿床，與周圍的孩子相比，他總是格格不入。後來，肖克羅斯的弟弟出生了，肖克羅斯變得更加反常，他開始徹夜不歸。不過他的父母並不覺得肖克羅斯不正常，他們覺得這只是小孩子博得父母注意的小把戲。

隨著年齡的增長，肖克羅斯變得具有攻擊性，經常欺負比他小的孩子。在眾多的兄弟姐妹中，肖克羅斯與姐姐珍妮相處得非常好，他十分依戀她。

在學校裡，肖克羅斯也沒什麼朋友，他是個怪胎般的存在，幾乎不會和同齡人到外面瘋玩，常常獨自一人坐在教室裡自言自語。在老師眼中，肖克羅斯的成績雖然屬於中上等，卻是個問題兒童，因為他總會拿鐵棍威脅同學。

到了小學三年級，肖克羅斯出現了更多的行為問題，成績也逐漸變得糟糕。肖克羅斯在接受心理測驗時，表現出了對父母，尤其是母親明顯的敵意。

9 歲時，肖克羅斯的家中發生了一些變故，他的母親發現父親出軌了。母親將婚姻不幸的所有怒火都發洩到孩子身上，這讓肖克羅斯變得更加孤僻和內向。漸漸地，肖克羅斯開始將憤恨發洩在比他年幼的鄰居的孩子身上。同時，肖克羅斯開始出現偷東西、私闖民宅、放火等違法行為。

因為成績差，肖克羅斯多次被留級，到了 8 年級的時候，他已經比班上的同學年長 3 歲了。此時的肖克羅斯變得更加封閉，他常常獨自到樹林裡透過抽打石頭、花花草草來發洩自己的憤恨。

肖克羅斯曾遭遇過一次搶劫，他被一名男子用刀威脅性侵。從那以後，肖克羅斯就患上了性功能障礙，只有透過疼痛和流血的方式才能勃起和達到性高潮。

不久，肖克羅斯就因非法闖入一家商店而被警方逮捕，不過警方並未在肖克羅斯身上發現贓物，他很快就被釋放了。之後的幾年時間內，肖克羅斯一直在街頭幹些偷雞摸狗的事情。

19歲時，肖克羅斯結婚了，這是他的第一段婚姻，並沒有維持多長時間就結束了。肖克羅斯在服兵役之前，開始了第二段婚姻生活。

從越南戰場回來後，肖克羅斯變得異常暴躁，當他發現第二任妻子琳達（Linda）將自己每月寄到家的錢都揮霍掉並且還和其他男人有染時，肖克羅斯開始毆打妻子。醫生建議琳達將肖克羅斯送到精神病院接受治療，但琳達的信仰讓她拒絕了醫生的建議。肖克羅斯越來越無法控制自己的行為，他開始變本加厲地毆打妻子，直到因縱火入獄。

當肖克羅斯承認自己殺害了11名女性後，他被起訴了。在辯護律師的建議下，肖克羅斯決定以精神失常為藉口躲過刑罰，他開始裝瘋賣傻。在法庭上，辯護律師提到了肖克羅斯童年遭受母親虐待、越南戰爭中目睹血腥的場面，律師聲稱肖克羅斯患上了創傷後壓力症候群，所以才會做出瘋狂殺人的行為。肖克羅斯也很配合，他一直沉默著，好像一具沒有靈魂的屍體一般。但他並未騙過陪審團，最終他被判處了250年監禁。

模範犯人回歸之後──亞瑟・肖克羅斯

【無效的矯治】

在第二次入獄期間，肖克羅斯是個模範犯人，那個時候凡是和肖克羅斯有過接觸的人都會認為他已經改過自新，監獄對他來說就好像一所學校一樣，他在這裡學會了許多技能，還獲得了大學的錄取通知書。這一切似乎讓人看到了犯罪矯治的效果。但事實上，對於像肖克羅斯這樣從小就表現出很強攻擊性的犯罪人來說，矯治通常是無效的。

在許多人看來，一個人之所以會去犯罪，是因為他缺乏某種技能，例如謀生的技能。在現代社會中，一個人想要獲得一種生活技能，學歷常常會被優先考慮。許多人認為，一個不錯的學歷可以幫助一個人找到更好的工作。

犯罪人通常都沒有很高的學歷，他們在學校的表現往往很糟糕，在老師和同學們的眼中，他們是拒絕學習和遵守規矩的個別人。肖克羅斯也是如此，他不合群，而且因成績糟糕被多次留級。

當犯罪人被關進監獄後，他們會有大把的時間去學習，監獄方也會鼓勵犯罪人去學習，監獄方認為這是幫助犯罪人走出監獄、重新適應社會生活的一種不錯的方式。因此，許多犯罪人在監獄裡所學習到的東西很多，他們常常會利用學習來打發監獄裡的無聊時光。肖克羅斯在第二次進監獄後，為了避免被其他犯人欺負，總是待在自己的牢房。這種生活只會更加枯燥無味，於是肖克羅斯一頭栽進書中的世界，他自學了高中課程，並且取得了大學錄取通知書。

在監獄方和假釋委員會看來，犯罪人如果能在監獄裡獲得不錯的學歷，那麼他們走出監獄後就能找到一份不錯的工作，他們還認為透過學

習可以使一個犯罪人的人格徹底改變，從而成為一個脫胎換骨的全新人物。但肖克羅斯的案例證明，他只是變成了一個有知識的罪犯而已。

為什麼矯治工作對像肖克羅斯這樣的犯罪人是無效的呢？按照肖克羅斯的說法，導致他瘋狂殺人的原因主要有兩個，一個是童年遭受的來自母親的虐待，另一個是越南戰場上所目睹的血腥場面。或許有上述因素的作用，但最重要的因素還是肖克羅斯從小就有暴力因子，虐待和參戰只是產生了催化劑的作用。

肖克羅斯有一個弟弟，他和肖克羅斯成長於相同的家庭環境，但他並未成為一名連環殺手。經歷過血腥越南戰爭的士兵千千萬萬，他們也沒有像肖克羅斯一樣用殺人來發洩憤怒。

矯治工作之所以對肖克羅斯是無用的，是因為他的心理需求異於常人，他從小就拒絕像正常人一樣生活，他獲得心理滿足的方式只有殺戮，這是不被社會所認可的。想要讓他像正常人一樣擁有社會認可的心理滿足方式，那無異於將他的整個靈魂打碎重塑，在他看來，正常人的生活方式會讓他覺得生無可戀。

1997年，在獄中服刑的肖克羅斯與自己曾經的地下情人克拉拉結婚了。在克拉拉看來，她與肖克羅斯相識時並不知道他是個殺人犯，後來雖然知道了肖克羅斯所犯下的罪行，卻依然愛他，儘管在眾人眼中，肖克羅斯是個十惡不赦的惡魔。

模範犯人回歸之後──亞瑟·肖克羅斯

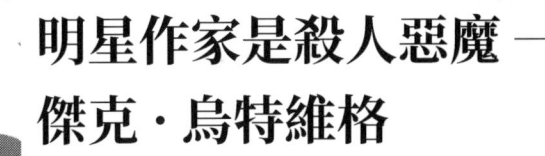

明星作家是殺人惡魔——
傑克‧烏特維格

1990 年，奧地利西部福拉爾貝格邦的警方接到報案電話，有人意外發現了一具赤裸的女屍。死者是 31 歲的海蒂・海默勒（Heidi Hammerer），是一名妓女，她的脖子上纏繞著絲襪，絲襪被打成了活結，凶手用她的絲襪勒死了她。

法醫在對海蒂的衣服進行檢查的時候，發現許多紅色的纖維，這些纖維明顯不是來自海蒂的衣服，法醫懷疑這可能是凶手留下的東西。而這也成為警方用來破案的關鍵線索，警方將這些纖維和許多犯罪嫌疑人衣服上的纖維進行了比對，結果一個也沒匹配上，凶手依舊逍遙法外。

5 天後，300 公里之外格拉茲的警方也接到了一起凶殺案的報案，報案者在郊外的樹林裡發現了一具全身赤裸的女屍。死者名叫布倫西德・瑪莎（Brunhilde Masser），也是一名妓女，凶手用瑪莎的內衣勒死了她。

很快，格拉茲警方接到一起失蹤報案，失蹤者是名妓女。警方在追查失蹤線索時，什麼也沒發現。在之後的一個月內，維也納的街道上，有 4 名妓女相繼失蹤。維也納刑事偵查局局長麥斯・艾德巴哈在了解維也納、福拉爾貝格邦和格拉茲三地都出現了妓女遇害案和失蹤案後，開始懷疑凶手很有可能是個專門針對妓女的連環殺手。

1991 年 5 月 20 日，一個來維也納遊玩的人在郊區的森林裡意外發現了一具全身赤裸的女屍。死者正是失蹤的 25 歲妓女，名叫薩賓娜・莫茲（Sabine Moitzl）。凶手將薩賓娜的屍體雙腿劈開，擺成了大字形，這是一種頗具侮辱意味的姿勢。在薩賓娜的脖子上纏繞著她的衣服，凶手用她的衣服打成活結勒死了她。

3 天後，又有一名旅遊者在郊外的森林裡發現了一具全身赤裸的女屍。死者是失蹤的妓女凱琳・艾拉魯―斯拉德基（Karin Eroglu-Sladky），她與薩賓娜一樣被凶手用衣服打成活結勒死，不過凱琳的屍體上有不少傷痕，生前應該遭受了毒打。

這兩起妓女遇害案與之前的案件一樣，凶手作案十分謹慎，並未留下任何線索，這為警方的調查工作帶來了極大的困難。

不久，警方就接到一名男子的電話，男子名叫魯道夫·派拉姆，是失蹤妓女麗吉娜（Regina Prem）的丈夫。魯道夫告訴警方，他在麗吉娜失蹤後的一天凌晨接到了麗吉娜手機打來的電話。打電話的是個陌生男子，他笑著描述了自己如何勒死麗吉娜以及麗吉娜的掙扎和慘叫。當時，魯道夫只將這通電話視作一場惡作劇。

這一系列凶殺案在維也納引起了巨大的轟動，奧地利的維也納曾被譽為全世界犯罪率最低的城市，當地人一直以此為豪。人們都希望警方能盡快將凶手抓捕歸案。由於沒有任何線索，警方的調查工作毫無進展，於是人們紛紛開始指責警方的無能，媒體每天都在大肆宣揚此事，警察們每天都在承受巨大的輿論壓力。

後來，維也納刑事偵查局局長麥斯·艾德巴哈接受了電臺採訪，採訪他的是一名作家兼記者傑克·烏特維格（Jack Unterwegar），烏特維格在參加電視節目時，經常討論犯人改造和監獄改革的話題。在當地接連發生妓女遇害案後，烏特維格還專門在雜誌上開設專欄，寫一些妓女失蹤遇害的文章。

烏特維格在採訪麥斯局長時提到了妓女們的恐慌程度以及警方調查進度的緩慢。麥斯局長在回答問題時表示，警方所掌握的線索十分有限，根本不知道凶手到底是誰。

退休警察奧格斯特·辛納在從報紙上了解了這一系列案件後，覺得被害人被殺的方式和拋屍地點都與十多年前的一起凶殺案十分相像，而製造這起凶殺案的人正是採訪麥斯局長的烏特維格。

1974年，烏特維格殺死了18歲少女瑪格麗特·夏菲（Margaret Schäfer），瑪格麗特的屍體在被發現時全身赤裸，被烏特維格用她的內衣

勒死。之後烏特維格就被判處終身監禁。後來烏特維格遇到了奧地利政府實施的監獄改造計畫，這項計畫的目的是幫助犯人重返社會。烏特維格牢牢抓住了這個機會，透過閱讀大量的書籍成了一個知名作家，提前獲得了假釋。

出獄後，作為奧地利罪犯重新社會化的最佳典範，烏特維格經常在電視上出現，還參加了一個全國聯播的脫口秀節目，成了明星般的人物。在脫口秀節目中，烏特維格大放異彩，能夠自如地和權威專家進行辯論、討論，許多人都被烏特維格的獨特人格魅力所吸引。

奧格斯特將自己的懷疑打電話告訴給專案組後，沒有人願意相信烏特維格是個連環殺手。因為烏特維格在維也納混得很成功，是個知名作家和記者，有許多支持者，還有許多女朋友，根本沒有殺死妓女的理由。

專案組當時沒有其他嫌疑人，只能接受奧格斯特的說法，暫時追蹤和監控烏特維格。後來烏特維格離開了維也納，去了洛杉磯，他準備在洛杉磯做一個犯罪新聞的採訪。在烏特維格去洛杉磯的5週內，維也納獲得了暫時的平靜，沒有再出現過妓女失蹤案和遇害案。

1991年7月中旬，烏特維格回到了奧地利，他去了維也納南邊的一個城市格拉茲。之後，格拉茲就出現了妓女失蹤案。3個月後，警方在一處樹林裡發現了一名妓女的屍體，她被凶手用絲襪打成一個活結勒死。這些凶殺案與1974年發生的案件十分相似，麥斯局長也開始懷疑起烏特維格。回到維也納後，麥斯局長立刻將他傳到警察局進行審問。

在審問中，烏特維格表示他不願意提及自己的過去，還提供了不在場證明，在妓女失蹤期間，他正在辦讀書會。麥斯局長沒有證據指控烏特維格，只能任其離開。

很快，格拉茲的警方就在一處森林裡發現了失蹤的妓女艾爾弗萊德·

史倫夫（Elfriede Schrempf）的屍體，她的脖子處纏繞著由衣服打成的活結。接著，失蹤妓女麗吉娜的屍體也被找到。她是警方發現的第七名被害人，她的脖子處纏繞著絲襪，絲襪被凶手打成了一個活結。這一系列案件的相似處，讓警方更加懷疑烏特維格。

1992年2月14日，警方在申請到逮捕令後，卻發現烏特維格從奧地利消失了。警方隨後對烏特維格的公寓進行了搜查，發現了一些可疑的帳單和收據，這些證據均可以證明案發時烏特維格正在謀殺地。警方還發現了一條紅色圍巾，在被害人海蒂的衣服上，法醫就提取到了凶手留下的紅色纖維物。警方將紅色圍巾送去進行檢驗，檢驗結果顯示圍巾的纖維物與案發現場的纖維物相吻合。這些證據雖然都可以證明烏特維格有重大作案嫌疑，但都是一些間接證據，無法直接證明烏特維格就是凶手。

由於烏特維格曾在洛杉磯待過5週，警方懷疑他在洛杉磯也犯下了命案，於是警方在和洛杉磯的警方取得聯絡後，發現那段時間內洛杉磯相繼出現了3起妓女遇害案，她們都是被凶手用內衣肩帶打成活結勒死的，然後被凶手丟棄在人跡罕至的樹林中。這3起命案與奧地利發生的妓女遇害案十分相似。

警方在調查時發現烏特維格有個同居女友，名叫碧安卡·瑪拉克（Bianca Mrak）。碧安卡是一家酒吧的服務員，她與烏特維格在酒吧認識，之後兩人便開始頻頻約會，發展成男女朋友關係，並居住在一起。警方懷疑烏特維格就和碧安卡在一起，在得知碧安卡在瑞士工作後，警方就對二人展開了跨國追捕，但二人很快就開始逃亡，警方在美國佛羅里達州的邁阿密發現了他們的蹤跡。

烏特維格在美國被捕後，洛杉磯的警方本想以謀殺罪起訴他，奧地利的警方也希望烏特維格能在洛杉磯受審，因為洛杉磯有死刑，而奧地

利沒有。但洛杉磯警方所掌握的證據只能證明烏特維格在謀殺案發生時曾出現在洛杉磯，這些證據無法用來定罪，於是烏特維格便被引渡回奧地利接受審判，而美國聯邦調查局則負責協助調查。

1994年2月，烏特維格接受了審判。在法庭上，烏特維格表現得十分自信，他堅稱警方所掌握的證據只能證明他曾出現在案發地，與被害人有過接觸，但無法證明他就是殺害她們的凶手。烏特維格還表示，自己沒有理由殺害妓女，他在出獄後有過許多女朋友，她們都可以滿足他的性需求，他對自己的性生活也很滿意。控方表示，間接證據也是證據。最終陪審團作出裁決，將烏特維格判處終身監禁，不得申請假釋。

對於這項判決結果，許多人都不接受，尤其是烏特維格的支持者，他們都相信烏特維格已經被監獄改造成了一個正常人，不可能是個連環殺手。烏特維格的女友碧安卡在接受採訪時表示，她雖然不知道烏特維格到底是不是連環殺手，但她可以確定烏特維格並不像表面那樣親切，實際上和他相處是一件很困難的事情，碧安卡覺得烏特維格是個嫉妒心很強且控制欲極強的人。

在最初的相處中，碧安卡一直覺得烏特維格是個成功的作家和記者。但隨著了解的深入，碧安卡發現烏特維格常常入不敷出，經常靠女人貼補，他從來不會尊重碧安卡，經常把她當作佣人一樣使喚，會命令她做許多家務。

更讓碧安卡難以接受的是，烏特維格會主動跟她介紹一些變相賣淫的工作，例如伴遊，表面上只是陪客人看電影、吃飯，實際上是提供性服務。

在警方到處追捕烏特維格時，碧安卡接到了他的電話。在電話中，烏特維格表現得很可憐，他說自己被警方誣陷成連環殺人犯。碧安卡甚至能聽到烏特維格在電話那頭哭了起來，還哭得十分傷心。碧安卡一邊安慰烏特維格，一邊讓他和自己一起回維也納。烏特維格拒絕了，他不想再坐牢，於是兩人就商量著逃往邁阿密。

　　在邁阿密，烏特維格沒有任何經濟來源，日子過得十分困難。為了過上在維也納時的舒適生活，他開始教唆碧安卡去當脫衣舞女郎。碧安卡知道這其實是一份變相賣淫的工作，在拒絕後就離開了烏特維格，與他斷絕了聯絡。

　　在判決結果出來9個小時後，烏特維格在羈押室裡上吊自盡了，他把自己的褲子打成了一個活結，而這個活結與被害人脖子上的活結一模一樣。儘管烏特維格生前一直聲稱自己是被冤枉的，但他自殺時所打的活結恰恰成了最直接的證據。有媒體戲稱，自殺是烏特維格最完美的一次謀殺。

　　烏特維格於1950年8月16日出生於奧地利，他的母親泰蕾莎·烏特維格（Theresia Unterweger）是個妓女，父親傑克·貝克爾（Jack Becker）是美國士兵，也是泰蕾莎的一個嫖客。在烏特維格出生後不久，他的母親就將他扔給了外祖父。

　　當時的奧地利正處於戰後的動盪不安之中，像烏特維格這樣的兒童每天都在餓肚子，根本無法得到良好的照顧。烏特維格的外祖父則是個酗酒又暴力的男人，經常虐待烏特維格。外祖父還很喜歡帶女人回家，有時是妓女，有時是女友，並當著烏特維格的面與女人發生性關係。

　　後來在政府的介入下，烏特維格離開了外祖父，開始在各個寄養家庭之間輾轉。成年後，烏特維格便開始在社會上流浪，先後到過德國和瑞士，他經常因為盜竊、搶劫、襲擊女性被捕。後來烏特維格對女性的

態度越來越惡劣和暴力,他開始綁架和強姦未成年少女。

1974年冬天,烏特維格想透過打劫獲得一筆錢,於是他開著車在公路上遊蕩著,當他看到獨自一人在路上行走的瑪格麗特後,就決定朝她下手。烏特維格在瑪格麗特身旁停下車,並邀請她上車。瑪格麗特認識烏特維格,他是她的一個女性朋友的男友,於是瑪格麗特毫無戒心地上車了。

烏特維格將瑪格麗特帶到了一個偏僻的樹林中,他本來只打算搶點錢,但後來改變了主意,他決定幹一件更刺激的事情。烏特維格強迫瑪格麗特脫光衣服後,就開始用鐵棍不停地毆打瑪格麗特,最後用瑪格麗特的內衣打成一個活結勒死了她。烏特維格很快就因謀殺瑪格麗特被德國警方逮捕,按照當時的法律,烏特維格被押送到奧地利受審。

在法庭上,烏特維格表現得十分可憐和痛苦,他哭著說,他已經後悔了,希望陪審團能給他一次改過自新的機會。最終烏特維格被判處終身監禁。

當時奧地利正好處於一個關注懲教體系改革的歷史時期,許多政客和知識分子都相信教育可以決定和改變一切,即使是殺人犯,在經過教育後,也完全可以融入正常的社會生活中。

烏特維格在服刑期間一邊讀書,一邊創作劇本和自傳。他所創作的劇本得到了許多人的喜愛,他一下子成了社會名人,甚至還有學者專門花時間來研究烏特維格,因為奧地利從來沒有殺人犯能成為作家。

維也納的文壇也開始追捧烏特維格這個創作新秀,將烏特維格當成文學使人向善的最佳代言人。烏特維格一下子成了社會的寵兒,大眾開始將他看成一個內心善良、頗有才華的人,漸漸忽略了他是個殺人犯。在監獄的安排下,烏特維格接受了一系列精神測試,當他通過了所有測試後,監獄就批准他提前獲得假釋。他成了奧地利唯一僅僅被關了15年就獲得自由的殺人犯。

獲得自由後，烏特維格將自己自信、幽默、風趣、友善、迷人的一面展示在電視節目中，而將邪惡、冷血、暴力的那一面展示在紅燈區的妓女面前。

【演出的情感】

　　在社會交往中,魅力是一種十分重要的社交能力,許多反社會人格者都具有這項能力,這讓他們在社會交往中如魚得水。但反社會人格者的魅力只能維持於初期的交往中,如果一個人因反社會人格者的魅力而選擇和他做朋友,甚至成為戀人,那麼隨著交往的深入,他們就會發現與反社會人格者相處是一件十分痛苦的事情。

　　碧安卡一定對此深有體會,她被烏特維格身上風趣、幽默、迷人、友善、善於傾聽的魅力所折服。其實不只碧安卡,烏特維格的其他女朋友也是如此。但當碧安卡和烏特維格開始同居生活以後,才發現他是個毫無感情的人,只想著控制和利用她,讓她從事賣淫工作賺錢給他用。但碧安卡並未馬上離開烏特維格,她和許多受害者一樣,明知道與烏特維格這樣的反社會人格者相處很痛苦,但還是無法抗拒他的魅力。

　　反社會人格者十分擅長控制一個人,當他覺得這個人可以被自己利用時,他就會開始思索,如何讓這個人完全受自己掌控。想要控制一個人,暴力是最直接也最無用的手段。反社會人格者通常不會用暴力,他會選擇奉承,不停地讚揚對方,或者尋找自己與對方之間的相似點,從而使對方更加親近自己。

　　烏特維格在殺死瑪格麗特後受審時,表現得十分可憐,哭著說自己後悔了,因為殺死瑪格麗特而痛苦不已。實際上,烏特維格殺死瑪格麗特並非失手,也不是處於激情狀態下,他殺死瑪格麗特僅僅是想做一件更刺激的事情。很顯然,烏特維格是個反社會人格者,是個道德白痴,沒有正常人所有的情感經驗。但烏特維格卻和許多反社會人格者一樣會

演戲，會自然地表演出一定的情感。

對於一個有著正常情感經驗的人來說，看到一個人在哭或者可憐兮兮的樣子，都會產生惻隱之心。碧安卡在和烏特維格逃往邁阿密之前接到了他的電話，在電話中烏特維格將自己塑造成一個被警察誣陷的可憐人，甚至還痛哭起來。這讓碧安卡很同情他，就忘記了烏特維格之前傷害她的事情，於是毅然決然地跟著烏特維格開始逃亡。實際上，反社會人格者的眼淚與鱷魚的眼淚一樣，不具有任何情感，他只是在偽裝成可憐的樣子，透過對方的惻隱之心達到控制的目的。

烏特維格的再次作案，引發了許多犯罪心理學家的反思，他們開始思考一個擁有反社會人格的人是否能夠透過教育變得像正常人一樣。許多人都覺得不可能，反社會人格者在情感體驗上就是個白痴，無法透過教育獲得正常人的情感，他只會在教育中學會偽裝，而一個善於表演情感的反社會人格者更加難以控制。例如烏特維格在獲得假釋前接受了一系列精神測試，他在監獄的教育下學會了偽裝，假裝成一個正常人，從而騙過了精神病醫生。但他只是靠偽裝通過了精神測試，他還是像以前那樣是個冷血、暴力的人，有著變態的心理需求，因此在他恢復自由後，他開始大開殺戒，不留下任何線索給警方。烏特維格還是那個反社會人格者，只是變得更加狡猾。

明星作家是殺人惡魔──傑克‧烏特維格

城市叢林中的野獸——
蓋伊・喬治

城市叢林中的野獸——蓋伊·喬治

2001年4月5日，39歲的蓋伊·喬治（Guy Georges）接受審判。1990年代初期，法國巴黎的巴士底地區開始出現連環強姦殺人案，被害人的年齡在19歲至27歲之間，通常在停車場或自己的公寓內被襲擊，連環殺手會將被害人捆綁起來，然後實施強姦，最後會用刀割破被害人的喉嚨。這名連環殺手被人們稱為「巴黎東部連環殺手」（The East Paris Killer）和「巴士底野獸」（The Beast of the Bastille）。

在最初的調查中，警方認為是熟人作案，這種誤判導致了更多謀殺案的出現。隨著案件頻發，警方開始認為這些謀殺案是同一人所為。凶手有一個十分典型的作案特色，即會從胸前割斷每名被害女性的乳罩。

1998年，巴黎東部連環殺手終於被抓住了，他就是蓋伊·喬治。被捕後，喬治承認了大部分謀殺罪行。在開庭審理案件的時候，喬治卻聲稱自己是無辜的。不過DNA檢測結果卻可以證明喬治至少殺死了3名女性，最終他被判處終身監禁。

2015年，電影《殺手一號》上映了，這部電影就是以喬治為原型拍攝的。在電影的開頭有這樣一段文字：「這股邪惡的力量，到底來自哪裡？它是如何鑽入人群的？它的種子、根源是什麼？誰應為此負責？誰殺了我們？」許多人都有相同的疑問，對連環殺手充滿了困惑，無法理解連

環殺手的心理和行為。提起連環殺手，很多人都會聯想到他一定有一個不幸的童年，喬治也是如此。

　　1962年，喬治出生於法國，他的生母是個酒吧的女招待，這是一個經常被士兵光顧的酒吧，喬治的生母就是在酒吧裡遇到了喬治的生父，一個非裔美國人，在軍事基地擔任廚師的工作。在喬治出生後不久，他就被拋棄了。

　　6歲時，喬治被法國昂熱的一個家庭收養。養父母會收養喬治，是為了獲得政府的生活補助，在法國凡是領養其他族裔的棄兒，均可獲得生活補助。對於收養喬治這件事情，養母曾猶豫過，畢竟在那個年代的鄉下，還從沒有人會收養一個黑人小孩，喬治算是第一個。在收養了喬治後，養母為了獲得更多的生活補助，接連收養了9個孩子。

　　隨著年齡的增長，喬治的暴力傾向越來越明顯。14歲時，喬治曾試圖用鐵棍勒死殘疾的姐姐。16歲時，喬治試圖掐死另一個比他大10歲的姐姐。養父母覺得喬治實在難以管束，於是在喬治惹出大麻煩之前將他送走了。

　　離開養父母後不久，喬治就住進了少管所。很快，喬治再次出現暴力行為，他在公開場合襲擊了兩名女孩，喬治也因此被關進了監獄，並在獄中度過了自己的18歲生日。

　　從此之後，暴力成了喬治生活中的主旋律。1984年，21歲的喬治在法國南錫的一個停車場襲擊了一名年輕女子，他在實施完性侵後，就用刀子捅向了女子，所幸這名女子並未喪命。喬治也因此被判處了10年監禁。

　　在監獄裡，喬治的表現良好，還獲得了保外就醫的機會。這對喬治來說是難得的重獲短暫自由的機會，他利用這個機會到處尋找合適的獵物下手。在喬治看來，自己就是一名獵人，而巴黎就是一個龐大繁雜的

城市叢林中的野獸——蓋伊·喬治

叢林，年輕女子則是美味的獵物。1991年，巴黎十四區的蒙帕納斯火車站發生了一起命案，死者是一名女大學生。喬治在盯上這名女大學生後，就一直尾隨在她的身後，並找準機會實施了虐殺。喬治曾對心理醫生說，每次走出監獄回到城市裡時，他就會覺得自己是個獵人，他會不由自主地尋找年輕、美貌的弱女子下手，他的捕獵步驟十分簡單：尾隨、威脅、堵嘴、強姦、邊眼朝別處看邊亂刀割喉。

除了暴力、嗜血外，喬治還十分狡猾和警覺，這也是他長達7年未被逮捕的原因所在。喬治會仔細掩蓋行凶痕跡、小心躲避風頭，還會合理規劃出動頻率。最關鍵的是，喬治還會演戲，經常在熟人面前辱罵連環殺手，例如有一次，喬治在看到電視上播放著連環殺手的新聞時，大聲斥責連環殺手的行為令人作嘔。喬治顯然知道自己所犯下的罪行非常殘忍且讓人難以接受，但他就是忍不住要去施暴。

喬治在被捕之前，就是個社會邊緣人物，他經常因觸犯法律被逮捕，還沒有穩定的工作和固定的住所。同時，喬治還是個十分擅長與人相處的人，他能輕易地與一個陌生人相熟並獲得對方的信任。

喬治經常更換住所，他能與不同室友愉快相處，並且男女通吃。凡是和喬治相處過的女孩，都會覺得喬治是個非常有魅力的男人，有些女孩甚至主動為喬治提供食宿。

愛莎（Elsa Benady）是被喬治殺害的年輕女性之一，她在自己的車中被喬治殺死。當愛莎將車停好之後，就遇到了喬治，愛莎感到十分害怕，就鎖上了車門。在喬治的花言巧語下，愛莎消除了恐懼，並主動搖下車窗，這才讓喬治有了得手的機會。在愛莎的母親看來，喬治這種能輕易贏得他人信任的能力讓人覺得非常恐懼，畢竟愛莎並不是一個單純易騙的小女孩。在喬治被判處終身監禁後，一名法律系的女大學生對連環殺手十分有興趣，於是開始頻繁地與喬治通訊。不久之後，女大學生

就愛上了喬治，她表示喬治能使自己忘記不愉快的過去。

在出庭接受審判時，人們終於見識到了喬治的說服力，他甚至比自己的辯護律師還要有說服力。

對於自己的行為會給他人帶來傷害這一事實，喬治有著十分清晰的認知，他對心理醫生說，像自己這樣的人還是待在監獄比較好，一旦獲得自由就會忍不住製造危險。喬治甚至承認自己給被害人家屬帶來了難以癒合的傷害，他聲稱如果被害人是自己的未婚妻，他一定會親手殺死兇手來復仇。喬治認為想要讓被害人家屬原諒自己幾乎是不可能的，他甚至說，他還是不要和被害人家屬說話比較好，畢竟他殺死了他們的女兒。

城市叢林中的野獸──蓋伊・喬治

【情感上的絕緣體】

　　不少連環殺手的成長經歷都是扭曲的，他們在童年時期遭受歧視、排擠，處於弱勢地位。例如蘇聯頭號連環殺手齊卡提洛，成長於一個貧困的家庭，幼年時曾因尿床遭受母親的打罵。美國連環殺手亨利・李・盧卡斯（Henry Lee Lucas），母親是個酗酒的妓女，他從小所遭受的殘酷虐待令人難以想像。哥倫比亞的連環殺手洛佩茲（Pedro Alonso Lopez）成長於一個妓女單親家庭，曾多次遭受性侵。

　　有些連環殺手患有性功能障礙或精神疾病。例如加拿大「豬場殺手」皮克頓（Robert Pickton），他是個收入不錯的農場主，患有性功能障礙，他在1983～2002年期間，殺死了幾十名妓女。美國著名連環殺手泰德・邦迪，在1973～1978年期間，殺死了多名女性。在邦迪被捕之前，他是人們眼中的成功人士，是個頗具魅力的大眾情人。

　　在心理醫生看來，喬治不是施虐狂、受虐狂、戀物癖患者，也不仇恨女性。從情感上來看，喬治就是一個「自給自足」的絕緣體，不具備任何與外界建立情感連繫的需求和能力。與正常人不同，喬治對外界、他人的感知能力是沒有的，他在情感上是冷漠的。

　　捷克裔法國籍作家昆德拉認為，每個人生來會對他人感同身受，同情是我們重要的天性，因此我們具有分享情感的能力，能夠感受到他人的快樂、憂愁、幸福和痛苦。但喬治顯然不具備這種能力，他的這種能力早就被不可逆地永遠關閉了，因此他對被害人的痛苦可以做到漠視。

　　當一名被害人的母親聽到喬治表示很愛自己的養母時，忍不住問道：「你為什麼要這麼做？當你看到我們這些因女兒被殺害而痛苦不已的

母親時，你是怎麼想的？」喬治回答說：「這對於母親來說應該很可怕。」當喬治看到凶殺案現場的照片時，他表現得十分冷漠，沒有任何表情。

很顯然，喬治對人們的情感有一定的了解，例如他知道母親會因為女兒的被害而痛苦，但他卻無法做到感同身受。正是這份冷漠讓喬治不會被情感束縛，會一次次地作案，在面對他人的傷痛時無動於衷。

雖然每個連環殺手的出身、經歷不同，但他們卻有一個共同的特點，他們會選擇弱者下手，被害人通常處於弱勢地位，例如兒童、女性、流浪漢、妓女等。這些人更容易被制服，會讓連環殺手產生一種「我是強大的」感覺，他們十分陶醉於這種感受，並對此上癮。

城市叢林中的野獸─蓋伊·喬治

徘徊在機場的連環殺手——
約翰・馬丁・斯克里普斯

徘徊在機場的連環殺手—約翰·馬丁·斯克里普斯

1995 年 3 月 10 日,新加坡的一名碼頭工人在工作的時候發現了一些疑似人體的殘肢。在之後的 3 天內,碼頭工人又相繼發現了一些人體殘肢,其中最完整的殘肢是一雙小腿,被黑色垃圾塑膠袋包裹著。

法醫在檢查了這些人體殘肢後得出一個結論,死者是一名年輕的白人男性,擁有中等體型,而且健康狀況良好。此外,法醫還發現這些人體殘肢被切割得十分整齊,切口顯得非常俐落、專業,法醫懷疑凶手很可能是一名外科醫生、獸醫,也可能從事屠宰工作。

在新加坡,常住的人口以亞洲人居多。既然死者是一個白種人,那麼他很可能並不在新加坡居住,只是來新加坡旅遊。這樣一來,警方想要確認死者的身分就變得困難多了。後來,警方在調查失蹤旅客的時候,發現了一份尋人的傳真。

失蹤者名叫勞爾(Gerard Lowe),來自南非,在一家啤酒廠擔任機械工程師,時年 33 歲。勞爾在 3 月 8 日乘坐飛機來到新加坡,他來新加坡除了旅行外,還想購買一些電腦、相機之類的電器,因為新加坡的電器要比南非便宜很多。

本來,勞爾是打算和妻子一起到新加坡度假的。但勞爾的妻子開了一家寵物店,工作很忙,於是勞爾就獨自一人乘坐飛機來到了新加坡。按照勞爾的計畫,在新加坡遊玩 3 天後,就打算回家。但當勞爾下了飛機後不久,就與家人失去了聯絡。三四天後,勞爾的家人越來越擔心他的情況,於是就向新加坡發來了尋人傳真。

為了驗證死者是否是勞爾,新加坡的警方進行了 DNA 鑑定。鑑定結果顯示,死者正是勞爾。不久之後,警方在新加坡附近海域打撈上來一些人體軀幹和大腿等殘肢,DNA 鑑定顯示這些殘肢都屬於勞爾。只是警方一直沒有找到勞爾的頭顱和手臂。法醫在對這些殘肢進行檢查的時候,並未發現致命的傷痕,因此推斷致命傷應該在頭部。

在之後的調查中，警方發現勞爾曾與一個名叫西蒙·詹姆斯·戴維斯（Simon James Davis）的英國男子入住了濠景大酒店，他們入住的房間號是1511。據櫃檯反映，勞爾和戴維斯在飯店入住了1天之後，戴維斯就退掉了房間。戴維斯在退房的時候還說，勞爾是個同性戀，在晚上對他性騷擾，他一氣之下就趕走了勞爾。

警方本想從1511房間裡蒐集一些線索，但房間已經被飯店清潔人員清潔了許多次，而且一對度蜜月的夫婦還在該房間住了好幾天。果然，警方發現房間裡的許多線索都被清洗掉了，警方只在房間的隱蔽處發現了一些微小的噴濺狀血跡。

警方為了得到更多詹姆斯的資訊，就去英國大使館了解情況。英國大使館的工作人員告訴警方，幾天前一個名叫約翰·馬丁·斯克里普斯（John Martin Scripps）的人曾來過大使館報失護照。警方還從一些旅行公司那裡了解到，馬丁也曾報失過旅行支票。警方還了解到，在勞爾遇害後，馬丁在新加坡到處吃喝玩樂，還購買了電腦和相機，去酒吧狂歡，看音樂劇。顯然，馬丁用了勞爾隨身攜帶的現金和信用卡。

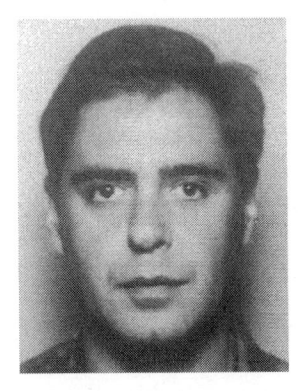

這時，警方推測凶手的真實姓名是約翰·馬丁·斯克里普斯，而戴維斯是他在入住飯店登記時使用的假名。於是，警方立刻釋出了通緝令。但馬丁此時已經離開了新加坡。為了不打草驚蛇，新加坡的警方對此案進行了消息封鎖，這樣可以讓馬丁誤認為自己所犯的命案還未曝光。

1995年3月19日，再次來到新加坡的馬丁剛下飛機就被警方在機場逮捕。警方在馬丁的隨身行李中找到了作案工具：手銬、繩索、分屍用的瑞士軍刀、電擊器、錘子和斧頭。最關鍵的是，警方還找到了死者

勞爾的各種隨身物品。剛被抓捕的馬丁情緒一度失控，甚至出現了自殺行為，不過被警方制止了。

在馬丁被捕的當天，泰國旅遊城市普吉公開了一起性質惡劣的凶殺案，兩名死者是母子的關係。一名市民在公園遛狗的時候，發現愛犬不停地在一塊空地上刨著，然後刨出了兩顆人頭，於是該市民立刻報了警。

由於泰國天氣炎熱，這兩顆人頭已經腐爛，無法辨認出模樣。最後警方透過 DNA 確定了兩人的身分──希拉和她的兒子達林 (Sheila and Darin Damude)。

希拉與達林來自加拿大不列顛哥倫比亞省，於 3 月 15 日來泰國普吉旅遊，在當天入住一家靠近海灘的四星級酒店。希拉是名退休教師，已經守寡多年，與兒子達林相依為命。

新加坡的警方在馬丁的隨身行李中搜到了達林的護照。希拉和達林遇害的時候，馬丁正好在泰國普吉，與被害人入住了同一家飯店，而且正好是對門。很顯然，殺死希拉和達林的也是馬丁。

起初，馬丁並不承認所犯罪行，但在證據面前，他只能老實交代作案經過。

1995 年 3 月 8 日，馬丁來到了新加坡。為了方便作案，他還購買了許多作案工具。之後，馬丁就開始在機場尋找獵物，這時他看到了勞爾，就上前主動和勞爾搭訕，還謊稱自己是個商人，從墨西哥來，想在新加坡做一些服裝貿易生意。後來馬丁主動提出和勞爾一起合坐計程車和合住飯店，他說這樣可以節省許多錢。勞爾一聽就同意了，他是個精打細算的人，也想節省一些旅行中不必要的開支，而且勞爾覺得馬丁和自己一樣都是說英語的白種人，這讓他覺得很親切。

在前往飯店的途中，馬丁表現得很熱情，不停地用聊天的方式套話。當馬丁得知勞爾想在新加坡購買一些便宜的電腦和相機後，立刻說

他已經來過新加坡許多次了，對這裡很熟悉，可以帶勞爾去一些價格便宜、品質好的電器商店。

當兩人來到預訂的飯店時，發現入住時間還沒有到。於是馬丁立刻提出帶著勞爾去飯店附近轉轉，他們一起吃了早餐，還在購物中心逛了逛。到快中午的時候，馬丁和勞爾才入住飯店房間。

此時的勞爾已經將馬丁看成了自己的同伴，但馬丁卻趁著勞爾不注意，用電擊器將勞爾擊昏，然後用錘子狠狠地擊打勞爾的頭部，直到勞爾死亡。之後，馬丁將屍體拖到了浴室的浴缸裡，一邊清洗血跡，一邊用瑞士軍刀肢解屍體。40分鐘後，勞爾的屍體被完全肢解，並裝進了黑色垃圾袋裡，這些黑色垃圾袋是勞爾打算購物時用的。將裝著殘肢的塑膠袋放進衣櫃後，馬丁開始翻勞爾的旅行袋，拿走了信用卡和旅行支票以及一些現金。之後馬丁開始在新加坡吃喝玩樂，直到將錢都花光。在此期間，他用旅行袋裝著勞爾的殘肢，換酒店時就隨身攜帶著。

當裝在旅行袋裡的屍體開始腐爛發臭時，馬丁就將屍體帶到飯店附近的河邊拋屍。將殘肢都扔到河裡後，馬丁還將旅行袋拿了回來，但他發現旅行袋已經被屍體熏得很臭了，於是他就買了一支止汗劑來驅散臭味，但沒什麼用。

這時，馬丁在飯店的衣櫃裡意外發現了自己丟失的護照和旅行支票，他本以為這些東西丟了，還曾到大使館和旅遊公司報失。有了護照，馬丁就打算去趟泰國，尋找新的獵物。不過在此之前，馬丁得去旅遊公司取消報失。旅遊公司的工作人員告訴馬丁，報失已經上交了，不能隨意取消，過幾天才能處理。但此時馬丁急切地想去泰國，於是他與工作人員發生了爭執。為了洩憤，馬丁在離開前故意將散發著惡臭的旅行袋扔在了旅遊公司，之後他就搭飛機離開了新加坡。

來到泰國後，馬丁像在新加坡一樣，在機場尋找獵物。1995年3月

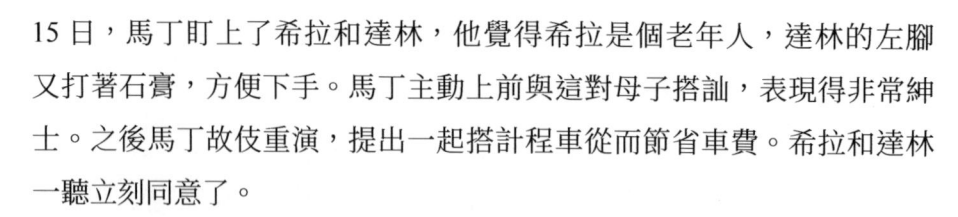

15日，馬丁盯上了希拉和達林，他覺得希拉是個老年人，達林的左腳又打著石膏，方便下手。馬丁主動上前與這對母子搭訕，表現得非常紳士。之後馬丁故伎重演，提出一起搭計程車從而節省車費。希拉和達林一聽立刻同意了。

在前往飯店的路上，馬丁與這對母子有說有笑，希拉十分喜歡他。後來馬丁與希拉、達林入住了同一家飯店，而且將房間選在他們對面。

希拉覺得和馬丁很投緣，於是就邀請馬丁共進晚餐，馬丁沒有同意，他說自己今天太累了，想好好休息一下，希望明天早上能一起吃早餐。希拉表示理解，並同意了馬丁的要求。

晚上，馬丁偷偷溜出飯店，他到旅遊區租了一輛車，還購買了許多大紙箱。馬丁準備在第二天早上和希拉一起吃早餐的時候動手將兩人殺死，然後將他們的屍體肢解並放進紙箱裡，用車子運走。

3月16日早上8點左右，馬丁來到了希拉的房間，他打算先將達林用電擊器擊昏。當他看到達林就坐在陽臺上時，立刻朝著陽臺走去，邊走邊說陽臺的海景很漂亮。馬丁一接近達林，就趁其不注意，將達林電昏了。

看到此景的希拉恐懼地尖叫起來。馬丁挾持了達林，對希拉說，他只是為了錢，不會傷害他們，並命令希拉到飯店大廳辦理退房。希拉很擔心達林的安危，就乖乖按照馬丁所說的去辦理退房。

在此期間，馬丁將達林殺死，並在門口等待希拉。希拉一進門，馬丁就將她電昏並殺死。之後，馬丁將兩具屍體拖到了浴室的浴缸裡，開始用瑞士軍刀肢解屍體。或許是有了上次的經驗，馬丁這次肢解兩具屍體只用了50分鐘。之後，馬丁去飯店大廳辦理了換房，將自己的房間換到了案發現場，他得分批拋屍，這需要足夠的時間。在之後的幾天內，馬丁將裝著殘肢的紙箱放到車上，然後在普吉島上到處拋屍。最後，馬

丁將希拉和達林的頭顱埋在了公園的一處空地上。

與之前作案的方式一樣，馬丁將兩名被害人隨身攜帶的物品和錢財據為己有，還偽造了信用卡簽名。馬丁本打算在普吉揮霍一番，但他發現普吉的娛樂場所很少，普吉只是一個旅遊業興旺的城市，商業並不發達。為了辦理旅行支票，馬丁決定返回新加坡，只是他並不知道新加坡的警方正在機場等候著他。

交代完案情後，馬丁為了脫罪開始胡編亂造，他說自己殺死勞爾純屬自衛行為，勞爾是個同性戀，在晚上企圖強暴他，他反抗期間誤殺了勞爾。後來他就在新加坡遇到了一個英國黑社會頭目，對方幫他肢解了勞爾的屍體。對於在泰國所犯的命案，馬丁狡辯說，人不是他殺的，是黑社會將人殺死後，再栽贓給他。

不過，警方、陪審團和法官根本不相信馬丁的說辭，一致認定馬丁犯有謀殺罪，應該判處死刑。1996年4月19日，馬丁被絞死。除了上述3名被害人外，警方還懷疑一起兇殺案是馬丁所為，不過由於沒有充分的證據，只好作罷。

1959年12月，馬丁出生於英格蘭一個普通家庭，有一個姐姐珍妮，他的父親是個卡車司機。馬丁出生後不久，就隨父母一起搬到了倫敦。馬丁從小與父親的關係很密切，但在他10歲時，父親去世了。

在學校裡，馬丁的成績很糟糕。他在15歲時，因閱讀障礙而退學。離開學校之後，馬丁開始犯罪，不過此時他所犯的罪行以偷竊為主。除了犯罪之外，馬丁的大部分時間都是在監獄中度過的。

20歲時，馬丁迷上了旅行，並到墨西哥遊玩。旅行期間，馬丁認識了一名女子，兩人很快相戀並結婚。婚後不久，妻子就發現馬丁是個好吃懶做的人，而且還總會做些偷盜拐騙的事情。起初，妻子希望馬丁能改正，但在多次努力失敗後，妻子對馬丁越來越失望，就與他離婚了。

或許是偷竊來錢太慢，馬丁開始販毒。終於，馬丁因販毒被捕。由於他販毒數量較大，於是被判了7年監禁。入獄後不久，馬丁企圖越獄失敗，刑期又被追加了6年。在之後的監獄生活中，馬丁變得安分守己起來。獄警對馬丁這個表現良好的犯人越來越有好感，於是就幫他安排了一份廚師的工作。後來，監獄方考慮到馬丁出獄後的生活問題，專門安排一個師傅教他屠宰技術。

馬丁沒用多長時間就掌握了屠宰技術。後來監獄方認為馬丁表現不錯，於是就將他視為低危險犯人，不再嚴格管控馬丁的行動。對於馬丁來說，這是一個千載難逢的越獄機會。

為了避免越獄後被抓回來，馬丁決定越獄成功後離開英國去新加坡。為此馬丁還特別偽造了出生證明和護照。1993年10月，馬丁成功從監獄裡逃了出來，他按照原定計畫帶著偽造的身分證明去了新加坡。馬丁利用在監獄裡所掌握的屠宰技術，開始殺人碎屍。

【重新犯罪的人格違常者】

　　從馬丁的個人經歷中可以看出，他經常因犯罪而入獄，在犯罪與入獄之間往返循環。起初，馬丁所犯罪行主要是偷竊，然後漸漸發展成詐騙、販毒，直到後來因殺人碎屍被絞死。與其他連環殺手不同，馬丁殺人純粹是為了錢財，不是為了性，也不是為了殺人所帶來的快感。馬丁每次殺人碎屍後，不僅會拿走被害人的信用卡、現金等值錢的東西，甚至連被害人的衣服、護膚品、隨身的各種物品都會據為己有，連裝過被害人發臭屍塊的旅行袋也會繼續使用。

　　為什麼有的罪犯會屢教不改，變成再犯呢？通常情況下，人格違常者重新犯罪的機率要高於普通人，他們的犯罪傾向根深蒂固，不論採用何種阻止和矯正方式，都無法避免人格違常者成為再犯。

　　人格違常者從八九歲起到青春期乃至成年期，都會出現行為紊亂和明顯的反社會行為。研究發現，與普通罪犯相比，人格違常的罪犯更容易出現越獄行為，例如馬丁就曾兩次越獄，而且能從第一次越獄失敗中總結經驗教訓。此外，人格違常的罪犯即使獲得了假釋或者刑滿釋放，他再次犯罪的可能性也要遠遠高於普通罪犯。馬丁在因販毒入獄後，監獄方安排他學習了屠宰技術，監獄方的本意是希望馬丁在出獄後以殺豬宰羊為生，但馬丁卻將自己掌握的技術用來殺人碎屍。

　　人格違常的罪犯之所以會重新犯罪，與他的動機和思維密切相關。守規矩、遵守法律，對於人格違常的罪犯來說是一件十分困難的事情。每當他處於自由狀態時，就會忍不住去觸犯法律。

　　馬丁從來不會將法律放在眼中，他屢次挑戰法律，也屢次因犯罪入

獄。每當馬丁因觸犯法律受到懲罰，他都會總結經驗教訓，以避免再被抓住。最終馬丁因殺人碎屍被絞死，如果他僥倖逃脫了這次的法律制裁，可以預見馬丁會讓自己的反偵查技巧變得更加完善，警方將更難抓住他。總之，想要改變人格違常的罪犯是一件十分困難的事情，甚至可以說幾乎不可能實現。不過也有研究者認為，有些人格違常罪犯可以透過治療得以矯正。

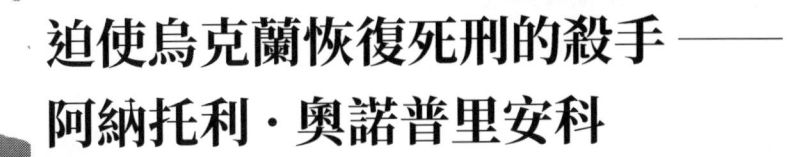

迫使烏克蘭恢復死刑的殺手——
阿納托利・奧諾普里安科

迫使烏克蘭恢復死刑的殺手——阿納托利·奧諾普里安科

1996年4月7日，警察科諾接到一個報案，報案者名叫彼得·奧諾普里安科，他說自己的堂哥阿納托利·奧諾普里安科（Anatoly Onoprienko）私藏了許多武器。不久前，阿納托利曾在彼得家借住過一段時間，彼得意外發現了表哥的武器。當阿納托利得知彼得發現了自己的祕密後十分生氣，他威脅彼得，如果彼得敢說出去，就在復活節後的星期日殺了他全家。彼得沒有妥協，在阿納托利離開後就報了警。彼得還告訴科諾，阿納托利交了一個女友名叫安娜，是個美髮師，他在安娜的邀請下搬去了日托米爾。

提到日托米爾，科諾突然聯想起了不久前發生的一起凶殺案，被害人被一把點12口徑的獵槍射殺，而彼得家發現的那堆武器中正好有一把點12口徑的獵槍，科諾懷疑阿納托利具有重大作案嫌疑。

一個小時後，科諾拿著申請到的逮捕令和20名警察一起來到了日托米爾，並按照彼得提供的住址來到了一棟公寓前。科諾先安排兩輛車在公寓後門，以堵住嫌犯阿納托利的後路，又安排了兩隊警察在3樓和4樓埋伏。最後，科諾和兩名警察來到房門前，按響了門鈴。

當天，安娜和前夫的兩個孩子一起去教堂了，家裡只有阿納托利一人，當阿納托利聽到門鈴聲後並未起疑心，他以為是安娜回來了，於是就開啟了房門。科諾等人趁著阿納托利恍神之際立刻將其制服，並讓他戴上手銬。

之後警方在搜查安娜的住所時，發現了大量被害人的財物，例如客廳的雅佳音響，就是兩週前巴斯克所發生的凶殺案的被害人家裡的，被害人家屬曾向警方反映家裡的雅佳音響不見了。警方一共在安娜的公寓裡搜出了122件和未破獲的凶殺案相關的物品。

被押回警察局後，阿納托利表示他不想說話。於是警察克留科夫就將搜查到的證物都擺在了阿納托利面前。克留科夫表示，即使阿納托利

一直保持沉默，這些物證也能證明他與一些凶殺案有關。對此，阿納托利一點反應也沒有，他笑了笑後對克留科夫說：「我只想和部長級別的人說話，但你不是。」

為了盡快讓阿納托利開口，科諾只能去請亞沃李維的首席檢察官傑斯利亞。傑斯利亞是亞沃李維最優秀的檢察官，尤其擅長與犯罪嫌疑人溝通，曾讓不少強硬的嫌疑人認罪。

晚上10點，傑斯利亞來到了審訊室，坐下來開始與阿納托利談話。阿納托利在沉默了半個小時後，對傑斯利亞談起了自己小時候的經歷。阿納托利說，他的母親在他很小的時候就去世了，之後他被送到了孤兒院，在那裡度過了自己的童年。

阿納托利在1959年7月25日出生在烏克蘭一個普通家庭裡，他有一個哥哥。母親在阿納托利4歲時就去世了。後來，阿納托利被送到祖父母那裡寄養，而哥哥則跟著父親。沒過多久，祖父母就將阿納托利送到了孤兒院，對此他的父親也並未提出異議。這段被拋棄的經歷給阿納托利留下了巨大的心理陰影，他覺得自己被親人背叛了，他一直覺得父親完全有能力養活自己。孤兒院的日子並不好過，阿納托利也因此更加憎恨父親的決定，他覺得自己本應該有一個幸福的童年。在說到自己的童年經歷時，阿納托利的情緒一直很激動。

傑斯利亞聽完阿納托利對自己童年的敘述後問了一個問題：「你恨你的父母嗎？」阿納托利猶豫了一會兒，搖了搖頭，他對傑斯利亞說：「我只會和部長級的人說話。」之後，阿納托利就閉嘴了，不論傑斯利亞說什麼問什麼，他都沒再開口。

無奈之下，科諾只能滿足阿納托利的要求，請來了內務部長羅馬尼克。羅馬尼克趕到審訊室的時候已經是凌晨3點了。在之後的審訊中，阿納托利開始交代自己所犯下的52起凶殺案。

迫使烏克蘭恢復死刑的殺手——阿納托利·奧諾普里安科

　　阿納托利在離開孤兒院後就開始工作，他在船上當起了水手，希望自己攢一筆錢，然後到蘇聯生活。但阿納托利的這個願望破滅了，他只能回到烏克蘭。從那以後，阿納托利就過上了居無定所、四處漂泊的日子。

　　1989年，阿納托利在一家健身房內遇到了一個名叫謝爾蓋（Sergei Rogozin）的男人，兩人聊得非常愉快，很快就成了朋友。後來，阿納托利將自己搶劫的事情告訴了謝爾蓋，他說自己的收入太少了，根本入不敷出，只能搶錢。謝爾蓋一聽就加入了搶劫之中，從那以後兩人就開始一起搶劫。

　　一次，阿納托利和謝爾蓋潛入了郊區的一棟房子裡，他們的主要目的是能偷點值錢的東西，最好是偷些錢。結果男主人發現了這兩名入侵者，謝爾蓋出手將男主人制服。兩人為了掩蓋罪行，就將這一家人——男主人、女主人和8個孩子砍死了。這是阿納托利第一次殺人，也是他殺戮狂歡的開始。

　　兩個月後，阿納托利和謝爾蓋在高速公路上遇到了一對正在路邊修理汽車故障的夫婦，他們上前用槍威脅這對夫婦，讓他們將值錢的東西都交出來。搶劫過後，阿納托利開槍將這對夫婦，包括他們11歲的兒子都給殺死了。這個變故讓謝爾蓋震驚不已，他最初的設想是在搶劫後就離開。

　　之後兩人開始處理屍體，他們將屍體搬到汽車上並將車開到了荒郊

野外，最後將屍體和汽車一起焚毀。這段經歷讓謝爾蓋留下了深刻的印象，他覺得阿納托利是個很危險的人，就不再與他聯絡。

在說到這起凶殺案的時候，羅馬尼克問阿納托利是否能從殺人中體驗到快感和興奮。他回答說：「當然沒有！人的屍體看起來很醜陋，而且味道很臭，開車的時候我不得不將車窗開啟散發臭味，不然我一定會被熏吐！」

1995年的平安夜，阿納托利又想殺人了，他潛入一棟房子裡，趁著這家人不備，將他們全部槍殺。被害人一共有4名：扎辛科夫婦和他們的兩個兒子（the Zaichenko family）。之後，阿納托利開始搜尋屋子裡值錢的東西，他帶走了扎辛科夫婦的結婚戒指、一個純金的十字架、耳環，還有一堆舊衣服。離開之前，阿納托利為了銷毀證據，就放了一把火將整棟房子都燒毀了。

9天後，阿納托利再次拿著槍潛入一棟房子裡，將房子裡的所有人全部槍殺，最後在房子裡放了一把火。後來，阿納托利注意到有個人看到了自己，他就追上目擊者將他槍殺了，並將他的屍體扔到火裡一起焚毀。

1996年1月6日，阿納托利拿著槍出現在高速公路旁，他換了一種新的殺人方式，他準備攔截過往的車輛，然後將車上的人全都槍殺。在高速公路上，阿納托利一共殺死了4個人，既有陸軍少尉，也有廚師和貨車司機。

11天後，又有一家人被阿納托利槍殺了，這次他殺死了5個人，包括一個年僅6歲的孩子。與以往一樣，阿納托利拿走了一些東西後開始放火燒房。這一次，一共有兩個人看到了阿納托利放火，但他們根本沒機會報警，就被阿納托利槍殺了。

1月30日，一名護士和她的兩個兒子被阿納托利槍殺。

2月19日，阿納托利拿著槍潛入杜布恰克一家（the Dubchak family），他先開槍將男主人和他的兒子殺死，然後用錘子將女主人砸死。這一切都被杜布恰克的女兒看到了，她十分害怕，就躲在房間裡，祈禱著阿納托利不要發現自己。

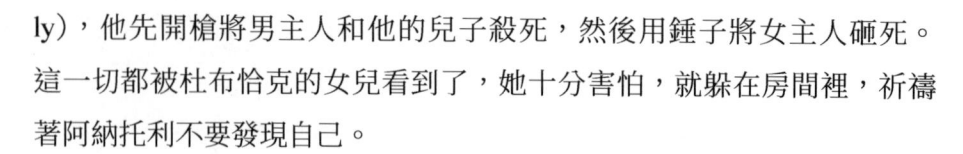

阿納托利用錘子將房門砸開，開始質問她家裡的錢都藏在哪裡。小女孩憤怒地說：「我是不會告訴妳的！」之後，她就被阿納托利用錘子砸死了。

隨著殺人次數的增加，阿納托利再也無法停手了，他喜歡上了殺人。2月27日，阿納托利來到馬林，潛入博德那丘克家（the Bodnarchuk family），將其一家4口全部殺死。阿納托利似乎很享受殺戮所帶來的快感，他槍殺了博德那丘克夫婦，然後用斧頭將博德那丘克夫婦的兩個女兒活活砍死。就在這時，門鈴聲響起來了，阿納托利開啟了門，趁著博德那丘克夫婦的鄰居查克（Tsalk）震驚之際結束了他的性命。

3月22日，阿納托利潛入諾薩德家（the Novosad family），將其一家人全部殺死，並點著了房子。這是阿納托利最後一次行凶，因為他的堂弟彼得發現了他藏匿的武器，為此他不得不停止殺戮。

後來，阿納托利認識了美髮師安娜。安娜是個離異的女人，帶著兩個孩子生活。安娜從第一眼見到阿納托利時就愛上了他，她從沒覺得這個男人危險，她只覺得阿納托利是個很安靜的男人。後來安娜開始邀請阿納托利和自己同居，他答應了，就搬過去和安娜一起居住，直到被捕。

羅馬尼克聽完阿納托利所陳述的罪行後忍不住質問道：「你是個瘋子嗎！」阿納托利說：「當然不是！如果我真的瘋了，我現在就會撲上去將你的喉嚨咬斷！我是在接到命令後才去殺人的！想知道對我下命令的是誰嗎？是神！我不能拒絕神的命令！」

1999年2月12日，阿納托利在日托米爾接受了審判。他被押送到法庭上後就被鎖進了一個鐵籠裡，與另一位連環殺手安德烈・齊卡提洛的待遇一樣。

許多人在看到阿納托利的新聞後，紛紛前來旁聽。警方為了防止人們在憤怒下做出什麼過激行為，要求凡是進入法庭的人都必須接受嚴格的檢查。

審判剛開始時，阿納托利很少開口說話。當法官問他是否想說些什麼時，阿納托利回答說：「不，沒有。」當被問到國籍時，阿納托利回答說：「沒有。」看到法官不相信，阿納托利只能說：「好吧，按照檢察官所說的，我似乎是個烏克蘭人。」

阿納托利的辯護律師認為，阿納托利之所以會成為一個瘋狂的連環殺手，與他童年所遭遇的不幸密切相關，希望法官可以因此從輕判決。旁聽群眾聽到辯護律師的這番話後都很激動，畢竟阿納托利殺死了那麼多無辜的人，那些無辜的人不應該為他不幸的童年買單。法庭內一下子變得混亂起來，法官看到審判無法繼續下去，只能宣布暫時休庭。

4月，阿納托利再次接受審判。檢察官尤里提出，阿納托利犯下了烏克蘭犯罪史上最嚴重、最瘋狂的罪行，如果只是判處他15年監禁，對於那些無辜的被害人來說十分不公平，因此只有判處阿納托利死刑，才能讓逝者得到安寧。

經過3個小時的討論後，德米特羅法官開始宣讀最終的審判結果，阿納托利被判處死刑。在此之前，烏克蘭的最高刑罰只有15年監禁，阿納托利所犯下的殘暴罪行讓烏克蘭的法官不得不判處他死刑。

聽到判決結果後，阿納托利表現得很平靜，他表示：「我搶劫過，也殺過人。我與你們不同，我只是個機器人，根本感受不到任何東西。現在死亡離我越來越近了，我已經迫不及待地想去死後的世界了。」

阿納托利雖然被判處了死刑，但一直沒被處死，他被關進了監獄裡，一直到2013年8月27日因心臟衰竭死亡，死時54歲。

迫使烏克蘭恢復死刑的殺手——阿納托利·奧諾普里安科

【低喚醒狀態與反社會行為】

阿納托利·奧諾普里安科在6年的時間內至少殺死了52個人，對於他來說，只要目標是個人就行了，至於對方的性別、年齡、宗教信仰這些東西他通通不關心。他只是透過殺人來尋求刺激，不然他就會覺得自己像個機器人，毫無感覺。

對於正常人來說，恐懼、焦慮這樣的情緒固然是負面的，卻可以讓他遵守規矩和法律。阿納托利卻感受不到恐懼和焦慮，所以他不認為搶劫、殺人是讓自己害怕的行為，也從不擔心自己會因此被逮捕。

與許多連環殺手一樣，阿納托利也體驗不到他人的情感，所以他可以肆無忌憚地殺死一家人，就連孩子也不放過。研究顯示，如果一個人缺乏同情心，或者無法體會到他人的情感，那麼他更容易變得有暴力傾向，更容易欺凌、殺死他人。

阿納托利具有典型的低喚醒表現，不然他不會說自己就像個機器人。當一個人處於低喚醒狀態的時候，他就會覺得坐立不安、精神空虛，這是一種很不愉快的狀態。例如當一個人無所事事、覺得很無聊的時候，就與這種低喚醒狀態十分類似。對於正常人來說，為了打發無聊時光，他會去尋求一點刺激，例如和朋友外出遊玩，或者玩電腦、手機、看書等。但對於阿納托利來說，這種刺激根本無法將他從低喚醒狀態中拉出來，也就是說這些正常人所尋求的刺激對他而言十分無聊，他根本毫無興趣。

如果一個人長期處於低喚醒的狀態，那麼他就很容易出現反社會傾向。阿納托利從孤兒院走向社會時，他並沒有馬上搶劫和殺人，他在船

上當起了水手。但顯然這種正常人的生活讓他覺得很無聊、毫無刺激感，於是他開始四處流浪和搶劫，他的這種生活方式對於正常人來說雖然難以理解，但阿納托利卻覺得這種生活正是自己想要的。當阿納托利被羅馬尼克質疑是個瘋子的時候，他馬上否定了，畢竟他總是很冷靜，冷靜得接近於麻木，好像對什麼都提不起興趣，只有殺人才讓他覺得刺激。

不少長期處於低喚醒狀態的人都會做出一些不法行為來使自己的喚醒狀態得到強化，也就是俗稱的「找刺激」。當阿納托利第一次殺人的時候，他就發現這樣很刺激，於是他將殺人當成了自己人生中消愁解悶的方式，因此他會用槍射殺一切可以看到的活人，然後透過焚燒房屋毀滅證據。顯然曾與他一起搶劫的謝爾蓋與他不同，謝爾蓋的喚醒水準一定高於阿納托利，不然他不會覺得阿納托利很危險。他們第一次殺人是為了掩蓋罪行，阿納托利第二次殺人在謝爾蓋看起來毫無理由，因為被害人已經將財物交了出來。謝爾蓋不理解阿納托利的殺人行為，他只是本能地覺得阿納托利很危險，於是就盡快離開了他。

當阿納托利得知自己被判處死刑後，並未像普通人那樣對死亡產生恐懼，他顯得很平靜，甚至說自己已經迫不及待地想去死後的世界了。對於一個處於低喚醒狀態的人來說，他沒有害怕的感覺，不會擔心自己受傷或喪命，看起來好像無懼死亡，但實際上只是不知恐懼為何物而已。

迫使烏克蘭恢復死刑的殺手──阿納托利·奧諾普里安科

在日記中向神明匯報犯罪──
東慎一郎

在日記中向神明匯報犯罪—東慎一郎

　　1997年5月27日清晨6點40分，日本神戶市立友丘中學的管理員在開啟校門後發現門口有一顆人頭，人頭上還放著兩張紙片，上面是凶手寫下的犯罪宣告。被害人是該學校的學生土師淳。

　　在校門的旁邊，即掛著學校名牌的水泥矮牆上有一攤直徑約為10公分的血跡。而且案發現場的種種跡象顯示，這顆頭顱至少被人挪動了3次。在管理員發現頭顱的1個小時前，曾有一名83歲的老太太在清晨散步時發現了這顆頭顱，但她並未注意。警方推測，凶手最初打算將頭顱擱置在矮牆上，希望引起路人的注意，但固定不好，所以又將頭顱轉移到了距離校門3公尺遠的牆角。凶手在做完這些後，並未馬上離開，而是躲起來察看路人的反應。當看到老太太對頭顱沒什麼反應後，就將頭顱挪到了校門口，然後悄悄躲在附近進行觀察，直到管理員發現頭顱後他才離開。

　　屍檢結果顯示，土師淳的頭顱被凶手以極其殘忍的手法進行了損害，他的頭顱在被割下後，凶手就開始在他的頭顱上反覆切割，還用利器將臉部從嘴角到耳朵割開，眼部被畫上了X形記號。下午3點左右，警方在距離神戶市立友丘中學500公尺外的山邊找到了土師淳的屍體。

　　在土師淳失蹤後的當天晚上，警方就接到了失蹤報案。土師淳的母親見到兒子很晚了還沒回家，就打電話給孩子的祖父了解情況。在得知土師淳從未去過公公家裡後，土師淳的母親開始擔心起兒子的安危了，她當時覺得土師淳可能遭遇了交通事故。在好心鄰居的幫助下，土師淳的父母找了很久都沒找到他，於是就報了警。屍檢結果顯示，土師淳在離開家後沒多久就遇害了，他胃裡的食物甚至都沒消化。

　　就在土師淳遇害的幾天前，友丘中學門前曾出現過虐殺致死的貓的屍體，附近的公園裡也有被人毆打致死的貓的屍體。在更早之前，附近的公車站前也出現過被人砍掉頭的鴿子的屍體。此外牆壁上還被噴上了「酒鬼薔薇聖斗」。

在那份犯罪宣告中，凶手自稱是「酒鬼薔薇聖斗」，還提及了自己的殺人動機，他能從殺人中獲得快樂。在犯罪宣告中，涉及了許多「死亡制裁」、「清洗」等字眼。警方懷疑凶手是個 20 歲至 40 歲的男子，身高 170 公分左右。由於該案件太過凶殘，警方在排查每個和案件有關的嫌疑人時，連小孩都沒放過。

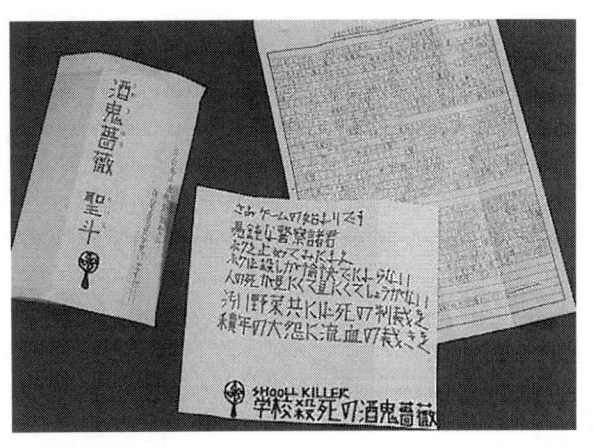

6 月 4 日，神戶新聞社收到了凶手的信件。在信中，凶手承認他殺害土師淳並切割下他的頭顱，還威脅說會製造更多的凶殺案。凶手在信中寫道：「現在，遊戲開始了，當我殺人或攻擊他人身體時，我覺得自己能從持續的憎恨中獲得自由和和平，增加他人的痛苦可以使我自己的痛苦得以減輕，我已經將自己的生命當作賭注壓在這個遊戲上，如果我被捕了，我就會被判處絞刑。」此外，凶手還對日本的教育制度表達了強烈的憤怒和憎恨，他認為是日本的強迫性教育使自己變成了如今這個樣子。

不久之後，神戶新聞社再次收到了凶手的信件，這是一封警告信，原來神戶新聞社在刊登此案時，誤將凶手的「酒鬼薔薇聖斗」寫成了「鬼薔薇」。這個失誤激怒了凶手，於是他寫信警告神戶新聞社：「從現在開始，如果你們再弄錯我的名字，或是惹怒我，我將會在一個星期內殺掉 3 個人，我不只會殺害兒童。」

在日記中向神明匯報犯罪──東慎一郎

6月28日晚上7點5分,警方抓住了凶手。凶手是一個年僅14歲的少年,由於未成年人保護法,當時該少年的真實姓名以及所有資訊並未公開,警方和媒體只對外稱少年Ａ或酒鬼薔薇聖斗,這個少年Ａ的真實姓名叫東慎一郎。

警方在案發後對學校進行了排查,在排查中懷疑上了東慎一郎,於是就向學校索要了東慎一郎的筆跡,將筆跡與犯罪宣告上的筆跡進行了比對,比對結果顯示筆跡屬於同一人。由於東慎一郎還是兩起襲擊案的犯罪嫌疑人,於是警方斷定凶手就是東慎一郎,遂以涉嫌殺害土師淳及侵害他人身體的罪名將東慎一郎逮捕。警方在東慎一郎的住所還發現了部分凶器。被捕後,東慎一郎承認他就是殺死土師淳的凶手,還交代了另外一起凶殺案和兩起襲擊案。

1997年2月10日下午4點30分左右,東慎一郎用槌子在日本神戶市的街道上襲擊了兩名小女孩,並造成一名女孩身受重傷。被害人的父親曾向學校和警方報告了此事,還提出讓女兒辨認凶手,但沒有得到回應。據被害人的回憶,當時東慎一郎身著西裝外套,手持學生用的書包。

3月16日中午12點30分左右,東慎一郎以詢問廁所位置為由將小女孩山下彩花誘騙到廁所,然後用鐵錘用力砸向山下彩花的頭部。在逃跑過程中,東慎一郎碰到了另一個小女孩,他懷疑小女孩看到了自己行凶的過程,遂用小刺刀刺傷小女孩的腹部。

山下彩花和被刺傷的小女孩之後被送往醫院接受治療,其中山下彩花在3月27日因搶救無效死亡,那個被刺傷的小女孩在醫院養了兩週後才痊癒。

1997年5月24日下午1點30分過後,東慎一郎在街上偶然遇到了土師淳,當時土師淳正準備去祖父家。東慎一郎一看到土師淳就準備殺

死他，他一直在尋找犯罪目標，而眼前的土師淳正好比他年少，是個比較容易控制的對象。

東慎一郎以「有藍色烏龜」為由將土師淳騙到了一處高臺上，然後趁其不備用鞋帶纏繞在土師淳的脖子上，並將其勒死，在離開前東慎一郎將土師淳的屍體藏在了山上的一個角落裡。

第二天，東慎一郎拿著一把刀回到了藏屍地，他從上小學起就喜歡隨身攜帶刀具之類的鋒利武器出門，他覺得自己拿著刀就好像拿著手槍一樣，他的憤怒也會因此減輕。東慎一郎將手中的這把刀取名為「龍馬刀」，之後他就用「龍馬刀」將土師淳的頭顱割下，並對著頭顱說：「殺死你的感覺真是太爽了，你一定很痛苦吧？那個時候出現在那個地方就是你的不對。」

東慎一郎懷疑頭顱中藏匿著土師淳的靈魂，於是就極其殘忍地破壞了頭顱。

後來東慎一郎將土師淳的屍體裝進了塑膠袋裡，藏在了樹根下面，最後東慎一郎將頭顱放進了事先準備好的塑膠袋裡並帶回了家。回家後，東慎一郎將頭顱從袋子裡拿出來進行清洗。他花了15分鐘，才將頭顱上的泥土、樹葉清洗乾淨，最後他將頭顱藏在了天花板裡。

第二天凌晨1點至2點，東慎一郎帶著頭顱來到神戶市立友丘中學門口，他想將頭顱立在學校大門上，失敗後只好放在地面上。在學校門口看了幾分鐘後，東慎一郎才戀戀不捨地離開了。被捕後，東慎一郎表示他很後悔沒有堅持將頭顱立在學校大門上，沒能完成自己的「作品」。

在日記中向神明匯報犯罪──東慎一郎

東慎一郎表示，他從小就與祖母、父母和兩個弟弟生活在一起，在自己最愛的祖母去世後，他就對死亡產生了難以言明的執念，並開始思考死亡。為了理解死亡，東慎一郎開始解剖青蛙，後來漸漸發展成解剖鴿子、貓等動物。到上了初中之後，東慎一郎發現解剖動物已經無法使自己得到滿足，於是他開始攻擊小學生。東慎一郎一直覺得自己的身體中有另外一個自己，那個另外的自己就是酒鬼薔薇聖斗。

警方在搜查東慎一郎的住所時發現了上千本的色情漫畫和色情影片，還有他的犯罪日記。東慎一郎每次作案後都會以寫日記的方式向所謂的神明匯報。例如東慎一郎在襲擊了一個小女孩後在日記中寫道：「為了證明人類多麼脆弱，我今天進行了一個嚇人的實驗。當小女孩轉向我的時候，我朝她揮動了手中的鐵錘，我感覺自己敲打了她好幾下，當時的我十分興奮，到底敲打了幾下我已經記不清楚了。」在1997年3月23日的日記中，東慎一郎寫道：「今天早上，我聽媽媽說起那個小女孩，她好像快要死掉了。但是警察根本沒有懷疑上我，我覺得這是神明在保護我，我要感謝神明的保護，希望神明能繼續保護我。」

東慎一郎所信仰的神明是他自創的，他除了會寫日記向神明匯報案情外，還自編了一套神聖儀式，他每天都會進行這項神聖儀式，並認為這樣才不會被捕。

1997年6月29日，東慎一郎因殺人罪和損壞遺體的罪名被移送至神戶地方檢察廳。8月4日，東慎一郎在接受精神鑑定後接受第一次審判。

8月20日，執意不肯當面道歉的東慎一郎的父母透過律師向被害人家屬送去了道歉信。但這些道歉信毫無誠意，所有被害人家屬所收到的道歉信的內容都一樣，唯一的區別是換了不同的人名。

9月30日，東慎一郎的精神鑑定報告出來了，他被診斷為反社會人格障礙。10月13日，東慎一郎被移送到關東少年感化院接受治療，這

家感化院專門接收 12 歲至 26 歲患有精神障礙的少年犯。11 月 27 日，東慎一郎被送到東北中等少年院接受治療。在這個過程中，東慎一郎的個人資訊一直被保密。

1999 年，東慎一郎的父母出版了一本書——《生下少年 A：父母的悔恨手札》。這本書由文藝春秋出版社出版，一經出版立刻成了暢銷書。在這本書裡，東慎一郎的父母表達了漫漫的悔恨之情。後來東慎一郎的父親還接受了採訪，在採訪中，記者問他東慎一郎是否還記得被害人的姓名，東慎一郎的父親選擇了沉默，東慎一郎到底是否真的悔恨了，或許只有他自己才知道。在這本書出版後，東慎一郎的父母就離了婚，他的家人們都紛紛離開了當地，到外地定居生活。

2004 年 3 月 10 日，東慎一郎獲得了假釋，醫院認為他在接受治療後已經可以回歸社會了。此時的東慎一郎已經成年，如果他願意隱姓埋名重新做人，完全可以做到，沒有人知道他就是曾經犯下殘忍罪行的少年 A。

2012 年冬，日本出版社幻冬舍找到了東慎一郎，希望東慎一郎能出版一本自傳，東慎一郎答應下來。

2013 年，東慎一郎將寫好的自傳交給了幻冬舍，卻遭到了退稿，因為他在書中對被害人毫無歉意。為此幻冬舍提出了三個要求：第一，東慎一郎必須告訴被害人家屬自己要出版這本自傳；第二，在署名處寫上東慎一郎的真實姓名；第三，東慎一郎必須得誠懇道歉。

2014 年，東慎一郎結束了與幻冬舍的合作，轉而和日本太田出版社合作，或許東慎一郎對幻冬舍提出的三個要求不滿。

2015 年 6 月 28 日，東慎一郎的自傳——《絕歌：神戶連續兒童傷害事件》出版了。他以少年 A 的身分在書中講述了當年所發生的酒鬼薔薇聖斗事件。這本書幾乎就是東慎一郎當初的原稿，出版社的編輯基本上沒有對該書進行刪減和改編，甚至連當初幻冬舍刪除的內容也都出版了。

在日記中向神明匯報犯罪——東慎一郎

　　一週後，東慎一郎的律師和被害人家屬見了面。律師表示，東慎一郎已經將當年的酒鬼薔薇聖斗事件寫書出版了。不過被害人家屬並未等來東慎一郎的親自道歉，只有短短數行的道歉信和《絕歌》這本書。

　　東慎一郎此舉激怒了被害人家屬，家屬們紛紛表示抗議，其中一位父親甚至公開指責太田出版社，希望太田出版社能全面收回此書。但這本書不僅沒有被收回，還銷售得不錯，甚至還加印了第二版和第三版。土師淳的父親表示，沒有任何父母願意去讀自己孩子被殺害的描寫，他表示自己永遠不會去讀這本書，因為那樣會讓他感覺土師淳被殺害了第二次。

　　這本書使東慎一郎受到了廣泛的關注，《週刊文春》的記者在進行了一番調查後終於找到了東慎一郎在神奈川的住所，不過在記者找上東慎一郎之前，他就搬家了，搬到了東京居住。據東慎一郎的鄰居們反映，從未見過東慎一郎出門，他基本上都宅在家裡。

　　東慎一郎在剛被關起來時一直和父母保持著聯絡，當他得知父母將他們聯絡的內容曝光給記者後，他就不再信任父母並與父母切斷了聯絡。

　　2016年1月26日，《週刊文春》的兩名記者在東慎一郎所居住的東京某公寓的停車場看到了東慎一郎。當東慎一郎看到有記者在跟蹤自己後，顯然很震驚。當記者提出要採訪他時，東慎一郎剛開始不斷否認自己的身分。最後為了趕走記者，東慎一郎警告道：「你們既然沒有證據，就不能這樣說了。你們的行為已經對我造成了困擾，我可以去告你們對我造成的人權侵害和名譽損毀。」

　　兩名記者只能放棄，在臨走前給了東慎一郎名片和採訪信。這時，東慎一郎突然暴怒起來，他抓住一名記者的手臂然後說道：「我都已經和你們說不是了，你是想死嗎！你的臉和名字我已經記住了！」東慎一郎

突然從唯唯諾諾變得暴怒，這嚇壞了兩名記者，他們就趕緊逃走了，而東慎一郎一直在後面追趕他們，直到兩名記者上了車。

不久之後，《週刊文春》收到了東慎一郎的來信。在信中，東慎一郎表示他即將開設自己的官方網站。在網站中，東慎一郎首先宣傳了自己的自傳，他覺得自傳的銷量不夠理想，他想達到銷售百萬本的目標。此外，東慎一郎還寫下了自己出版自傳的歷程以及對幻冬舍負責人的辱罵、對各種輿論爭議的辯解。

在《絕歌》這本書出版以後，為東慎一郎進行心理治療的副主治醫師和他斷絕了聯絡。在感化院服刑、接受治療的 7 年裡，東慎一郎與副主治醫師之間的關係很親密，她對待東慎一郎就像母親對待自己的孩子一樣。這名醫生也致力於讓東慎一郎重新從一個嬰兒成長起來，並鼓勵東慎一郎戰勝自殺的念頭。在東慎一郎看來，這個醫生就是一個理想的母親，在她的幫助下，他開始產生了回歸社會、做一個正常人的念頭。

當副主治醫師得知東慎一郎準備出版自傳時，十分憤怒，她極力反對東慎一郎這麼做。當時東慎一郎還曾動搖過，想要放棄出版自傳，最後他還是決定出版自傳，這無疑激怒了副主治醫師，他也因此失去了這位理想的母親。

在日記中向神明匯報犯罪—東慎一郎

【早年起就表現出異常】

酒鬼薔薇聖斗事件出現後，日本的教育系統和制度遭到了人們的質疑。在日本，兒童在 6 歲以前都要接受一項十分嚴苛的考試。考試的結果決定著一個兒童是否能夠進入良好的私立小學，或者是被送入條件很差的公立學校。這項考試相當程度上會影響一個兒童的人生和未來。

東慎一郎在寫給媒體的信件中，將所有的責任都推到教育制度上，他認為是教育制度將自己變成了一個殺人惡魔。從東慎一郎的犯罪行為中可以看出，有缺陷的教育制度無法解釋他的犯罪原因。在日本，千千萬萬的兒童都在相同的教育制度下成長，也有許多兒童被送到公立學校接受教育，他們卻並未像東慎一郎一樣去殺人，甚至做出切割頭顱這樣的殘忍行徑。

東慎一郎在被捕後被確診為反社會型人格障礙症。而反社會人格者的一個典型特徵就是早年會出現異常行為。反社會人格者從小就會出現許多行為問題，會給周圍的人帶來困惑。也就是說，反社會人格者從小就壞，他不是在外界的影響下變壞的，而是本質上就壞。在東慎一郎上小學的時候，社工就發現他的精神狀態異於其他兒童，還將這種情況告訴了他的母親。當時東慎一郎的母親並未在意，她希望自己的長子能在學校有突出表現。之後東慎一郎開始出現虐待和殺害小動物的行為，並以此為樂。在進入國中之後，東慎一郎開始不滿足於虐殺小動物，他開始攻擊小女孩。

反社會人格者即使生長於一個正常的家庭，他也會出現行為異常。反社會人格者的父母和正常人一樣，家裡的其他子女也都很正常，並未

出現異常行為或劣跡，但反社會人格者就是格格不入的存在，他在行為和個性上與家中的其他兄弟姐妹有很明顯的差別，更加不安分、大膽且具有破壞性。東慎一郎從小就喜歡搞破壞，會將弟弟們組好的塑膠模型弄壞。東慎一郎的父親是個老老實實工作養家的男人，他的母親也只是一個普通的家庭主婦。東慎一郎還有兩個弟弟，在東慎一郎獲得假釋的時候，其中一個已經大學畢業，另一個正在讀高中。與東慎一郎不同，他的弟弟們都很優秀，不僅很擅長體育，成績也不錯。

在日記中向神明匯報犯罪──東慎一郎

無名小鎮變身旅遊熱門——
約翰・邦亭

無名小鎮變身旅遊熱門—約翰·邦亭

1998年11月，澳洲阿得雷德的警方接到一通男子的報案電話，他說自己的姐姐伊莉莎白·海頓 (Elizabeth Haydon) 失蹤了。在過去的三四年時間內，南澳已經發生了5起失蹤案，當地警方還專門成立重案組調查這些失蹤案。重案組認為，失蹤者極有可能已經被謀殺，他們帳戶上的財產在失蹤後全部被轉移了。重案組開始懷疑這是一起連環謀殺案，凶手至少有3人，但是警方並未發現失蹤者的屍體，甚至一具屍體也沒發現。當他們接到這起失蹤案後，斷定海頓太太已經被殺害。

海頓太太的私生活混亂，她已經結婚，有兩個孩子，但在她失蹤後，她丈夫馬克 (Mark Haydon) 並沒有報警，似乎是覺得妻子和野男人私奔了。但海頓太太的弟弟覺得姐姐一定不會拋下兩個孩子不管，於是就報了警。

一名目擊證人告訴警方，曾在阿得雷德北部郊區的一棟房子外看見了海頓太太的豐田汽車。警方從另一名目擊證人那裡了解到，一名男子曾將可疑的裝滿東西的塑膠編織袋往車裡放，車子被塞得滿滿的，以至於男子不得不擠壓編織袋，才將所有的編織袋都放進了汽車裡。

警方從海頓太太的妹妹那裡了解到，約翰·邦亭 (John Justin Bunting) 曾對她說姐姐再也不會回來了，她和一個男人走了。海頓太太的妹妹曾與邦亭交往過一段時間，巧合的是她的兒子弗雷德里克 (Frederick "Fred" Robert Brooks) 在1998年9月失蹤，當時她報了警，後來又取消了，因為海頓太太告訴她，弗雷德里克打來了電話，說要到別的地方去。從那以後，海頓太太的丈夫馬克一直在冒領屬於弗雷德里克的福利金，因為弗雷德里克智力上有缺陷，所以他可以從政府那裡領取福利金。隨後，警方就對邦亭進行了暗訪，並發現他與兩名男子在雪鎮的一棟房子裡活動。

1999年5月20日，距離海頓太太失蹤已經過去了半年，警方在雪

鎮的一棟房子的車道上發現了一輛豐田車，根據足跡可以斷定，嫌疑人4天前曾在這裡居住過。後來警方才發現這棟房子是一家廢棄銀行。

　　警方在申請到搜查令後，帶著錄影機來到了這棟房子前，並告訴房子的主人，他的房子和車庫要接受搜查。警方一進門就看到了銀行櫃檯邊有一個塑膠垃圾袋，開啟後發現了一個記事本，上面寫著要購買空氣清新劑、垃圾袋和橡膠手套等物品。隨後，警方發現保險庫的門緊緊鎖著。

　　下午兩點半左右，警方開啟了保險庫，並藉著攝影機微弱的閃光燈走進了漆黑一片的保險庫。起初警方只發現了錢包、膠帶、鑰匙、手寫紙等常見物品，後來警方發現了各種刀具、鐵鋸、雙管霰彈槍、繩索、錄音帶、衣服、塑膠手套等物品，有些工具上面布滿血跡，讓警方不得不懷疑這是凶手用來殺人的工具。此外警方還發現了一些電擊的工具，後來警方才知道這是凶手用來對被害人的敏感部位進行電擊而專門準備的。

　　接下來，警方發現了6個黑色大塑膠桶，當開啟後，他們看到了一幕非常恐怖的場景，在場的所有警察都被眼前的景象嚇得目瞪口呆，桶裡面浸泡著被肢解後的人體碎塊，還有十幾條人腿。桶裡面的液體應該是凶手用來溶解屍塊的。後經鑑定，這些屍體碎塊最少來自8名被害人。

　　很快，警方就將約翰·邦亭抓捕了，他還有3名同夥，分別是羅伯特·華格納（Robert Joe Wagner）、詹姆斯·弗拉薩西斯（James Vlassakis）、馬克·海頓。不過大部分的謀殺案都是邦亭、羅伯特、詹姆斯所為，馬克只是後來加入的，他主要協助3人毀屍滅跡。這4個人中，邦亭是主謀。

　　按照邦亭的說法，他們只針對同性戀或者他們認為的同性戀下手，因為他們痛恨同性戀。但羅伯特卻是個雙性戀，男女通吃，曾與一名被害人巴里（Barry Lane）住在一起。

邦亭第一次殺人是在 1992 年 8 月，被害人是年僅 22 歲的柯林頓 (Clinton Douglas Trezise)。邦亭從一些人口中聽說過柯林頓的事情，覺得他是個戀童癖，於是就將柯林頓騙到自己家中做客，趁著柯林頓在客廳看電視的時候，用鐵鏟從背後狠狠地擊打柯林頓的頭部，柯林頓當場死亡。其實柯林頓是個身世悲慘的年輕人，從小被人收養，好不容易長大成人，卻在剛剛獨立生活不久就被邦亭殺死。1994 年，柯林頓的屍體被發現，他的屍體被埋在一個很淺的墳墓裡。

1997 年，詹姆斯從邦亭口中得知了柯林頓被謀殺的真相。當時，詹姆斯和母親、邦亭一起觀看一個電視節目，節目裡談到了柯林頓遇害案，邦亭就忍不住向兩人吹噓起來，說這是他的「傑作」，他殺死柯林頓後，就讓羅伯特、巴里（第四名被害人）幫忙一起處理了屍體。

邦亭的第二次謀殺發生在 1995 年 12 月，被害人雷‧戴維斯 (Ray Allan Peter Davies) 是一名智能障礙者。戴維斯就在一輛大篷車裡生活，一天一個女人來到了大篷車前，她是戴維斯的前女友蘇珊妮 (Suzanne Allen)，蘇珊妮大聲斥罵戴維斯，說他騷擾自己的孫女，雖然戴維斯極力否認，這件事情還是被人們宣傳了出去，於是他成了邦亭的第二個目標人物。

邦亭在羅伯特的幫助下綁架了戴維斯，把他塞進後車廂帶到一棟房子裡。邦亭與羅伯特兩人強制將戴維斯摁在浴缸裡，然後坐在浴缸旁邊，用一根鐵棍不斷朝著戴維斯的腹股溝處擊打，最後戴維斯被兩人折磨致死，他們將戴維斯的屍體埋在了房子的後院裡。邦亭等人被捕後，警方在邦亭租過的房子後院挖出了戴維斯的屍體殘骸。

戴維斯的失蹤並未引起周圍人的注意，許多人都以為戴維斯搬走了，而邦亭卻一直以戴維斯的名義冒領政府發放的福利救濟金。

警方還在邦亭租住的房子後院挖出了戴維斯戀人蘇珊妮的屍體，她

的屍體被肢解後裝在 11 個不同的塑膠袋中。對於蘇珊妮的死，邦亭等人堅稱蘇珊妮不是他們殺死的，是因為心臟病突發而死亡，當他們發現蘇珊妮死亡後，就埋藏了她的屍體，並冒領了蘇珊妮 17,000 澳元的養老金。最終控方撤銷了關於謀殺蘇珊妮的指控，因為控方手中缺乏證據。

邦亭殺死的第三名被害人名叫麥可（Michael Gardiner），麥可不僅是個同性戀者，還公開了自己的性取向。邦亭得知後，對麥可這個同性戀十分不滿，於是就夥同羅伯特殺死麥可，後來邦亭想利用麥可的個人資料冒領福利金，不過沒有成功。邦亭和羅伯特將麥可的屍體與第四名被害人巴里的屍體塞進了一個黑色大塑膠桶裡，由於桶蓋蓋不上，他們只好將麥可的一條腿切割下來。

第四名被害人巴里是雙性戀羅伯特的同性戀人，他在羅伯特 13 歲的時候就開始了同性關係。巴里不僅是個公開的同性戀者，還喜歡男扮女裝。巴里透過羅伯特認識了邦亭，甚至還幫助邦亭一起處理了第一名被害人柯林頓的屍體。巴里從來沒想過，邦亭會對他起殺心。在邦亭心裡，巴里就是一個骯髒的戀童癖，再加上他聽人說巴里的嘴巴不牢，他擔心巴里會將自己殺死柯林頓的消息散播出去。

1997 年 10 月的一天，巴里的母親接到了兒子的電話，電話中巴里的表現與平常大不相同，他不僅對母親破口大罵，還說會搬到昆士蘭州，再也不與母親見面。從那以後，巴里的母親就再也沒有見過兒子。巴里失蹤後，他的母親去警察局報案的時候，提到了這通不同尋常的電話，她說除了兒子的聲音外，她還聽到了嘶啞的「咯咯」笑聲。

這個電話是邦亭與羅伯特強迫巴里打給母親的，他們這麼做，是不想有人對巴里的失蹤感到懷疑。那天，他們兩人綁架了巴里後，就不停地用鉗子折磨巴里，最後殺死了巴里，將巴里的屍體與麥可一併塞入黑色大塑膠桶內，他們還將巴里的車據為己有，並冒領巴里的福利金。

根據邦亭的交代，他並不想和巴里交朋友，只是覺得能從巴里那裡得到當地戀童癖們的消息，這樣可以方便尋找殺害對象。

第五名被害人是巴里的朋友，名叫湯瑪斯（Thomas Eugenio Trevilyan），是一名精神病患者，在 1997 年曾與巴里租住在同一棟房子裡 5 個月。湯瑪斯總是穿著一身軍裝，有時候會長時間外出徒步，只要他聽到門外發出不尋常的聲響，就會拿起刀子衝到外面。

據說，湯瑪斯之所以會成為邦亭的下一個獵物，是因他曾協助邦亭和羅伯特一起殺死了巴里，並將此事告訴了他人。邦亭為了避免湯瑪斯繼續洩密，就決定殺人滅口。

1997 年 11 月 5 日，警方在阿得雷德山上發現了湯瑪斯的屍體，由於湯瑪斯的屍體吊在那裡，警方便認為他是自殺身亡的。但實際上，邦亭和羅伯特將湯瑪斯帶到阿得雷德山上後，就強迫他站在一個盒子上，用一根絞索套在湯瑪斯的脖子上，然後踢掉了下面的盒子，湯瑪斯就這樣被吊死了。

第六名被害人是 31 歲的嘉文（Gavin Allan Porter），經常吸毒。嘉文與從犯詹姆斯在維州認識，1998 年他搬到南澳與詹姆斯居住在一起。邦亭在與嘉文的短暫相處中，發現嘉文就是一個只會吸毒的廢物，他認為嘉文這樣的人活著簡直就是一種資源浪費。一天，一次意外的發生，讓邦亭對嘉文起了殺心。他坐在沙發上時被一個尖銳的東西刺痛了，當他仔細察看的時候，發現那是一個被用過的針筒，邦亭十分惱火，他知道這是嘉文這個癮君子不小心落下的。

趁著嘉文在汽車上睡覺的時候，邦亭和羅伯特拿著一根繩子悄悄開啟車門從後面進入，他們將繩子套在嘉文的脖子上，將他勒死了。

嘉文沒了氣息後，邦亭和羅伯特就將嘉文的屍體抬到後院，等著詹姆斯回來展示。詹姆斯一回來就被邦亭帶到後院看嘉文的屍體，他注意

到嘉文的屍體旁邊有一個黑色的大塑膠桶，上面蓋著蓋子。邦亭將蓋子開啟後，命令詹姆斯往裡面看，結果詹姆斯看到了一大堆人的屍體碎塊，詹姆斯立刻忍不住嘔吐起來，邦亭不以為然，還為詹姆斯介紹，指著桶裡的屍塊說這是巴里的屁股，那是麥可的大腿。後來，在詹姆斯的幫助下，嘉文的屍體被塞進了大塑膠桶裡，他還幫著邦亭和羅伯特隱瞞並捏造嘉文的下落。

第七名被害人名叫特洛伊（Troy Youde），與詹姆斯有血緣關係。詹姆斯曾告訴邦亭，自己年輕的時候曾被特洛伊性騷擾過。後來，邦亭就以此慫恿詹姆斯報仇。

1998年8月的一天晚上，邦亭、羅伯特和詹姆斯潛入特洛伊的房間，將熟睡中的特洛伊叫醒，然後開始毆打特洛伊，並給他戴上手銬，將特洛伊拖到浴室的浴缸裡，開始不停地用鉗子折磨、虐待特洛伊。後來，他們強迫特洛伊錄下了一段話，讓特洛伊說自己曾對詹姆斯進行過性虐待，還說自己將要到珀斯去。然後，他們用一根藍色的繩子勒死了特洛伊，並將特洛伊的屍體裹上垃圾袋存放在棚內。後來，特洛伊的屍體被肢解並放進大黑塑膠桶，並被運送到雪鎮。

第八名被害人弗雷德里克是馬克妻子伊莉莎白·海頓的妹妹的孩子，之前他一直與母親在昆士蘭居住，但搬到阿得雷德沒多久就被殺害了。因為邦亭認為弗雷德里克是個骯髒的人，肯定也是一名戀童癖，實際上弗雷德里克只是智力上有缺陷。

1998年9月17日，弗雷德里克被邦亭等人綁架並殺害，生前弗雷德里克被半裸著扔在浴缸裡，他的雙手被銬住，之後他遭受了非人的虐待和折磨。等弗雷德里克被虐待致死後，邦亭等人將他的屍體裹上塑膠並裝進了汽車後車廂內。邦亭在接受審判的時候，提到了弗雷德里克，認為他是好樣的，能忍受痛苦，被折磨的時候沒有尖叫。

邦亭等人還強迫弗雷德里克錄下了各種辱罵的句子，要他稱邦亭和羅伯特為上帝或主人，並強迫他承認曾對年輕女孩進行過性虐待。最後，弗雷德里克被迫交出了自己的銀行帳號密碼和其他的財務資料。

第九名被害人是29歲的加里（Gary O'Dwyer），是一名智能障礙者，他早年遭遇過一場車禍，從那以後智力就大不如從前了。邦亭發現加里一個人居住，於是就開始向詹姆斯打聽加里的情況，看看南澳是否還居住著加里的家人。邦亭認為，加里是個很容易得手的目標，如果他在南澳沒有家人，那麼他失蹤後也就不會有人報警。邦亭在得知加里獨自一人在南澳居住後，就命令詹姆斯將加里騙到他們的住所。

等詹姆斯將加里帶來後，邦亭等人裝作十分好客的主人，讓加里喝了許多酒，趁著加里不注意，邦亭從後面抓住他的手，給他戴上了手銬。根據警方在雪鎮發現的加里屍體上的燒傷痕跡，他生前遭受了各式各樣的折磨，尤其是電擊所帶來的疼痛，因為這些燒傷的痕跡都是透過使用工具進行電擊而造成的。

第十名被害人伊莉莎白‧海頓是第八名被害人弗雷德里克的阿姨。邦亭覺得海頓太太就是個行為不檢點的婊子和下等人，所以與羅伯特一起殺死了她。案發當天，海頓太太被邦亭與羅伯特拖進浴室，她實在忍受不了折磨，乞求他們饒過她，她說如果他們只是想要性，只要開口她就會答應，不必這麼折磨她。邦亭等人實在不願意聽到海頓太太求饒，就在她的嘴巴上黏上膠帶，最後海頓太太被繩子勒死了。

海頓太太的失蹤讓警方查到了邦亭和羅伯特的身上，當邦亭意識到自己被警方盯上後，就與羅伯特一起悄悄將所有裝著屍體的黑色大膠桶轉移到了雪鎮的廢棄銀行裡。直到警方追查到雪鎮，邦亭等人的罪行才被發現。但此時的邦亭並未因警方的追捕而放棄殺戮。

第十一名被害人名叫大衛（David Johnson），與詹姆斯是繼兄弟。大

衛是個十分講究穿著時尚的年輕人，這讓邦亭非常看不慣，於是他就成了邦亭的目標。

大衛在聽到詹姆斯說有人出售一臺便宜的二手電腦後，就在深夜跟詹姆斯來到了雪鎮的那個廢棄銀行。當大衛一走進廢棄銀行，他就被羅伯特抓住並勒住脖子，然後雙手被銬住。接下來，大衛被迫交出自己的銀行帳號和密碼。

之後詹姆斯和羅伯特開車外出，準備從大衛的銀行帳號裡取錢，失敗後他們只能返回雪鎮。這時，大衛已經死了，是邦亭用皮帶勒死了他。當羅伯特得知大衛已死的消息後有點生氣，他也想參與殺死大衛的過程。這下，羅伯特就只能與邦亭一起肢解大衛的屍體。

這起連環謀殺案一經公開，立刻在澳洲引起了巨大轟動。邦亭等人不僅在殺人數量上令人震驚，他們以折磨被害人為樂的殘忍作案方式也令人難以接受。在邦亭等人接受審判的時候，陪審團連續有3名成員因忍受不了證據所帶來的恐懼、壓抑而主動退出陪審團。大部分被害人在死前都遭受了慘無人道的虐待，有些被害人留下了錄音，陪審團在聽被害人死前的喊叫聲時產生了強烈的不適感，有些陪審團成員不得不去看心理醫生。

最終邦亭因11項謀殺罪被判處終身監禁，不得保釋；羅伯特因10項謀殺罪被判處終身監禁，不得保釋；詹姆斯因4項謀殺罪被判處26年監禁，在他的協助下警方找到了大量的證據；馬克因3項謀殺罪被判處25年監禁，18年內不得申請保釋。

邦亭為什麼如此痛恨同性戀和戀童癖，並專找這類人下手呢？這或許與他8歲時的一段經歷有關。他8歲時曾被朋友的哥哥毆打和性侵，從那以後邦亭就開始痛恨同性戀和戀童癖。成年之後，邦亭對同性戀和戀童癖的厭惡與日俱增。

無名小鎮變身旅遊熱門—約翰·邦亭

邦亭很早就表現出了反社會傾向。青少年時期，邦亭迷戀上了武器，對武器產生了強烈的興趣。22歲時，邦亭在一家屠宰場工作，他很喜歡這份工作，尤其是宰殺動物的感覺讓他覺得是一種享受。

1991年，邦亭在南澳阿得雷德北部地區租了一棟房子。邦亭所居住社區的房價低廉，聚集了大量社會底層人士，正是在這裡邦亭認識了羅伯特和詹姆斯。

不久之後，邦亭就開始收集同性戀和戀童癖的姓名和資料，並全部記載在牆壁上，他認為這些人都應該被處死。有時，邦亭會匿名打電話給這些人，在電話裡叫囂：「你終有一天會受到懲罰。」後來，邦亭將這種恐怖的想法變成了現實。

雪鎮在當地只是一個十分普通的小鎮，自從邦亭等人所犯下的罪行被公之於世後，雪鎮一下子從無名小鎮變身為旅遊熱門，大批對連環殺手感興趣的人紛紛來到雪鎮的廢棄銀行旅遊。有些人只是在廢棄銀行前合照留念，有些人則一直逗留在銀行門外，似乎想要了解邦亭等人的心理世界。

【上帝情結】

在這起連環謀殺案中,邦亭顯然是主要的罪犯,他負責尋找合適的目標,並策劃整個謀殺行動。邦亭所找的目標大都是同性戀和戀童癖,這與他幼年時遭受的性侵與毆打密切相關,但這並不是他的主要作案動機,他只是非常享受殺人和對被害人進行長時間的折磨,例如他在談到第七名被害人特洛伊時,表示自己很享受折磨特洛伊的過程,他可以將特洛伊折磨一整天。在折磨特洛伊的時候,邦亭還目不轉睛地盯著特洛伊的眼睛,他在享受特洛伊的恐懼和痛苦。邦亭尤其喜歡在殺死被害人的時候,盯著對方的眼睛,直到對方死去。

有些連環殺手有一種上帝情結,特別享受支配被害人的感覺,他們會慢慢地享受殺戮的過程,這讓他們覺得自己有能力決定被害人的一切,包括生死。一名連環殺手在接受採訪的時候表示:「有什麼權力比得上掌握生殺大權?」被邦亭等人殺死的被害人會被強迫稱他們為「上帝」、「大師」和「主人」。

第十名被害人伊莉莎白・海頓曾向邦亭等人求饒,並表示自己可以為他們提供性服務。但海頓太太不知道,對邦亭等人來說,折磨她和殺死她所帶來的興奮感要遠遠高於性快感。他們這麼做並非是為了性,只是覺得自己有能力控制無助的被害人,並透過給被害人施加痛苦或死亡威脅來使被害人變成他們想要的樣子,例如求饒、稱他們為「上帝」或者交出銀行帳號和密碼,這讓他們覺得滿足,好像自己完全掌控了被害人。在法庭上,詹姆斯提到,當邦亭與羅伯特殺死巴里後表現得很興奮,就像年幼的孩子得到他們心愛的玩具一樣。

邦亭特別擅長替自己找殺人的理由，例如第六名被害人嘉文是個癮君子，他覺得嘉文活著就是一種資源浪費，像他這樣的廢物根本不應該繼續活在世上。有些連環殺手會覺得自己的殺人行為具有正當性，自己好像在進行某種正義之戰，在消滅社會上的一些廢物，例如邦亭認為同性戀和戀童癖都該死，有些連環殺手則致力於消滅世界上的妓女。這種連環殺手更容易虐待被害人，他們喜歡看到別人受苦，所以在殺死被害人之前都會折磨對方。

　　此種類型的連環殺手通常都十分重視過程，結果遠遠沒有過程重要，因此他們會折磨被害人，這樣才能讓殺人的過程得以延長。他們在殺死被害人的時候特別喜歡用手來操作，而不是藉助刀、槍之類的武器，他們會用雙手緊緊地扼住被害人的脖子，感受著被害人的生命在自己的雙手下一點點流逝。

　　邦亭等人顯然具有十分嚴重的反社會傾向，但他們精神上卻沒有疾病。也就是說他們的精神狀態並未脫離現實世界，他們對社會規範和準則十分了解，深知自己所犯下的罪行已經嚴重觸犯了法律，例如邦亭和羅伯特在得知警方已經開始調查他們後，就匆匆將一些被害人的屍體搬到雪鎮藏匿起來。

　　邦亭等人雖然知道自己的行為觸犯了法律，但並未收手，在他們看來法律完全不用理會，他們只生活在自己的規範和準則之中。邦亭就將自己視作法律，他對被害人執行了「死刑」。

7歲時就幻想著殺人──
凱瑞・史泰納

7歲時就幻想著殺人─凱瑞·史泰納

1999年2月16日，舊金山機場，詹姆斯·松德在等待妻子卡蘿兒（Carole Evon Sund）和15歲的女兒茱莉（Juliana "Juli" Sund）、女兒的朋友16歲的西爾維娜·佩洛索（Silvina Pelosso），她們去約塞米特蒂國家公園旅遊，與詹姆斯相約在舊金山機場碰面，然後一起到亞利桑那州去。詹姆斯要去那裡參加一個會議，妻子女兒則趁此機會去遊覽大峽谷。

詹姆斯在機場等了一整天，都沒有等到妻子，他以為妻子有事耽擱了，於是就在機場的旅店住了一晚，決定再等妻子一天。到了第二天，卡蘿兒還是沒有出現，詹姆斯感覺妻子可能出事了，就立刻報了警。

警方接到報案後，立刻與約塞米特蒂公園的保全取得聯絡，然後在風景區內展開了搜查。警方以為3名女子只是在叢林裡迷路了，但幾天後警方開始懷疑3名女子很可能已經遭遇了不幸。

飯店的工作人員告訴警方，在3名女子入住後的第二天她們就不見了。酒店工作人員在例行打掃房間的時候並未發現什麼可疑的痕跡，3名女子的東西都不在了，房間的鑰匙就放在一進門的桌子上，看起來就像要退房。

警察走訪了附近的住戶和商舖店主，他們都沒有見過失蹤者。在警方看來，這已經不再是一起簡單的人口失蹤案，已經成為一起刑事案件。

搜查工作進行了整整四周，除了警察和失蹤者家屬外，就連志工組成的搜救隊也加入了搜查隊伍中。但是搜查隊找遍了整個公園也沒發現失蹤的3名女子，就連卡蘿兒租的那輛紅色的龐帝克轎車也沒有找到。

幾天後，有人找到了卡蘿兒的錢包，裡面的錢和身分證件都還在。之後，警方搜查了發現錢包地點附近30公里範圍內的區域，但還是沒有找到失蹤者。警方基本確認3名女子已經遇害，至於是一場意外還是一起謀殺，還需要進一步的調查。

失蹤者的家屬開始向公眾求助，詹姆斯提供了 25 萬美元的賞金，希望人們能提供有價值的線索，後來賞金提高到了 30 萬美元。卡蘿兒的小女兒吉娜在電視上發表宣告，希望知道母親和姐姐下落的人能夠主動與警方聯絡，她不希望媽媽和姐姐離開自己。

3 月 18 日，終於有人向警方提供了和失蹤者有關的線索，但是一個十分殘酷的消息。一名背包客在靠近 108 號高速公路的一片森林裡發現了一輛被燒焦的龐帝克汽車。透過車牌，加州公路巡警證實這輛車正是卡蘿兒租用的那輛車。

隨後 FBI 接到巡警的求助。3 月 19 日上午，FBI 探員來到了燒焦汽車的現場。當 FBI 探員開啟車門後，發現了兩具已經被燒得焦黑的屍體。牙科紀錄證實這兩名死者就是卡蘿兒和西爾維娜。顯然，詹姆斯一家最擔心的事情發生了。

雖然茱莉的屍體還未被發現，但警方認為她極有可能已經遇害了。警方在沿著 108 號公路對當地居民和車輛進行排查的時候，終於發現了一條有價值的線索。這是一封信，上面畫著茱莉的埋屍地點。在信的末尾還有一句話：「我們和她相處得很愉快。」

3 月 25 日，茱莉的屍體被找到了，她的屍體已經嚴重腐爛。屍檢結果顯示，茱莉的致命傷在脖子處，她極有可能是被人割喉而死。

為了將凶手抓捕歸案，FBI 探員、案發地點附近 4 個縣的警察組成了一個專案小組，在接下來的幾週內竭盡全力尋找嫌疑人。於是，莫德斯托和索諾馬縣所有有過案底的強姦犯、毒品交易者和有暴力前科的人都成了重點懷疑的對象。

專案組認為，凶手對當地的情況應該非常熟悉，不然不可能在駕駛著一輛醒目的紅色汽車拋屍的時候不引起人們的注意，他應該十分熟悉拋屍地點的出入口。凶手所選擇的拋屍地點非常偏僻，這裡是當地居民

7歲時就幻想著殺人─凱瑞·史泰納

丟棄廢舊冰箱、洗衣機等電器的地方，當地居民還喜歡在這裡焚燒垃圾，焚燒垃圾的氣味恰恰可以掩蓋凶手燒毀汽車的氣味。

3月29日，媒體報導，警方認定嫌疑人是當地人。這個消息讓當地居民變得惶惶不安起來，一時間流言蜚語滿天飛，人們紛紛猜測他們認識的人之中出現了一個冷血連環殺手。

專案組還對3名被害人生前居住的雪松小屋飯店進行了排查，到了4月中旬還是沒有發現嫌疑人。但聯邦調查局公開表示，嫌疑人就在飯店的工作人員中間。3個月後，距離雪松小屋飯店不遠處發現了一具女屍，這是第四名被害人。

7月22日早晨，有人在一處叢林的露營區發現了一具無頭女屍。被害人是26歲的喬伊·露絲·阿姆斯壯（Joie Ruth Armstrong），是約塞米特蒂協會的成員。在距離屍體不遠處有一棟臨時搭建的房子，約塞米特蒂協會的工作人員就住在裡面，他們正在舉行一個公益活動。

在7月21日的晚上，警方接到了一通報案電話，打電話的是阿姆斯壯的朋友，他說阿姆斯壯失蹤了，按照約定阿姆斯壯會來看望他，但阿姆斯壯卻沒有按時到達。警方在阿姆斯壯的住處發現了她的車，車裡面有打包好的衣物。第二天，阿姆斯壯的屍體就被發現了。

在阿姆斯壯的屍體發現後不久，電視臺就接到了消息，一時間全國都知道又有一名女性在約塞米特蒂國家公園慘遭殺害，而且還被斬首。

約塞米特蒂協會的一名成員告訴警方，阿姆斯壯是個性格開朗的女孩，她喜歡孩子，喜歡大自然。在一年前，阿姆斯壯加入約塞米特蒂協會，並作為志工來到了約塞米特蒂，她很喜歡這裡的寧靜。

警方從阿姆斯壯的朋友那裡了解到，在阿姆斯壯遇害的幾天前，她傳郵件給朋友，希望朋友能和她一起享受約塞米特蒂的美景，她說約塞米特蒂國家公園有世界上最美麗的景色。

約塞米特蒂國家公園也被稱為「優勝美地國家公園」，地處加州內華達山脈西麓，是美國四大國家公園之一。1890年，約塞米特蒂國家公園建成，這裡有山谷、瀑布、內湖、冰山、冰磧，還有十分罕見的由冰川作用形成的大量花崗岩浮雕。這裡的美麗景色每年都會吸引幾百萬來自世界各地的遊客。1984年，約塞米特蒂公園被聯合國教科文組織列為世界自然遺產。但是從1999年起，接連發生的命案使得約塞米特蒂國家公園的美景蒙上了一層陰影。

對於當地居民來說，阿姆斯壯遇害使他們回想起了不久前發生的三屍命案，他們整日活在恐懼和噩夢之中。為此，聯邦調查局不得不重新開始調查這一系列謀殺案。

就在調查人員一籌莫展的時候，一個目擊者提供了一條關鍵的線索。目擊者稱在拋屍現場看到了一輛藍色的1979年產的越野車。很快警方就查到了這輛車的主人，他名叫凱瑞·史泰納（Cary Stayner），是雪松小屋飯店的工作人員。

警方在調查之前的三屍謀殺案時，也調查過史泰納，但當時史泰納並未引起警方的注意，因為他沒有犯罪紀錄，在接受盤查的時候也很鎮定。

7歲時就幻想著殺人─凱瑞·史泰納

7月24日，距離阿姆斯壯屍體被發現已經過去兩天了，警方抓住了史泰納。這一次史泰納被作為重點嫌疑人接受審訊，與之前的例行調查不同，探員們向史泰納提出了更多的問題和關於案件的細節。

警方在史泰納的汽車和背包裡發現了一個相機、一個酒瓶、太陽花的種子、一個口琴、一瓶鞣劑，還有一本書。這是一本恐怖小說，名叫《黑色閃電》，主要講述了一個連環殺手的故事。

很快史泰納的住所也成了警方的重點搜查目標。警方在搜查中發現了許多證據，例如殺害茱莉的刀子、沾有阿姆斯壯血跡的衣服，還有一條沾染不明汙漬的床單。後來的化驗結果證明，床單上的汙漬是血跡，屬於阿姆斯壯。

此外，警方還在卡蘿兒和西爾維娜遇害的509房間內的真空吸塵器中發現了人類毛髮，鑑定結果顯示毛髮屬於史泰納。警方還在阿姆斯壯的車窗上提取到了一枚指紋，比對結果顯示與史泰納的指紋相吻合。

最終，史泰納承認了自己所犯下的罪行。根據史泰納的交代，他最初並沒想殺死卡蘿兒、西爾維娜和茱莉，當時他盯上的目標是4個入住

雪松小屋飯店的年輕女孩，他本打算強姦並殺害這4名女孩。但看到女孩們和當地的一名男子會合後，史泰納就打消了這個念頭。

恰逢此時，卡蘿兒帶著年輕的茱莉和西爾維娜出現在飯店內，於是這3名女性成了史泰納的新目標。

卡蘿兒43歲，與丈夫詹姆斯都是房產經紀人。西爾維娜是從阿根廷來的交換生，在卡蘿兒家中借住。由於西爾維娜的年齡與茱莉相仿，兩名年輕的女孩很快成了好朋友。在來到約塞米特蒂國家公園遊玩前，西爾維娜已經在茱莉一家人的陪伴下去了舊金山灣區和迪士尼樂園。

2月分，卡蘿兒計劃著一家人到約塞米特蒂國家公園旅遊，由於詹姆斯要出差，卡蘿兒就獨自帶著兩名女孩在12日來到了約塞米特蒂國家公園。她們先在舊金山租了一輛紅色龐帝克轎車，然後在斯托克頓市逗留了一會兒，茱莉還參加了當地一所大學舉辦的啦啦隊比賽。

2月14日早上，卡蘿兒等3人出現在了約塞米特蒂公園附近的雪松小屋飯店並辦理了入住手續。第二天，3人去了風景區遊玩。有目擊者說，3人曾在公園觀賞過紅杉樹。15日晚上，3人回到飯店，並在櫃檯租借了幾捲錄影帶。從那以後，3人就失蹤了，再也沒有人發現過她們的蹤跡。

在這天晚上，卡蘿兒正在看書，西爾維娜和茱莉正在看電影。突然敲門聲響起了，一名維修工說要維修排氣扇。這名維修工就是史泰納。當史泰納進入房間後，立刻掏出手槍，命令3人趴在地上不要動，之後3人的手腳都被史泰納用膠帶綁住。

史泰納將卡蘿兒拖到了浴室中，然後用一根3英尺（約91公分）長的繩子勒住了卡蘿兒的脖子，直到將卡蘿兒勒死才鬆手。根據史泰納的回憶，這是他殺死的第一個人。在史泰納的想像中，勒死一個女人應該是件很容易的事情，但沒想到竟然需要花費很大的力氣，在他看來勒死

一個人一點都不簡單，就像是在完成一項艱難的任務。之後，史泰納將卡蘿兒的屍體塞進了那輛紅色的龐帝克汽車。

　　回到飯店房間後，史泰納開始著手解決兩名恐懼不已的年輕女孩。史泰納將茱莉和西爾維娜的衣服扒光，然後強姦了西爾維娜。在整個過程中，西爾維娜一直不停地哭泣，這讓史泰納十分惱火，於是他將西爾維娜拖到浴室勒死了她。

　　在強姦茱莉後，史泰納將她拖到了隔壁房間，並將茱莉綁在床上，還為她開啟了電視。史泰納不想讓茱莉看見浴室裡西爾維娜的屍體。

　　之後史泰納一直在清理案發現場。他將西爾維娜的屍體也塞進了龐帝克車，還拿走了3個人所有的衣物，將房間打掃成她們已經退房的假象。在清理房間的時候，史泰納十分謹慎，就連床單上的頭髮都被他清理掉了，他認為這樣可以銷毀一切證據，這是他從一些犯罪紀錄片中學習到的反偵查技巧。

　　這是史泰納第一次殺人，他很小的時候就有了殺人的幻想。他沒有覺得恐懼，而是非常滿足，他覺得這是自己人生中第一次感覺到掌握了主動權。

　　第二天凌晨4點左右，史泰納用毯子包裹住赤裸的茱莉離開了飯店。史泰納開著被害人租的汽車，他不知道自己要去哪裡，也不知道接下來要做些什麼，只是盲目地朝前開著車。

　　一旁的茱莉沒有哭鬧，反而顯得很鎮定，並且試圖與史泰納溝通，她主動和史泰納說了一些題外話。漸漸地，史泰納開始有點喜歡她了。在斯泰拉看來，茱莉是個很可愛的女孩。

　　當天漸漸亮了後，史泰納做了一個決定，他得殺掉茱莉。於是史泰納將車停在一條河流旁，將茱莉帶下了車，他對茱莉說：「我也希望妳能活著。」

之後茱莉再次遭到了強姦。事後，史泰納讓茱莉躺在河岸邊，一邊摸著她的頭髮一邊對她說「我愛妳」。然後史泰納拿出刀子割開了茱莉的喉嚨，期間茱莉一直掙扎著，在史泰納看來茱莉是在請求他幫助結束她的生命。掙扎了一會兒後，茱莉不再動彈了，她已經死去了。對史泰納來說，茱莉不同於卡蘿兒和西爾維娜，他愛茱莉，但他還是殺死了她。當史泰納被捕後，他陳述自己殺害茱莉的過程時，還忍不住哭了起來。

接下來，史泰納開始思考如何處理屍體。他將茱莉的屍體藏進了灌木叢中，然後開著車離開了，車上還有兩具屍體需要他處理。史泰納將車開到了樹林的盡頭，然後將車丟棄在一個不起眼的地方離開了。史泰納在公路上攔了一輛計程車。

兩天後，史泰納拿著一瓶汽油來到丟棄汽車的地方，他覺得自己得將這一切處理乾淨。在潑汽油前，史泰納用刀在汽車的引擎蓋上刻下了一句話——「茱莉在我們手中」。然後，史泰納將汽車潑上汽油並點燃。

史泰納帶走了卡蘿兒的錢包，並故意將錢包丟棄在莫德斯托縣公路旁的樹林裡，這裡距離被棄汽車有兩個小時的車程。史泰納這麼做是為了迷惑警方。

史泰納交代說，自己30年來一直都有殺人的想法，這種想法在他7歲的時候就已經萌生了。他只是喜歡殺人的感覺，對虐待被害人沒有興趣，他保證所有的被害人生前雖然遭受了性侵，但沒有被他性虐待過。在殺死卡蘿兒、西爾維娜和茱莉後，史泰納已經嘗過了殺人的感覺，他想就此收手，但當遇到阿姆斯壯並與她交談後，他殺人的欲望再一次被點燃。

2002年5月，史泰納出現在法庭上接受審判。史泰納聲稱自己精神失常，對所招供的內容拒絕承認。史泰納的辯護律師說，史泰納的家族有多年性虐待和精神疾病的歷史。在接受警方審訊的時候，史泰納就

表現得有點不正常，他表示自己可以招供，但警方必須得答應他兩個條件。第一個條件是為他提供兒童色情作品，第二個條件是在距離家最近的監獄服刑。

史泰納的父親也出現在法庭上，他說當年自己的小兒子史蒂芬（Steven Stayner）被一個戀童癖綁架過[08]。當時一家人的所有注意力都集中在史蒂芬身上，從而忽略了史泰納，作為一個父親他對沒有給予史泰納足夠的關懷而感到愧疚。

12月12日，判決結果出來了。陪審團一致認定史泰納精神正常，必須為4起謀殺案負責，他被判處死刑。之後史泰納就被送到聖昆汀監獄死刑囚牢中等待行刑。

2003年，被害人卡蘿兒的家屬將雪松小屋飯店告上法庭，並要求賠償100萬美元。最終，卡蘿兒的家屬勝訴。

在聯邦調查局看來，雖然凶手已經抓捕歸案了，但卡蘿兒、西爾維娜、茱莉遇害案中仍然存在許多疑點，FBI懷疑很可能是集團作案。

在卡蘿兒、西爾維娜、茱莉被襲擊的時候，她們是3個人，史泰納只是一個人。儘管史泰納是個體格魁梧的男人，而且手中持有武器，但想要一下子制服3個人還是很困難的。再者，史泰納指示警方尋找茱莉屍體的那封信末尾和他刻在卡蘿兒的龐帝克汽車上的那句話中，他用的是「我們」而不是「我」。

這兩處疑點讓FBI認為，史泰納並非單獨作案，而是有同夥的協助。只是史泰納的同夥可能在警察排查那些有前科的強姦犯、毒品交易者和暴力襲擊的人的時候被關押了，沒了同夥，史泰納只能尋找獨居、獨行的女性繼續作案。

---

[08] 指的是史蒂芬·史泰納7歲時遭歐文·愛德華·墨菲（Ervin Edward Murphy）綁架的事件。

1961年8月13日，史泰納出生於加州美熹德一個普通家庭。在史泰納11歲的時候，家裡發生了一件大事，他最小的弟弟史蒂芬被一個戀童癖綁走了。在之後的8年內，史泰納的父母將所有的心思都放在了尋找史蒂芬上，根本無暇照顧家裡的其他孩子，史泰納只能與叔叔生活在一起。

1980年，史蒂芬回到了家中，他成功擺脫了戀童癖的控制。在失蹤的8年裡，史蒂芬一直被囚禁折磨。回到家中後，史蒂芬得到了父母所有的關愛。此外，史蒂芬還受到了全國各大媒體的爭相報導，他的故事還被改編成了小說和電影。一時間，史蒂芬成了名人。當時的史泰納已經19歲，正處於渴望被人關注的叛逆青春期。但史蒂芬卻奪走了所有人的注意力。

不久，史蒂芬就在一次車禍中喪生了。第二年，史泰納的家裡又發生了一場悲劇，他的叔叔被人殺害了。有人懷疑，殺死叔叔的凶手就是史泰納，因為史泰納聲稱自己曾遭受過叔叔的性虐待。

成年後的史泰納一直沉浸在殺人的幻想中。1991年，史泰納30歲，他有了自殺的念頭，但他並未自殺成功。1997年，史泰納因持有大麻和

7歲時就幻想著殺人—凱瑞·史泰納

甲基苯丙胺被警方逮捕。不久之後，指控就被撤銷了。

很快，史泰納在約塞米特蒂公園附近的雪松小屋飯店找了一份維修的工作。這家飯店有一個福利，即提供宿舍給員工，史泰納就住進了員工宿舍。

在同事們的眼中，史泰納是個很正常的普通人，除了維修電器外，還會幫著收拾房間，做一些類似更換毛巾之類的瑣事。在同事們看來，史泰納不會到處惹是生非，絕對不可能是個暴力狂。可是，真相遠非他們的想像。

【隱藏的犯罪欲望】

根據史泰納及其辯護律師的說法，他會成為一名連環殺手，與他遭受性虐待和被忽視的童年經歷密切相關。這顯然是史泰納為了減輕罪責捏造的說辭，他在7歲的時候就已經有了殺人的幻想，那個時候史蒂芬還沒有被綁架。

在一個人成長的過程中，父母發揮著十分重要的作用。因此一些心理學家經常將不良少年與不稱職的父母連繫在一起。像史泰納這個連環殺手，一些心理學家會將形成原因歸結到被父母忽視、被叔叔性虐待上。持有這種觀點的心理學家認為，一個孩子不僅會在物質上依賴父母，還在情感上依賴父母。因此孩子會模仿父母，甚至會將父母當成自己的榜樣。

史泰納的父母的確不夠關心他，對於史泰納來說，他是被父母忽視的孩子。雖然像史泰納家庭所經歷的遭遇比較罕見，但有許多孩子和史泰納一樣也是在父母的忽視下長大的。例如有些父母忙於工作，根本沒時間也沒心思關心孩子。但這些孩子長大後都是守法公民，並未像史泰納一樣經常沉浸在殺人的幻想中。

遭受虐待或性虐待，的確會給當事人的心理帶來不良影響，當事人會變得焦慮、憂鬱、憤怒。但受虐者會用不同的態度面對遭受虐待的經歷。有些受虐者會努力擺脫陰影，從而融入正常人的生活中。

根據史泰納的同事們反映，史泰納是個十分正常的普通人，他之前也沒有犯罪前科，只是因持有毒品被捕過。那麼，他為什麼會一下子犯下強姦殺人如此嚴重的罪行呢？而且短時間內就殺死了4個人。

7歲時就幻想著殺人—凱瑞·史泰納

史泰納是個十分擅長偽裝的人。他從7歲開始就已經有了殺人的幻想，並且喜歡看和連環殺手有關的書籍，還會從一些犯罪紀錄片中學習反偵查技巧。由此可見，在與他人相處的過程中，史泰納十分狡猾地隱藏了自己這種見不得人的欲望和愛好。

在庭審的時候，史泰納沒有公開自己的犯罪意圖，他只是在為自己脫罪。但是審訊中史泰納表達出了自己的犯罪意圖，他從殺人中體會到了滿足感，覺得這是他人生中第一次掌握主動權，由此可見他十分享受殺人的感覺。

當我們試圖對一個人的性格進行描述的時候，通常會聯想起他平時的表現，例如他平時的言行，例如是否愛發脾氣或是做出一些出格的事情等。因此，史泰納的同事們在得知他犯下如此殘忍的罪行時會感到吃驚。

不少連環殺手像史泰納一樣，在家人、朋友、同事面前表現得十分正常，甚至會是個樂於助人的人。當他所犯下的罪行被揭穿的時候，他周圍的人都會非常震驚，認為他一定經歷了什麼變故才會一下子變成一個十惡不赦的魔鬼。但事實上，他骨子裡一直是個惡魔，只是十分擅長隱藏自己的犯罪欲望。

情侶相約動手殺死父母──
尼希米・格里戈

情侶相約動手殺死父母——尼希米·格里戈

2013年1月19日的夜晚，新墨西哥州伯納利歐郡的警方接到報案電話，報案人是個教堂的門衛，他告訴警方有一個十幾歲的少年對他說，家裡的人都被人殺死了。這個少年15歲，名叫尼希米·格里戈（Nehemiah Griego）。

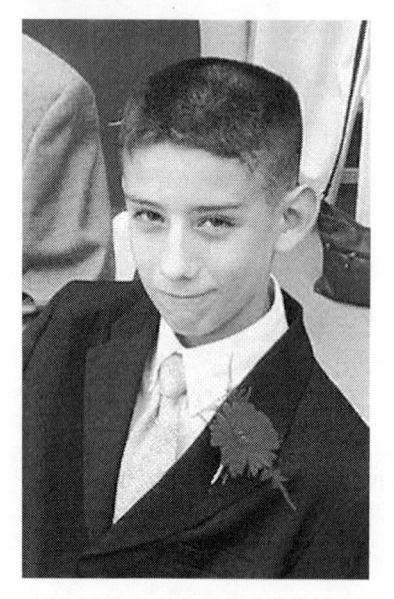

當警方趕到尼希米的家中後看到了非常悽慘的一幕，這家的男主人，也就是尼希米的父親被人射殺在客廳，女主人即尼希米的母親死在了臥室。此外這家的另外三個孩子，即尼希米的弟弟和兩個妹妹也被人射殺。那麼，到底是誰製造了這起慘案呢？隨著警方對案件的調查越來越深入，真凶漸漸浮出了水面。真凶令人震驚，就是這個家庭的長子，即尼希米。

在案發當晚，尼希米趁著一家人熟睡之後，先來到了主臥。這天晚上，尼希米的父親加班，要很晚才會回家。主臥裡睡著尼希米的母親，尼希米朝母親開了一槍，他的母親就這樣在睡夢中遇害了。

尼希米的弟弟澤凡尼（Zephaniah）只有9歲，他被槍聲驚醒後，就前往主臥察看發生了什麼。尼希米與澤凡尼在走廊上相遇，他將澤凡尼帶到了主臥，並指著母親的屍體對澤凡尼說他殺死了母親。澤凡尼被尼希米嚇壞了，他很快就倒下了，因為尼希米朝著他開了兩槍。

此時，尼希米的兩個妹妹——5歲的雅依（Jael）和2歲的安潔莉娜（Angelina）也被槍聲驚醒了。姐妹倆十分害怕，就抱在一起哭了起來。尼希米在路過妹妹房間的時候聽到了哭聲，他走進房間，開槍將兩個妹妹殺死。

這樣一來，家裡只剩下尼希米一個人，他沒有離開，而是將手中的那把 22 口徑的槍收了起來，拿了一把自動步槍，在客廳裡靜靜等待著在教堂值班的父親回家。

凌晨 5 點左右，51 歲的格萊格（Greg Griego）回家了，就在他準備像往常一樣盥洗後睡覺時，他被尼希米射殺了。殺死父親後，尼希米來到二樓，拿了母親的廂式貨車的鑰匙，並將兩把手槍的彈匣裝滿後，就開車離開了家。

尼希米開車來到了一家超市的門口，他在這裡待了一個小時，想要在這裡展開一場大屠殺，然後引來警方。按照尼希米的設想，他最後會在和警方的激烈槍戰中英勇犧牲。但幸運的是，尼希米並未採取行動。

之後，尼希米來到了女朋友家。尼希米在射殺家人前，曾和女朋友相約各自射殺自己的家人。但尼希米的女朋友並未遵守約定。來到女朋友家後，尼希米告訴她自己射殺家人的整個過程，還將屍體的照片發給女朋友看，他對女朋友說自己真是瘋了。晚上 8 點左右，尼希米離開了女朋友家，他開車來到了父親工作的教堂，對門衛說，自己的家人遇害了。

尼希米為什麼要殺死自己的家人呢？在審訊過程中，尼希米對警方說他總是被父親虐待，他再也不想忍受父親的壓迫，所以就殺了父母。對於為什麼殺死弟弟妹妹的問題，尼希米解釋說他必須做得徹底。但警方透過調查發現，事實根本不是這樣。

尼希米一家是非常虔誠的基督徒，在教育孩子的時候，格萊格和妻子莎拉（Sarah）十分嚴謹和認真，會盡量讓孩子們與周圍的世俗社會保持距離。但當格萊格和莎拉得知長子尼希米交了一個 12 歲的女朋友時，他們的態度反而十分寬容，任由兩個人的戀情自由發展。

尼希米只是一名 15 歲少年，他的作案工具是從哪裡獲得的呢？他是

情侶相約動手殺死父母——尼希米·格里戈

什麼時候學會使用手槍的呢？尼希米的作案工具是從家裡得到的，他開槍也是父親教的。尼希米作案所使用的兩把手槍均登記在父親的名下。

根據尼希米姑姑所提供的資訊，尼希米的家中曾遭遇過一次搶劫，當時莎拉帶著孩子們躲在臥室內，並對搶劫犯撒謊說自己手中有槍。莎拉就這樣成功嚇退了搶劫犯，保護了自己和孩子們的安全。從那以後，格萊格就購買了幾把手槍，並開始教尼希米如何使用手槍。格萊格這麼做是為了家人的安全著想，他希望自己不在家的時候，長子可以保護母親和弟弟妹妹。

通常情況下，格萊格會將手槍放在槍櫃裡，不過槍櫃並沒有上鎖，他認為這樣可以隨時應對突發狀況，讓家人方便從槍櫃裡拿槍保護自己。但讓格萊格萬萬沒想到的是，長子尼希米居然會拿槍射殺自己的家人。

尼希米的親屬得知他家發生的慘劇後，紛紛表示不相信尼希米是凶手。尼希米的叔叔認為是警方在審訊過程中故意誤導尼希米，尼希米只是一個15歲的少年，在沒有律師、父母或成年人的陪同下，獨自在審訊室被警方審問時很容易被誤導。

安妮特是尼希米的姐姐，她已經結婚，在案發的時候她不在家。當安妮特得知尼希米就是殺死家人的凶手時，她根本不相信。在安妮特看來，尼希米並不像媒體所報導的那樣是個小惡魔，尼希米在生活中是個樂觀開朗的男孩。安妮特表示，如果尼希米真的是凶手，那麼他的精神一定出現了嚴重的問題，希望法庭能給尼希米一個機會。

尼希米的姑姑表示，自從得知哥哥一家發生的悲劇後，她就一直沉浸在失去親人的痛苦之中，但她更同情尼希米。在她看來，尼希米雖然犯下了嚴重的罪行，但他還只是個孩子，他不應該被送到少管所，而是應該被送去接受精神治療。尼希米的姑姑和安妮特一樣，都希望法庭能

給尼希米一個改過自新的機會，她認為尼希米很可能是受到暴力遊戲的影響才犯下了這麼嚴重的罪行，此時的尼希米一定有所醒悟了，他一定非常痛苦。

在庭審過程中，尼希米的辯護律師聲稱警方所提供的尼希米的證詞不能作為證據出現在法庭上，因為尼希米在交代罪行時沒有律師和家人在場。也就是說，警方違反了「米蘭達警告」（Miranda Warning）。

米蘭達警告是美國一項十分重要的法院判例。一個犯罪嫌疑人在被警方抓捕後，有權保持沉默以及要求律師代表自己發言。如果犯罪嫌疑人不保持沉默，那麼他的所言就可以作為指控他犯罪的證據。不過犯罪嫌疑人也有權在接受警方審訊的時候要求律師在場，他還可以向律師進行諮詢。如果犯罪嫌疑人請不起律師，那麼法庭會免費為他提供一名律師。此外，警方在審訊前，必須得告知犯罪嫌疑人米蘭達警告的內容，不然所得到的訊問內容就不能作為證據。

對於辯護律師的說辭，控方提出了反駁，因為尼希米在接受審訊前，警方已經將米蘭達警告的內容告訴了他，並詢問尼希米是否需要律師或家屬在場。尼希米拒絕了，然後對警方坦白了自己的罪行。

由於尼希米只有15歲，是未成年人，因此，檢方和辯方一直在爭論該怎麼量刑，是以成年人的標準，還是以未成年人的標準呢？如果按照成年人的標準，那麼尼希米就會被控一級謀殺罪，他將面臨至少200年的監禁；如果以未成年人的標準，那麼尼希米幾年後就能獲得自由。2016年，法庭以未成年人犯罪的量刑標準判決了此案，當時尼希米已經18歲，他可能在21歲時就能重獲自由了。然而到2019年，法院宣判尼希米必須服刑滿30年才能有假釋機會。

情侶相約動手殺死父母──尼希米·格里戈

【未成年人的品行障礙】

尼希米從射殺家人到報案，再到最後向警方交代所有犯罪行為，在整個過程中都表現得十分冷靜，似乎沒有摻雜任何感情。在尼希米的親屬看來，尼希米只是一時糊塗，甚至有人認為尼希米是受到了暴力遊戲的影響。如果真是如此，那麼尼希米應該會表現出悔恨，事實恰恰相反，他非常冷靜。

調查研究發現，一小群人在兒童期或青春期就已經表現出了反社會傾向，他們的人格有一個非常明顯的特徵，即冷酷無情。對於像尼希米這樣的人來說，儘管他還是個未成年人，但他已經出現了品行障礙，他的情感表達能力是匱乏的，他沒有愧疚感，無法與他人，甚至是自己的家人產生共情。因此尼希米才會犯下如此嚴重的罪行。如果尼希米沒有品行障礙，只是一時衝動殺了人，那麼，他在射殺母親後就該停手，他也不會靜靜地等待父親的到來。

在接受審訊的時候，尼希米很快就交代了犯罪事實，他似乎並不怎麼在意後果。對於有品行障礙的未成年人來說，他不僅不害怕會因暴力行為而受到懲罰，反而認為，暴力是控制他人最有效的方式。

當一個人遇到一個令自己討厭的未成年人時，通常會稱對方為「小屁孩」。「小屁孩」不僅有十分旺盛的精力和破壞力，最關鍵的是他們還有《未成年人保護法》。對於一些少年犯來說，《未成年人保護法》會給他們一個改過自新的機會。但誰也不敢保證少年犯會改過自新，就像尼希米一樣。出獄後的尼希米可能會改過自新，也可能會成為影響社會安定的危險分子。

殺人只為去監獄免費吃住──
小島一郎

在日本有一條十分重要的鐵道線路——東海道新幹線，這條鐵道線路直接連線了東京、橫濱、名古屋、京都和大阪 5 個城市，每天的運載量非常大，特別是上下班的繁忙時間段，乘客尤其多。

2018 年 6 月 9 日晚上 9 點 55 分，小田原車站的警方接到報案，報案者是希望號 265 次列車的乘務員，他說列車的 12 號車廂內發生了慘烈的襲擊案，一名男子帶刀襲擊了 12 號車廂內的乘客。

在乘務員報警的 10 分鐘前，列車剛剛駛出新橫濱站，然後 11 號車廂和 13 號車廂內的乘客就聽到 12 號車廂內傳出的慘叫聲，許多人紛紛從 12 號車廂逃出，他們的臉色十分難看，有的甚至嚇得連話都說不出了。這時，一名乘客喊道：「有人殺人了！」乘客們紛紛開始往較遠的車廂逃去，乘務員聽到後，一邊往 12 號車廂走去，一邊告訴乘客們如何將座椅的坐墊拆下來防身，可以當作盾牌抵擋一下。

當乘務員來到 12 號車廂後，看到了 4 個人，有兩名女性和兩名男性。一名年輕女子在地上艱難地爬行著，似乎想要離開 12 號車廂，她可能受到了嚴重的驚嚇，雙腿已經嚇軟了，她的手部受了傷，還在不停地流血。另一名女子躲在座椅之間的空隙裡，嚇得一動不動，而且她也受了傷。在乘務員的幫助下，這兩名女子離開了 12 號車廂等待救助。

另外兩名男子就在車廂的走廊中央，他們身上有許多血跡，地上也灑滿了鮮血，一名男子騎坐在另一名男子身上，他右手拿著一把砍刀，左手拿著一把匕首，低著頭不知在想什麼。顯然，這名男子正是行兇者，而他身下的那名男子則是被害人，應該受了很嚴重的傷，因為他躺在地上一動也不動，絲毫不見掙扎的跡象。

最終乘務員們合力制服了行兇者，將他控制住等待警察的到來。其實當時行兇者沒有做任何反抗，只是呆呆地坐在那裡，任由乘務員們奪走他手中的刀具。等乘務員去察看受襲男子的傷勢時，發現他早已停止

了呼吸，也沒有了心跳，他的脖子上有一道很嚴重的傷口，應該是致命傷，而且他的臉部和胸部也布滿了許多刀傷。

晚上10點，列車進入小田原車站（希望號列車在新橫濱站停靠後會進入高速執行狀態，直到名古屋站才會停車）的月臺並實施緊急停靠，警方進入12號車廂將行凶者帶走。行凶者是一名22歲的年輕男子，戴著一副眼鏡，名叫小島一郎，他一共襲擊了3個人，導致兩名女子受傷，一名男子死亡。

死者名叫梅田耕太郎，38歲，當時他正坐在小島一郎後面的座位上。在小島一郎拿起刀具襲擊身邊的一名女子時，梅田耕太郎立刻從背後緊緊抱住小島一郎，想要阻止他，那名女子也因此擺脫了小島一郎的控制。

小島一郎立刻開始用刀砍向梅田耕太郎，一刀割開了他的頸部動脈，鮮血噴湧而出，梅田耕太郎因流血過多倒在地上。其他乘客看到這可怕的一幕後，紛紛向其他車廂逃去，小島一郎在追趕的過程中，砍傷了一名女子的背部。就在小島一郎準備繼續砍殺時，他突然發現整個車廂除了自己和3名被害人外，已經空無一人。小島一郎環顧周圍後，發現了倒在地上的梅田耕太郎，於是他上前騎坐在梅田耕太郎的身上，用刀不停地刺向梅田耕太郎的胸部和頭部，直到梅田耕太郎不再掙扎，小島一郎才停手。之後，小島一郎就呆呆地坐在梅田耕太郎的屍體上一動也不動，直到乘務員們將他制服。據目擊者反映，小島一郎在行凶時表現得十分冷靜，朝著倒在地上的梅田耕太郎狂砍，甚至騎到他身上不停

殺人只為去監獄免費吃住──小島一郎

地刺殺，後來梅田耕太郎不再動彈，小島一郎還是在不停地刺。

在行兇前的幾個月，小島一郎離家出走，然後開始在日本各地流浪，依靠打零工應付日常開銷。在2018年3月的一天，小島一郎在一家雜貨店買了一把柴刀和一把匕首，這兩把刀具正是小島一郎行兇所使用的兇器。柴刀一般被用來砍殺，因此刀刃較普通刀具寬厚，殺傷力也比匕首之類的刀具更強。

2018年6月8日，小島一郎從長野縣搭乘長途巴士來到了東京，在遊玩了一天後，於6月9日晚上8點在東京站購買了希望號265次列車12號車廂的坐票，他背著一個書包進入列車，坐在自己的座位上。他戴著一副眼鏡，還留著學生頭，看起來毫無威脅，但他的書包裡正裝著他購買的柴刀和匕首，準備隨時殺死一個人，然後被警察抓走送進監獄，要麼被判處死刑，要麼在監獄裡免費吃喝等死。小島一郎早有了這種念頭，他曾在網路上發文表達自己因生活困苦想要殺人的想法。小島一郎也曾將這個想法告訴過舅舅，但舅舅根本沒放在心上。

在小島一郎的生活中，唯一給過他關心的人是外婆，他的父親、母親都將他視為累贅，根本不想管他，甚至還將他過繼給外婆當養子。

1996年，小島一郎出生於愛知縣岡崎市一個普通家庭，他是家裡唯一的孩子。小島一郎從小就在父母的爭吵聲中長大，到他上小學時父母在經歷過分居後終於離婚，他開始跟著母親生活。

作為一名單身母親，小島一郎的母親除了工作外，還要照顧孩子，生活壓力非常大。後來，小島一郎的母親為了提高收入在康復機構找到了一份工作，這份工作還提供住宿，小島一郎就這樣跟著母親搬到了員工宿舍中居住，那個時候他剛剛升上國中。康復機構的工作量非常大，小島一郎的母親每天忙著工作，根本沒時間照顧小島一郎。

在日本，康復機構主要為患有精神疾病和身體殘疾的人提供服務。

如果精神病人或身體殘疾的病人情況較為嚴重，那麼他們就會得到終身的照顧。如果症狀較輕微，那麼康復機構就會幫助病人自力更生，再次走入社會。小島一郎母親的主要工作就是幫助病人重新適應社會生活。

在小島一郎進入國中上學的第一天，他的父親來看他，父親本想督促小島一郎好好讀書，但小島一郎卻說他的成績並不是最差的。父親被小島一郎這種滿不在乎的態度激怒了，給了他一巴掌後就離開了。

與同齡人相比，小島一郎在語言交流上存在一定的障礙，就連運動也比同學們差。於是母親就帶著小島一郎去了醫院，在經過一番檢查後醫生確診小島一郎患有亞斯伯格症（Asperger syndrome, AS），也就是自閉症的一種。

亞斯伯格症患者大部分智力正常，但在社交方面存在障礙，不善於與他人溝通，而且還會出現一些強迫症、肢體不協調等現象。總之，亞斯伯格症患者在語言和運動機能上相較於同齡兒童發展緩慢。

對於父母來說，照顧一個亞斯伯格症的孩子要比其他正常孩子花費更多的心血，需要透過改正訓練，來使孩子更好地融入社會。但小島一郎的母親根本沒時間照顧他，父親也從不關心他，而且小島一郎還總會被班上的同學嘲笑，因為亞斯伯格症的影響，小島一郎的種種言行看起來很怪異，沒有同學願意和他做朋友。

外婆看小島一郎很可憐，就將他接回自己的住所，一邊照顧他的起居，一邊嘗試著和他進行溝通。對於小島一郎來說，外婆是他唯一可以溝通的對象。但外婆家的另一個成員卻很不歡迎他，這個人就是小島一郎的舅舅，他覺得小島一郎是個怪胎，而且他根本無法與小島一郎溝通，也無法理解小島一郎的想法，例如小島一郎曾對他說，長大後想殺人，然後死去。舅舅覺得很不理解，在喝斥了小島一郎後就不再和他說話。

殺人只為去監獄免費吃住—小島一郎

國三時，小島一郎對母親說他不想上學了，因為他與同學們無法相處，而且成績也很差。在堅持到國中畢業後，小島一郎就搬出了家，遠離父母到政府的福利機構中借宿。

不久，小島一郎就進入一所定時制高中讀書，開始了高中生活。定時制高中是日本的一種教育機構，四年制。與普通高中不同，定時制高中的學生在時間上有更大的自由，不用按照固定時間去上課，只要在規定時間內上滿課時，然後通過考試就可以畢業了，相當於夜校。

在定時制高中裡，小島一郎表現得很安靜、老實，他不用再擔心如何和同學們相處，因為同學們之間的關係不像普通高中那樣密切。於是小島一郎開始專心讀書，功課越來越好，甚至取得了全部滿分的好成績，僅僅用了3年就從學校畢業。據老師反映，小島一郎在校期間表現不錯，從來不招惹麻煩，本以為他離開學校後會成為一個出色的人，誰料想他會成為一個殺人魔。

2014年4月，小島一郎去了一家職業培訓學校，專門學習機械維修，一年後小島一郎進入一家機械維修公司工作，8月他被公司派到四國島的松山市工作。11月，小島一郎因社交障礙無法與同事們相處而離開公司。

之後，小島一郎回到了愛知縣生活，他的父母也在這裡生活。小島一郎在郊區租了一間公寓獨自居住，他很快就花光了所有積蓄，就連房租和水電煤氣費也無法繳納，於是他所住公寓的水電煤氣被切斷了，無奈之下，小島一郎開始向父親求助，他希望父親能給自己提供一個住處，然後有口飯吃就可以了。但父親拒絕了小島一郎，他說自己的經濟條件也不好，無法接濟兒子，還讓小島一郎去找母親。當小島一郎找到母親後，發現母親居住在員工宿舍裡，根本無法收留他，不過母親建議他去找外婆。

小島一郎沒有去找外婆，而是開始露宿街頭，以撿拾超市丟棄的過期食品為生。父母的這種拒絕態度讓小島一郎覺得很受傷，他覺得自己是個多餘的人，於是就當起了流浪漢，再也不和父母聯絡，只是偶爾會打電話給外婆。

2016年10月，外婆提出讓小島一郎搬到自己家居住，但舅舅卻反對，因為他沒有妻子，也沒有工作，全靠母親的養老金和低保生活，如果小島一郎也來家中居住，那麼生活條件會變得更加糟糕。

外婆不顧舅舅的反對，執意將小島一郎接到家中，小島一郎開始了自己的宅男生活，每天躲在房間裡上網，從不外出。舅舅本就不歡迎小島一郎，看他每天消沉地待在家裡就更加生氣，他起初勸小島一郎外出找份工作，後來開始揚言要將小島一郎趕出去。

小島一郎本就敏感，總覺得自己是個多餘的人，根本無法忍受舅舅這樣的言語刺激，終於他決定不再忍受，告訴外婆和舅舅他要走了。離開前，外婆偷偷塞給小島一郎10,000日元，她能做的也只有這麼多了。

幾天後，小島一郎回到了外婆家，他還帶了一個掛鐘給外婆作為禮物，買禮物的錢正是外婆給他的那10,000日元。小島一郎沒有再離開，而是在外婆家住了下來，每天都待在房間裡上網，從不出門。漸漸地，舅舅發現小島一郎的精神狀態有些異常，於是就安排他去了精神病院。

2017年5月，小島一郎住進了精神病院。小島一郎覺得精神病院的生活根本無法忍受，於是就在9月分寫了一封信給父親，希望父親能帶他離開醫院，不然他很可能會死在精神病院裡。接到小島一郎的求救信後，父親去找母親商量如何處理，但他們都不願讓小島一郎和自己同住。

外婆在了解了小島一郎的情況後就提出將小島一郎過繼給自己，搬過去和她一起居住，讓她來照顧小島一郎。外婆這麼做，是想要多獲得

政府的一份低保，因為她的經濟條件也很差，無法為小島一郎提供吃住，如果小島一郎過繼給她當兒子，那麼他們就是一家人，就能享受低保待遇。在日本，低保是以家庭為單位來發放的，每個家庭成員都可以得到一份低保，但按照規定只有兩代以內的直系親屬才屬於同一家庭，像小島一郎就屬於第三代了。

舅舅得知外婆的這個決定後，立刻跳出來反對，他覺得外婆的年紀很大，沒有幾年可活了，到時候照顧小島一郎的責任就會落到他的身上。外婆不顧舅舅的反對，執意將小島一郎過繼過來。從 10 月起，小島一郎就正式成為外婆名義上的兒子。小島一郎與父母之間的關係雖然一直很冷漠，但父母的這種過繼舉動還是讓他覺得很受傷，他感覺自己已經完全被父母所拋棄，他與父母之間再無瓜葛。

在外婆家，小島一郎與舅舅之間的關係一直很緊張，他們經常發生爭吵。舅舅希望小島一郎不要總是待在家裡上網，到外面去找一份工作。但小島一郎根本不願意按照舅舅的要求去做，他說自己有殘疾，只要向政府申請到障害者手帳[09]就不用繼續待在外婆家了。小島一郎還總自怨自艾：「我是個沒有價值的人，我想要自由的生活。如果不能按照自己的意願去生活，那還不如去死。」在舅舅看來，小島一郎就是一個只想在家混吃等死的人，只會強調政府應該給他一些福利，這是他應享受的權利，而從不提及自己應盡的義務，與一個寄生蟲沒什麼區別。

或許是和舅舅相處起來很困難，小島一郎經常會不告而別，在 2018 年 1 月離開外婆家後就再也沒回來。離家期間，外婆曾打電話給他了解情況，但小島一郎卻說他想要去旅行。從那以後，外婆再也無法聯絡到小島一郎，直到得知小島一郎因行凶被捕。外婆在接受採訪時說：「一郎

---

[09] 日本政府向日本在住、有殘疾障礙者而發出的證明，以作為確定殘障程度的證明文件。持有「障害者手帳」之人士，能享有各種對應的殘障福祉服務、公共援助或資助等社會福利。

是個懂事又安靜的孩子，經常自我否定，也常常因人際交往而苦惱。」小島一郎經常在網路上發文說自己活著毫無意義，想要趕快死去。舅舅則表示：「發生這樣的事真讓人覺得不可思議，他從未做過傷害別人的事情。」

被捕後，小島一郎成了記者們的追查對象，他的個人數據和背景都被記者給挖掘出來，全日本新聞網的記者還專程到他的外婆家去了解小島一郎的愛好。記者發現小島一郎與許多罪犯不同，既不打遊戲也不看漫畫，而是喜歡閱讀一些經典著作，例如《罪與罰》、《聖經》、《馬克白》等。據外婆反映，小島一郎在讀書的時候十分認真，例如每次閱讀完《聖經》都會認真地寫下讀書筆記。

殺人只為去監獄免費吃住—小島一郎

【自閉症與共情障礙】

　　共情是社會性動物所擁有的重要情感能力，如果沒有共情，那麼人與人之間就無法進行交流，也無法代入他人的想法，無法做到換位思考。這樣一來，社會規範就會形同虛設，人類社會就無法形成，因為人與人之間無法凝聚在一起。在人類社會中，絕大多數人都有共情的能力，例如看到別人痛苦自己也會有痛苦的感覺。但並不是所有人都有共情的能力，像精神病態者就沒有，因此精神病態者很容易觸犯法律，與精神病態者相處也是一件十分痛苦的事情，而且連環殺手多是精神病態者。與精神病態者一樣，自閉症的患者也有共情障礙。

　　亞斯伯格症屬於自閉症的一種，此類患者也存在共情障礙，在人際交往上就是一片空白，而且在社交場合裡會覺得緊張甚至恐懼，因為他無法理解他人之間的交流，因此亞斯伯格症的患者在他人眼中就如同怪胎般，而患者也總會逃避社交場合。小島一郎從小飽受社交障礙的困擾，他不懂如何與人交流，因此在學校裡既不受人歡迎，成績也不好。後來，小島一郎進入定時制高中讀書，不用費心與同學交往，他的成績開始穩步提升，甚至還取得了滿分的成績。

　　如果說亞斯伯格症患者有共情障礙，那麼典型自閉症的患者就存在共情喪失的問題，也就是說典型自閉症患者的問題更為嚴重，他會將一個人當作物品一樣對待，無法分清人和物品之間的區別，更別提如何與一個人產生共情了。

　　共情存在情感和認知兩個方面。對於一個正常人來說，他具有情感和認知兩方面的能力，既可以辨識他人的情感、情緒，也可以對他人的情感、情緒感同身受。對於心理病態者而言，他雖然沒有共情情感，但

卻有共情認知，這也是許多精神病態者可以偽裝成正常人的原因所在，因此精神病態者可以輕易地融入某個社交圈子中，因為他深諳社交技能。但自閉症患者不論從認知上還是情感上，都無法產生共情，這導致自閉症患者難以融入社會中。

雖然自閉症患者有共情障礙，但並不危險，像小島一郎這樣隨意傷人的自閉症患者十分少見，因為自閉症患者的系統化能力特別強。人是一種需要控制感的動物，因此人能從各種隨機事件中總結出規律，從而根據規律進行提前預測，並從中獲得控制感。如果一個人的控制感遭到威脅，覺得整個世界都是混亂無序的，他會覺得自己處於各種隨機事件的擺布之下，於是不安和焦慮就會出現。人對控制感的需求從某種程度上來說是對秩序的渴求，而自閉症患者會將這種能力發揮到極致，會從自然界、人類社會中尋找到某種模式，然後對其進行系統化，因此自閉症患者會總結出某種自然規律和社會真理，例如愛因斯坦所得出的相對論。

自閉症患者雖然無法透過共情能力來遵守社會規範、道德準則，但卻可以透過系統化來做到這一點，因為自閉症患者一旦形成了某種體系，就會完全按照該體系生活，乃至於出現強迫的傾向，例如在電影《雨人》中，雷蒙在療養院中過著一成不變的生活，就連書架上的書的位置也不能發生絲毫變化，在被弟弟查理帶走的途中，也要遵守固定不變的生活儀式，不然就會情緒失控。

一旦自閉症患者形成了道德系統，那麼他就會嚴格遵守道德準則，不允許任何人鑽漏洞，如果有人出現違反道德準則的行為，那麼他就會站出來指責對方的這種行為。因此自閉症患者雖然存在共情障礙，乃至存在零度共情，他也不會對他人產生威脅。但小島一郎的成長環境沒有使他形成這種道德系統，因為他從小在一個缺愛的環境下長大，父母從來沒有關心過他，還總會在關鍵時刻拋棄他。

我藐視道德，談「反社會人格者」的犯罪心跡：

胚胎營養不良 × 大腦構造異常 × 零情感依附 × 同情心匱乏，他們是技術上的天才，卻是品行上的小白

| 作　　　者：凝視深淵
| 責 任 編 輯：高惠娟
| 發 　行　 人：黃振庭
| 出　版　者：樂律文化事業有限公司
| 發　行　者：崧博出版事業有限公司
| E - m a i l：sonbookservice@gmail.com
| 粉 絲　 頁：https://www.facebook.com/sonbookss
| 網　　　址：https://sonbook.net/
| 地　　　址：台北市中正區重慶南路一段61號8樓
| 8F., No.61, Sec. 1, Chongqing S. Rd., Zhongzheng Dist., Taipei City 100, Taiwan
| 電　　　話：(02)2370-3310
| 傳　　　真：(02)2388-1990
| 律師顧問：廣華律師事務所 張珮琦律師
| 定　　　價：375元
| 發行日期：2024年08月第一版
| ◎本書以POD印製

Design Assets from Freepik.com

國家圖書館出版品預行編目資料

我藐視道德，談「反社會人格者」的犯罪心跡：胚胎營養不良 × 大腦構造異常 × 零情感依附 × 同情心匱乏，他們是技術上的天才，卻是品行上的小白 / 凝視深淵 著. -- 第一版. -- 臺北市：樂律文化事業有限公司, 2024.08
面；　公分
POD版
ISBN 978-626-7552-13-1(平裝)
1.CST: 犯罪心理學 2.CST: 反社會人格
548.52　113011669

電子書購買

爽讀APP　　臉書